广东日记

七十年南方记录

南方日报社／编

南方日报出版社
NANFANG DAILY PRESS
中国·广州

图书在版编目（CIP）数据

广东日记 / 南方日报社编. -- 广州 : 南方日报出版社，2019.10
ISBN 978-7-5491-2083-3

Ⅰ. ①广… Ⅱ. ①南… Ⅲ. ①新闻报道—作品集—中国—当代
Ⅳ. ①I253

中国版本图书馆 CIP 数据核字(2019)第 219736 号

GUANGDONG RIJI
广东日记

编　　者：南方日报社
出版发行：南方日报出版社
地　　址：广州市广州大道中 289 号
出 版 人：周山丹
出版统筹：阮清钰
责任编辑：蔡　芹
责任技编：王　兰
责任校对：阮昌汉
装帧设计：肖晓文　邓晓童
经　　销：全国新华书店
印　　刷：广州市岭美文化科技有限公司
开　　本：787mm×1092mm　1/16
印　　张：17.5
字　　数：280 千字
版　　次：2019 年 10 月第 1 版
印　　次：2019 年 10 月第 1 次印刷
定　　价：88.00 元

投稿热线：（020）87360640　读者热线：（020）87363865
发现印装质量问题，影响阅读，请与承印厂联系调换。

编委会

前　言

岁月不居，时节如流。2019年是新中国成立70周年，也是《南方日报》创刊70周年。

70年风雨兼程，从开启筚路蓝缕的创业征程到掀起气壮山河的建设浪潮，从闯出波澜壮阔的改革之路到张开拥抱世界的开放胸怀，中国人民创造了世所罕见的经济快速发展奇迹和社会长期稳定奇迹，中华民族迎来了从站起来、富起来到强起来的伟大飞跃。

70年砥砺奋进，广东大地沧海桑田、换了人间，经济高速增长，改革开放先行先试，世界级制造业基地初具规模，城乡面貌焕然一新，人民生活持续改善，绝对贫困彻底消灭，广东人民创造了令人瞩目的发展奇迹，是中华民族伟大飞跃的历史见证和生动缩影。

历史是昨天的新闻，新闻是明天的历史。

《南方日报》与共和国同龄，与广东发展同步，记录走过的足迹，写下历史的华章。自1949年10月23日创刊以来，《南方日报》作为广东唯一一份无间断出版的日报，跟随历史前进的步伐，融入社会巨变的洪流，忠实记录了新中国70年取得的前所未有变化，完整记录了广东70年发生的翻天覆地变化，是一部当之无愧、独一无二的“广东日记”。

忆往昔峥嵘岁月稠，七十载风云，文华灼灼。

《南方日报》身处改革开放的前沿，站在解放思想的前沿，一路激情澎湃，一路凯歌行进。南方报人洞悉时代的脉搏，关注前行的动向，栉风沐雨，勇担使命，用如椽大笔记录时代风云、推动社会进步、守望公平正义，写就了一部气势磅礴、细腻动人的“广东日记”。

一场场思想深处的交锋，一个个鲜活生动的典型，一项项走在前列的成就，一次次跨越历史的突破……《南方日报》这部浓墨重彩的“广东日记”，既是一部记录广东大地历史巨变的创世神话，也是一部讴歌广东人民敢为人先的改革史诗，还是一部正在续写新的广东奇迹的新时代乐章。

历史镜鉴未来，事业薪火相传。

重温70年“广东日记”，放在历史的长周期中重新理解，放在新时代的大背景下再次审视，方能记录好下一个70年。

2019年7—9月，《南方日报》推出由最新一批南方名记者牵头的“壮丽70年 奋斗新时代——广东日记”全媒体报道。聚焦广东70年发展的21个重大主题，23位名记者用深度报道、精彩图片、经典版面、现场评论、短视频等形式再现广东巨变，并首次应用AR技术让报纸“动起来”，让视频“跃然纸上”。

广东日记，时代印记。

这组报道的推出以及结集出版，是《南方日报》对新中国成立70周年和《南方日报》创刊70周年的特别庆祝。

目录 CONTENTS

2019 年是新中国成立 70 周年，也是《南方日报》创刊 70 周年。

作为 1949 年以来广东唯一一份无间断出版的日报，70 年来，《南方日报》完整记录了广东的沧桑巨变，是当之无愧、独一无二的“广东日记”。

为展现壮丽 70 年广东大地上的奋斗故事，南方名记者牵头推出“壮丽 70 年　奋斗新时代——广东日记”全媒体报道。围绕广东发展的多个重要领域和方面，回顾重要报道、重温南方见证、聚焦历史瞬间，采访亲历者，激发新时代奋斗的强大力量。

“桥”见未来：三代人与三座桥的跨越

站在港珠澳大桥“海豚塔”的塔顶眺望，吴立斌明白了父亲吴灿国的话：“有些路，只能自己走；有些桥，只能自己建。”

吴立斌常住番禺，当年爷爷吴秋顺参建的洛溪大桥，是他回家常走的路。

□ 港珠澳大桥

1988年8月29日的《南方日报》头版，在显著位置报道了洛溪大桥通车的盛况，记录下这个广东桥梁史上的关键时刻。从洛溪大桥开始，广东大型桥梁建设起步了。

从洛溪大桥、虎门大桥到港珠澳大桥，广东建桥人经历了中国桥梁三个阶段：建成学会、发奋追赶、超越引领。

刚刚过完86岁生日的吴秋顺说：“希望孙子能到‘一带一路’上去筑起中国桥，我一定会去看看。”

南方见证

南方日报
NANFANG RIBAO
波士顿 Boston 运动鞋系列
中山市波鞋厂
不知满足 不停进取
白山县改燃节柴成效显著
精神文明建设要适应商品经济发展
洛溪大桥实行双向收费
第八期社会福利奖券开奖
"东方红三号"外套从天降

• 1988年8月29日，头版报道洛溪大桥通车

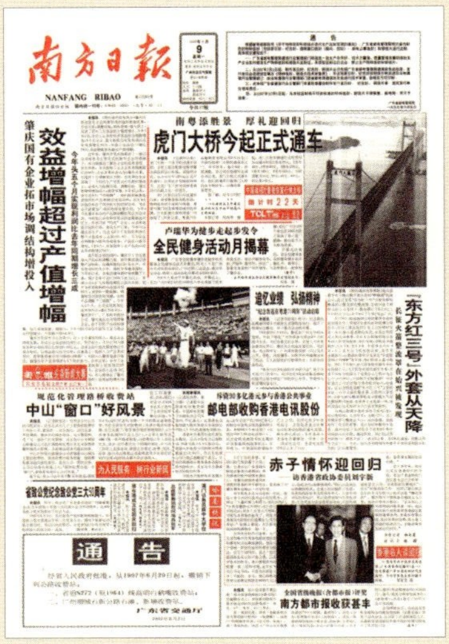
南方日报
NANFANG RIBAO
虎门大桥今起正式通车
肇庆国有企业拓市场调结构增投入
效益增幅超过产值增幅
全民健身活动月揭幕
中山"窗口"好风景
邮电部收购香港电讯股份
赤子情怀迎回归
"东方红三号"外套从天降
通告
南方都市报收获甚丰

• 1997年6月9日，头版报道虎门大桥通车

08 视界
一座桥 三座城 一群海洋精灵
南方网红

• 2018年8月19日港珠澳大桥图片版

A03 时局
"桥"见未来：三代人与三座桥的跨越
广东日记
综合国力日益强大 让大桥建设成为现实
大桥筑梦 不负时代

• 2019年7月22日，本篇报道版面

建成学会 →
从石拱桥到第一座特大型桥梁

吴秋顺，1957年加入广东路桥行业，参建中国第一座大跨径连续刚构桥——洛溪大桥

在祖国南端的广东，北面临山、南面临海，三江汇聚、河汊纵横。新中国建立之初，广东全省可通车的公路只有2523公里，江河将公路阻隔成千百段，渡口是人们出行的重要一环。发展交通、改渡为桥，是打开经济复苏局面的关键。

1957年，吴秋顺投身到广东改渡为桥的大潮。竹子搭、泥巴糊，冬天灌风、夏天灌雨，一座桥修上两三年，吴秋顺就在这样的工棚住了两三年。

“当时钢材水泥非常缺乏，想要建永久式桥梁非常困难，就修起了一大批实腹或空腹式石拱桥。”吴秋顺回忆说。

石桥铺成了“金桥”，广东迎来了改革开放的大机遇。正值壮年的吴秋顺，

□ 刚通车的洛溪大桥

也踏上了人生最重要的舞台——洛溪大桥工程。坐落在珠江南河道的洛溪大桥，桥长1916.04米，宽15米，主跨180米，作为中国第一座大跨径连续刚构桥，从真正意义上拉开了广东建设特大型桥梁的序幕。

为了保证通航的要求，洛溪大桥净空高34米，相当于13层楼房的高度。河底淤泥细沙深达5米多，河面上万吨大船出入频繁，要在这上面架设特大桥梁困难重重。作为大桥木工工长的吴秋顺大胆地提出利用钢筋结构的桥墩作为提升支架，实行提升平台施工的方案。这个方案很快得到队长和工程技术人员的大力支持。结果，在不用增加任何设备的情况下，提前完成全部高墩的施工任务，工效提高2倍多，节省投资100多万元，吴秋顺也由此被同行称为“木工大王”。

吴秋顺回忆，1988年6月25日洛溪大桥通车前夕，国际土木工程预应力结构学术会议在英国伦敦召开，当中国代表介绍了洛溪大桥设计和施工的经验时，全场响起了长时间的热烈掌声，桥梁专家纷纷称赞：“中国的建桥技术了不起！”这是中国第一次在国际上介绍公路桥梁建设经验。

洛溪大桥建成后，连续刚构桥在国内发展迅猛。同济大学桥梁工程系教授萧汝诚曾说，洛溪大桥在中国的桥梁建设史上，具有绝对的里程碑意义。

如今，吴秋顺的儿孙每天享受着洛溪大桥的便利。“工作时，别人家门前的桥通了，我们回家的路却更远了；如今，我们修起的桥，也让我们回家的路更近了。”吴秋顺说。

发奋追赶 →
从技术空白到“中国第一跨”

吴灿国，1981年开始建桥，参建中国第一座大型悬索桥——虎门大桥

1981年，吴灿国参建的第一个项目，是著名的广深公路中堂大桥。

20世纪80年代初，“贷款修桥，收费还贷”模式的一小步推动了广东桥梁发

展的一大步。获得澳门南联公司提供5600万港币贷款的中堂大桥，建设进展迅速，在1983年底正式通车，成为广东第一座公路改渡为桥后的收费桥梁。

在中堂大桥，吴灿国获得了人生第一次“先进”。“感觉自己没有走错路，赶上了好时代。”吴灿国说。

真正让吴灿国“脱胎换骨”的，是中国自主建设的第一座大型悬索桥——虎

□ 建设中的虎门大桥

□ 虎门大桥通车典礼

门大桥。虎门大桥主跨度888米，被誉为“中国第一跨”，主缆长16.4公里，每根主缆由13970根直径为5.2毫米镀锌高强钢丝组成。建设这样高难度的大型悬索桥梁，在当时中国还没有先例。

为解决虎门大桥悬臂梁现浇的难题，吴灿国与同事们在施工平台上一蹲就是几日几夜，直至鹰式挂篮研制成功，刚构桥以国际先进水平的精度合龙，他们心中的石头才放下。

1997年香港回归前夕，虎门大桥正式通车。在昔日鸦片战争的古战场上，一座由中国国自主建设的现代化特大型桥梁飞架珠江口，与威武雄壮的威远古炮台相互辉映。

“有路走，还要有好路走。从虎门大桥开始，中国桥梁建设走自己的路，走出一条新路。”在参建虎门大桥之后，吴灿国带着2岁的儿子吴立斌住进了九江大桥的工棚，成为广东大跨径桥梁建设的中坚力量。

超越引领
从跨径第一到技术内涵第一

吴立斌，2012年参加工作，参建世界最长跨海大桥——港珠澳大桥

2012年，吴立斌大学毕业，吴家迎来了第三代建桥人。刚刚参加工作时，吴立斌常年晒得嘴唇开裂，吴灿国却高兴地说：“这才是吴家的子孙。”

吴立斌成为世界最长跨海大桥——港珠澳大桥CB04标段项目组的一员，负责桩基类型的前期可行性研究。

珠江口伶仃洋，水文地质环境复杂，要穿越中华白海豚保护区，又处珠江航

□ 建设中的港珠澳大桥

道最繁忙区段，港珠澳大桥CB04标段作业区域的施工难度世界罕见。

为了能满足大直径、深基础桩基的需求，吴立斌应用了双掺、单掺矿物掺合料的对比优化，设计出适合港珠澳大桥桩基施工且具有高耐久性的C45高性能混凝土。

C45桩基配合比的应用在国内尚属首例，因此，试桩成为必不可少的环节。吴立斌回忆，外海施工，风高浪急，最初试桩时都是先吐上一两天，再晕上一周，才开始慢慢适应船上生活。

在吴立斌看来，新时代的中国桥梁除了坚持高质量，还要在新材料、新设备、新技术上大胆开拓。“中国大桥建设，不只是强调桥长、跨径等表面上的第一，更是注重科技含量、技术创新等内涵上的第一。”

正是每位建设者的这份执念，港珠澳大桥在建设管理、工程技术、施工安全和环境保护等领域，填补了诸多“中国空白”乃至“世界空白”，形成了一系列“中国标准”。

2018年10月23日，习近平总书记亲自宣布港珠澳大桥正式开通。彼时，吴立斌正带着港珠澳大桥的防腐标准，奋战在另一座跨海大桥——通明海大桥的工地。通过手机收看报道的他兴奋不已：“中国桥梁引领世界发展，我比爷爷和爸爸更幸运。”

如今，随着港珠澳大桥建成，“中国造”桥梁已成为一张响亮的“名片”。跨河道、跨江海、跨国门，三代人与三座桥的跨度，正如共和国70载的跨越。

“桥何名欤？曰奋斗。”这是“中国现代桥梁之父”茅以升回首自己建桥人生时的感慨。而在更广阔的舞台上，中国人民为民族复兴积聚的伟力已经充分爆发，每个人都将是这个新时代不可或缺的主角。

见证者说

港珠澳大桥管理局党委书记朱永灵：
综合国力日益强大让大桥建设成为现实

2003 年 8 月 4 日，这个日子，港珠澳大桥管理局党委书记朱永灵铭记于心。这一天，国务院正式批准粤港澳三地政府开展港珠澳大桥前期工作，同意三地成立“港珠澳大桥前期工作协调小组”，由粤港澳三地政府代表共同组成，由港方担任召集人。2004 年 3 月，港珠澳大桥前期工作协调小组办公室正式成立，全面启动港珠澳大桥各项建设前期工作。朱永灵放弃了广东省高速公路有限公司董事长的职务，来到港珠澳大桥前期工作协调小组办公室出任主任。

“港珠澳大桥前期工作推进的过程远非一帆风顺。内地与港澳地区在政策法规、管理体制、办事程序、技术标准、思维习惯等多方面存在差异，三方协调涉及方方面面。”朱永灵回忆，三方的争论最突出反映在工程可行性研究的口岸布设模式上，香港当时希望口岸采取“一地三检”模式，广东则希望按“三地三检”模式，简化法律问题。由于口岸布设上的争议，大桥前期工作曾在很长一段时间内无法推进，“办公室一天都没收到一个传真，我一度让团队做好自谋出路的准备”。

转机发生在 2006 年底。作为前期工作协调小组召集人的港方向中央去信，请求中央协调相关工作。2006 年 12 月底，中央决定由国家发改委牵头，交通部、国务院港澳办、广东省政府、香港特区政府和澳门特区政府代表共同组成“港珠澳大桥专责小组”，主要负责协调由港珠澳大桥前期工作协调小组提交的决策议案、重大决策问题以及中央政府交代的任务。

2007 年初，第一次专责小组会议在广州召开，明确了口岸查验采用“三地三检”模式，口岸布设的问题迎刃而解。

“离开中央政府来谈粤港澳三地的跨境项目是很困难的。”朱永灵认为，港珠澳大桥从 1983 年动议到 2018 年通车，35 年风雨兼程印证了大桥建设与国家实力的相辅相成：正是国家综合国力的发展让大桥的建设成为必需，也是国家综合国力的强大让大桥的建设成为现实。

“在我看来，港珠澳大桥通车的最大意义是缩短了三地人民的心理距离，不少来参观的港澳同胞，亲身感受到了内地的变化。”朱永灵说。

叮咚快评

大桥筑梦　不负时代

“番禺距穗咫尺相望。奈洛溪一水，等同天堑。”很难想象，30多年前，从番禺到广州市区，只能靠轮渡出行，生活极不方便。如今，横跨珠水的洛溪大桥上川流不息，珠江两岸高楼林立。

改革开放以来，伴随经济的腾飞和生活节奏的加快，人们对快速交通网络有了更为迫切的需求。广东公路桥梁开始以空前的规模和速度建设，大桥也如雨后春笋般纷纷修建起来。洛溪大桥、虎门大桥、港珠澳大桥，三代人，三座桥，三次跨越。

在中国乃至世界的桥梁发展史上，广东创造过许多第一：中国第一座大跨度连续刚构桥洛溪大桥，在20世纪80年代的同类桥中居亚洲之冠、世界第六位，是广东桥梁建设的一座里程碑；中国第一座大跨度钢箱梁悬索桥虎门大桥，拥有18项当时中国国内或国际先进水平工程技术和工艺，代表了20世纪中国桥梁建设的最高成就；中国史上技术最复杂、施工难度最大、工程规模最庞大的港珠澳大桥，也是世界上最长的跨海大桥和最长的钢结构桥梁，是名副其实的国家工程、国之重器，标注了世界桥梁建造史上的新高度……

桥通四海，路联八方，泽被天下。

吴秋顺、吴灿国、吴立斌等无数桥梁建设者们不断刷新中国桥梁史上的一个又一个纪录。在他们身上，体现了一个国家逢山开路、遇水架桥的奋斗精神，体现了中国的综合国力、自主创新能力，体现了勇创世界一流的民族志气。

大桥是一个开放联通、共同发展的符号。洛溪大桥飞架南北，让番禺由“镬底地”变成“聚宝盆”，开启了经济快速发展的30年。虎门大桥连接珠江两岸，改写了“一水隔天涯”的区域发展格局，极大支撑了珠江三角洲地区的繁荣发展。港珠澳大桥写下了粤港澳互联互通浓墨重彩的一笔，在大湾区建设中发挥着至关重要的作用。

桥通，路通，财通，人心通。

大桥不仅打通了交通和经济动脉，也改善和提高了老百姓的民生福祉。洛溪大桥、虎门大桥、港珠澳大桥联通了广州、珠江三角洲、大湾区，让曾经的一道道天堑变通途，老百姓的生活更方便了，心理距离也更近了。如今，广东的桥梁建设已经成为一张响当当的名片，走出了国门，走进“一带一路”沿线国家，为当地人民带来福祉。

大桥筑梦，不负时代。

广东的桥是广东改革开放的一个缩影，是广东成为全国经济大省的一把钥匙，是广东敢为天下先的精神气质象征，是“广东日记”的重要一章。

循着每座桥的建设轨迹，看今天四通八达、功能齐全的交通网络，既要感恩一代代建设者的辛苦付出，更要砥砺新时代继续奋斗的动力，继续刷新中国桥梁建设的高度，创造现代化建设的新奇迹。

撰稿：袁佩如　李赫　丁建庭

供图：张由琼　徐杰（部分图片由受访单位提供）

“我对国货销路有信心，能为国家做点事”

93岁港商李欢跨越半个世纪见证广交会和广东对外开放的故事

1957年4月25日，广州流花路中苏友好大厦。

春日午后，楼顶红旗飘扬，一楼锣鼓喧天，正门前水池喷起的水柱高高跃起，兴奋的人群在喝彩，各处气氛昂扬：首届中国出口商品交易会（下称“广交会”）开幕了！

□ 广交会上的采购商

“‘噗噗噗’过隧道，衣服熏黑了。”31岁的香港采购商李欢坐着烧煤的火车赶来参会，顾不上太多，便兴奋地挤进欢呼的人群，领带松了、歪了，浑然不觉。“我对国货销路有信心，”他深情地回忆道，“能为国家做点事。”

“咔嚓”一声轻响，李欢闭馆时在大厦门口拍下了第一张广交会留影。此后每届广交会，这位香港远大贸易董事长都在现场，目击接踵而至的高光时刻。

当年，《南方日报》头版报道首届广交会开幕。如今已泛黄的报纸上，“洽谈交易两小时即成交十万英镑”的大标题，仍传递着当时人们的激昂之情。

62年、125届，广交会风雨无阻，《南方日报》记录没有停止，1925年12月出生、年过九旬的李欢也从未缺席。跨越半个世纪的坚守、亲历对外开放的见证，李欢的经历恰是广交会发展、广东对外开放的缩影。

南方见证

南方日報

在广州市人民代表大会会议闭幕会上

陶铸分析广州目前的人民内部矛盾

对副食品价格和中小学毕业生升学等问题作了说明

提高高等学校新生质量

为发展畜牧业提供条件

新疆辟四千万亩草原

耕作制度改革又有新进展

中共广东省委宣传部

布置学习正确处理人民内部矛盾问题

市人民代表大会会议通过决议

中山大学停课五天进行学习

人民大学开始办理招生工作

伏老在杭州

中国出口商品交易会昨开幕

说要致力恢复日中邦交

• 1957年4月26日的《南方日报》，报道了第一届广交会开幕的消息

南方日報

020—87360888

第100届中国出口商品交易会开幕式暨庆祝大会举行

温家宝作重要讲话勉励广交会再创辉煌　吴仪张德江出席大会

广交会下届更名中国进出口商品交易会

开幕

OPENING

温家宝总理的讲话

安理会通过决议制裁朝鲜

三百中华白海豚嬉戏雷州湾

代理商今起只售电子机票

选好人大代表

正确行使当家作主权利

• 2006年10月16日的《南方日报》，报道第100届广交会开幕

• 《南方日报》于2006年10月15日刊出的广交会百届特刊

A07 时局

南方日報

“我对国货销路有信心，能为国家做点事”

93岁港商李秋跨越半个世纪见证广交会和广东对外开放的故事

“有了广交会，中国民企大踏步走向世界”

开放广东　融通世界

• 2019年7月26日，本篇报道版面

开幕：外贸大省启航

首年成交额占全国创收现汇额五分之一

每天上午10时，祖籍台山的李欢均会准时走进香港干诺道西的办公室，沟通粤港贸易。这是多年形成的习惯。

根据1957年《南方日报》的报道，20世纪50年代，发达国家封锁中国经济。为了突围，外贸部与广东省合办，广交会横空出世，为中国经济开辟通往国际市场通道。

忆起往昔，广州市商务局干部黄苏文激动地说：“参加广交会跟出国一样！”李欢等港澳商人却看到了商机。

□ 首届广交会开幕

在中苏友好大厦里，首届广交会13个国营外贸公司展示10000余种商品，吸引19个国家和地区的1223名采购商与会。农副产品和手工艺品是成交大户，“相思鸟成交10万只”“金钱龟成交1万只”屡成媒体新闻。

“当时国货自身品质好，但包装却一般，”李欢说，“不好好包装，出口没‘行情’。”他发现著名的茅台酒用有砂眼的黑陶瓶装酒，偶有渗漏，外国采购商望而却步。李欢立即赶赴贵州仁怀县茅台镇，一住十多天，和酒厂讨论用白瓷酒瓶替换黑陶，不仅材质好，造型还美观。后来，白瓷酒瓶一直被沿用。

1957年，广交会成交额达8686万美元，一举占据全国创收现汇额20%。此后30余年，广交会成为中国出口创汇重要渠道，展会出口额常年占全国总额30%以上。

广交会新闻发言人徐兵说，广交会打开新中国经贸交往大门，展示社会主义建设成就，为国家购进急需物资支援经济建设作出了贡献。

从此，广东点燃了中国外贸大省建设和发展的引擎，蓝图徐徐展开。随着国内制造业发展，机械、纺织、五金矿产等产品越来越多。参展商们发现，广交会展馆“装不下”了。

开放：“广货”进入国际市场 →
36 平方米婚纱小摊签下千万美元合同

1974年4月15日，第35届广交会首次在“口”字形的流花路新馆开幕。48岁的李欢如约而至。

他站在摩肩接踵的正门广场，眺望楼顶彩旗依旧。而十余组三个一簇的红色气球，拖着长长的彩带，更加吸引了他的眼球。他走向停满小车与中巴的广场、走进面积扩大一倍的展厅……他感到，更大的机遇来了。

李欢迫不及待地在展馆认识更多生产企业。研究完产品后，他脱下西装，换上中山装，“熟练”地跑遍广东各市，现场为国货产品包装、质量提意见。他还一把将珠江桥牌酱油、九江双蒸酒等“广货”带进香港，打出“爱祖国，用国货”的销售口号。

不久，改革开放“春雷”响起，“按市场规律办事”更加搅热南粤大地。20世纪90年代初，民营企业还未获准参会。积极的民营企业家却“坐不住”了。有人想让产品尽快外销，爬墙进入广交会，被罚款50元。有人在外商住所楼梯口苦等一周，签下26400美元订单。

1999年4月，民营企业首次获准参会，此后一发不可收拾。仅顺德容桂镇这个面积80平方公里的小镇上，就诞生了美的、格兰仕、容声、科龙等多个在广交会大放异彩的“粤家电”品牌。广东大量籍籍无名的民营企业在广交会找到爆发机遇。潮州名瑞婚纱礼服公司首次参加广交会，仅有36平方米的小展位，却签下了1000万美元的出口合同。广州南大地服装公司总经理吴毅雄直言：“参加广交会不仅卖产品，更卖品牌，向世界展示水平，订单自然来。”

连续参加103届广交会的瑞典采购商彭皮诺·可可扎说：“改革开放以后，新兴产业蓬勃发展，初创公司涌现，新产品、新选择目不暇接。”

这20年间，主动“铺路架桥”的采购商李欢生意越做越大。许多香港人吃云吞面之前，都要加上几滴他经销的珠江桥牌“生抽王”。随后，李欢“国产粮油罐头大王”的称号不胫而走。“广货”打开香港市场后，陆续远销国际。

入世：粤企具有国际竞争力 ➔
机电产品已经成为广交会交易和洽谈的绝对龙头

2002年4月15日，中国入世后首届广交会开门迎客。见惯了广交会热闹的李欢发现，对手来了。

琶洲展馆36个安全门前，金发碧眼、购买力强的欧美采购商成为参会主力，纷纷排队办证，甚至还有坐轮椅者。

76岁的李欢还发现，年轻人口味“不好琢磨”了。“我们这代人喜欢吃新鲜煮的豆腐，”他笑说，“怎么年轻人却喜欢吃罐头里的豆腐呢？”但他仍然果断下单，果真引来香港大超市百佳、惠康主动进货。

时代在巨变。机电产品已经成为广交会交易和洽谈的绝对龙头，继1999年成为第一大类出口商品后，2018年成交额已占当年展会总额的三四成。同时民营企业大幅涌入，广交会自入世后迅速迭代。

时任广东省商务厅副厅长、广交会广东参展团团长的朱泽南，是八届带团“老广交”。他跑遍全省各地市，不论发达还是欠发达地区，政府、企业参加广交会的激情持续高涨。企业坚信：“最珍贵的资源是客户，顶级客户在广交会。”朱泽南意识到，更高层次、更广范围的国际合作与竞争时代已经来临。

在广东省努力争取、广交会积极扩容下，更多广东企业有机会进场。2002年，志高空调首次参展，用一个小展位“小试牛刀”，拿下1000万美元订单。

入世后10年，广东一大批曾经贴牌的制造业企业在广交会上成长，陆续发展自有品牌。

“他们诞生于市场，挺过了残酷的全球竞争，拥有了世界级的竞争力。”回顾这些粤企的发展史，中山大学岭南学院经济系主任徐现祥这样感慨。

“住了几十年广东迎宾馆没换过，但产品再不换生意竞争越来越大。”李欢认真地说，那几年他每次参会都要和同行商量如何出新品。

升级：“中国智造”手握国际话语权 →
大湾区的广交会充满想象力

2016年10月15日，习近平为第120届广交会发来贺信，广交会有了新使命。

年届九旬的李欢也找到了新业务：进口法国红酒。他高兴地说：“质量！质量！国货越来越有品质，国人消费也越来越有质量。”

李欢的感受，是党的十八大以来广交会变化的直接体现。眼下，科技产品在这里独领风骚，“中国智造”“中国质量”带来质的提升，中国开放更有办法、

□ 广交会琶洲展馆

更有信心。除了出口，广交会进口展区近年已吸引100多个国家和地区1.3万多家次企业参展。

从海珠桥边1.8万平方米小馆到琶洲塔下118万平方米现代化展馆、从13家参展商到2.5万家外贸企业、从1223位采购商1754万美元成交额到20万采购商300亿美元成交额……“中国第一展”广交会与国运同兴盛，见证广东外贸更高质量发展，见证中国更高水平对外开放。

截至2019年，广交会与全球217个国家和地区建立了贸易关系，累计到会境外采购商约880万人，累计出口成交额超过1.3万亿美元。

“市场正在向‘一带一路’拓宽。”中国进出口商品交易会秘书长李晋奇说，2019年第125届广交会上，沿线21个国家和地区383家企业参加进口展，占比超过六成，沿线采购商人数占比则超过四成，成交额占比超过三成。

2019年5月，第125届广交会闭幕，李欢专门把当届纪念徽章带至香港办公室的陈列柜。3个月后，第126届广交会将开幕。李欢还会继续参加。他要带更多“后生仔”来了解广交会，与内地更深层次地携手“走出去”。在粤港澳大湾区的广交会，充满想象力。

见证者说

广东省商务厅原副厅长、广交会广东参展团原团长朱泽南：
“有了广交会，中国民企大踏步走向世界”

2001年，中国加入WTO，融入国际步伐加速。“广交会成为中国民企走向世界的最好平台。”广东省商务厅原副厅长、广交会广东参展团原团长朱泽南亲历多届广交会，见证一批批广东优秀民企从这里走向世界，广交会带来巨大商机和市场需求，如同阳光、雨露和土壤，滋养着民企快速成长。

其中，2004年广交会“大扩容”，是朱泽南始终铭记的时刻。“从这一年广交会开始，民企力量真正大爆发了。”他表示，以广东为例，入世以后，一批广东民企的发展已走在前面，万事俱备、只缺市场。就在2004年，广交会启用琶洲新展馆，展览面积和参展商、采购商数量大幅增长，一跃成为世界第三大展，更多广东民企打开了眼界，看见了市场。

朱泽南认为，广交会扩容，既深刻顺应中国入世的时代潮流，服务中国在更高层次、更广范围参与国际经济合作与竞争，又深刻领悟广大民企的殷切期盼和实际需求，服务企业赢得全球客户、开拓国际市场。

“此后每一年，200多个国家和地区的20多万人来到广东参会，全球罕见。”

朱泽南说，企业不只收获订单，更能深入接触全球高新技术、重点资讯和优秀人才，得到全方位的开放、全方位的提升。

从广交会走向世界的广东盈浩工艺制品有限公司，让朱泽南记忆犹新。2004年，盈浩工艺首次参展。“他们80%的客户来自广交会。”朱泽南说，参会前，该公司出口额不足100万美元；参会后，平均每年新增300万美元。如今，盈浩工艺已成为全球最大的圣诞球生产商，预计2019年出口额达5000万美元。

展望未来，朱泽南期待，广交会要更进一步，为广东民企、中国民企高质量发展提供沃土。

“广交会是广东的、是中国的，也是世界的。”朱泽南说，要抢抓“一带一路”倡议实施、粤港澳大湾区建设等重大机遇，为推动广东建设贸易强省、推动中国建设贸易强国、促进世界经济交流合作发挥应有作用。

叮咚快评

开放广东　融通世界

面对西方国家的“经济封锁”“货物禁运”，新中国如何打破封锁、发展对外贸易、换取国家建设急需的外汇？我们需要一扇面向世界的对外贸易窗口。

广交会就是中国着力打破封锁和禁运的产物，是中国市场最早面向世界的一扇窗。窗户既然打开，开放的大门势必随之打开，而且越开越大。从1957年开始，每年的春、秋两季，广交会都在广州如期举办。海珠桥边、流花湖畔、琶洲塔下，广交会展馆几度迁址，如同一个个里程碑，忠实记录了广交会的辉煌历程，见证了中国对外开放从“蹒跚起步”到“矫健前行”。

广交互利通天下，合作共赢惠八方。

展览规模从9600平方米，扩展至118万平方米；参展商品由1.09万种，增至23万种；到会采购商由来自19个国家和地区的1223人，增至210多个国家和地区的约20万人；出口成交由1754万美元，增至近300亿美元……全世界的客商都云集在这里，“全球买、全球卖”，广交会不愧是中国历史最悠久、层次最高、规模最大、商品种类最全、到会客商最多的综合性国际贸易展会，展现出中国对外开放的坚定步伐和经济发展的旺盛活力。

创办初期，出口成交以中小商品、农副土特产品为主；20世纪90年代以后，机电产品、高新技术产品、高附加值产品和日用消费品逐步成为主导产品；现如今，大批拥有自主知识产权、自主品牌和核心技术的龙头企业携带最新产品参展，智能化、品牌化、高端化产品成为新的潮流。从劳动密集型到技术密集型，从要素驱动到创新驱动，从价格优势到品牌优势，广交会上的变化，映照出中国实现高质量发展的铿锵步履。

广迎天下客，今天的广交会已日益成为与世界共享中国发展机遇的平台。自2007年第101届广交会设立进口展区以来，累计有近万家企业参展，通过广交会的平台实现互利共赢。近年来，广交会“一带一路”参与国家和地区采购商不断增加，成交额占总成交额的比重不断攀升。广交会为境内外企业搭建了高效的沟通交流和贸易配对平台，帮助它们利用广交会这一平台，开发合作资源，拓展中国和全球市场，让世界各国都能分享中国发展的红利。

近水楼台先得月，向阳花木易为春。

广交会是中国对外开放的缩影和标志，也是观察开放广东的一个独特窗口。广东向海，毗邻港澳，粤籍侨胞遍布全球，骨子里有着深厚的开放基因。广交会当初选择在广州举办，除了广州有办展经验，更重要的就是这座商业城市的开放意识。恰如《广州为什么是全世界唯一千年不衰的商业城市？》一文分析：“在新中国成立之时，受到国际封锁，广州成为中国唯一进出口城市；改革开放时期，珠江三角洲走在最前线，广州更是遇到了发展的黄金时期。”在中央一系列政策激励下，借助广交会等平台，沐浴着改革开放的春风，广州和整个广东的开放基因被激活并快速生长，逐渐成为中国改革开放的排头兵、先行地、实验区。

广交会不仅深刻影响了中国贸易，还深刻影响了广东。改革开放前，广交会是中国对外开展经贸活动的唯一渠道；改革开放特别是中国加入世贸组织以后，广交会成为中国拓展对外交往、帮助中国企业开拓国际市场的重要平台。凭借天时地利的优势，无数广东企业通过广交会崛起并获得快速发展，进而汇聚并支撑广东发展成为全国外贸大省、制造业大省。现在，广交会已经成为广东对外交流合作的一张响亮名片，也是广东推进全方位对外开放的“金字招牌”。用好广交会这一重要平台，全面深化改革、全面扩大开放，广东正努力当好向世界展示中国改革开放成就的重要窗口、国际社会观察中国改革开放的重要窗口。

开放带来进步，封闭必然落后。

62年来，广交会记录了中国外贸前进的脚步，展示了中国坚持对外开放取得的辉煌成就，生动证明了“越开放、越发展，越发展、越开放”的道理。当前，全球经济增速放缓，一些国家贸易保护主义逆流而动，世界经济不确定性加剧，外部环境发生明显变化。然而，经济全球化是不依人的意志为转移的历史大势，中国开放的大门不仅不会关闭，而且只会越开越大，未来中国经济实现高质量发展也必然要在更加开放的条件下进行。

开放广东，融通世界。广东是中国改革开放的前沿阵地，新一轮高水平对外开放大潮已起。抓住粤港澳大湾区建设的历史机遇，更好发挥广交会全方位对外开放平台作用，广东将继续当好新时代改革开放的排头兵，对标国际最高最好最优，与世界共享开放发展红利。

撰稿：苏力　李业珅　陈晓　丁建庭
供图：肖雄（部分图片由受访单位提供）

梦想火车站：“我们从这里出发”

“请去往广州火车站的乘客在本站下车……”地铁2号线车厢广播话音刚落，“滴——滴——”两声，车门迅速打开，汹涌人潮带着各式各样的行李箱、背包上车下车。

与摩肩接踵的人潮形成鲜明对比的是，高4.5米、宽5米的广州第一钟安静而肃穆地挂在火车站大楼中央，这是中国铁路车站最大的电钟。钟表上面是郭沫若题写的“广州站”3个字，在它的两侧，“统一祖国，振兴中华”8个字更是气势磅礴。

□ 广州火车站站前广场搭建临时候车棚，引导春运旅客有序进站

1974年4月10日建成投入运营的广州火车站是华南地区最重要的交通枢纽。45年来永不停息的车站钟表指针，见证了南粤大地改革开放的时代浪潮。45年来早已被磨得光滑的站前广场地面，印下了无数匆忙的脚印。这个火车站成为无数人向未来出发的起点，圆了一批批人奋斗致富、实现个人价值的梦想。

2017年，已多年超负荷运行的广州火车站敲定了大规模重建改造的时间表和计划：周期4年，将改造成枢纽内高铁站、综合交通枢纽。

时代和列车一道轰隆向前，广州火车站的记忆却不会就此退出历史舞台。这座地标式的四层建筑，仍然是广东改革开放最直观的浓缩样本，更是一个时代的精神坐标。4年后，广州火车站将再一次命中注定地站上潮头。

南方见证

南方日報

NANFANG RIBAO

华总理会见吴庆瑞副总理

发扬天安门的革命精神

永远难忘的怀念

广州一九龙直通旅客特快列车通车

• 1979年4月5日，《南方日报》头版报道广九直通车通车的消息

万众一心抗冻灾

A06

广州站广场滞留旅客子夜大转移

退火车票 买汽车票 返厂

机场警方充当调解员“请客下机”

部分旅客坚持北行 退票工作还在协调

火车司机冒风雪瞭望数十小时

“小孩取名‘林春运’吧！”

• 2008年1月29日，《南方日报》报道广州火车站春运情况

南方日報 广州观察

A01

广州成为全国首个综合交通枢纽示范工程城市

广州火车站将改造为高铁站

□新建棠溪站供普客列车停靠 □加快建设广州东部交通枢纽

• 2016年10月21日，《南方日报·广州观察》报道广州火车站将改造为高铁站的消息

A03|时局

南方日報

梦想火车站：“我们从这里出发”

火车站曾是人们一个挨一个紧紧地贴抱在一起的地方

岁月不居 奔腾向前

• 2019年7月29日，本篇报道版面

开放梦 →
"流花玉宇"成为热门景点

1974年广州内环高架桥尚未建起。时任广州铁路局政治部宣传科副科长的李伯阳依然记得，广州火车站广场上视野开阔，南向可直接看到流花宾馆、友谊剧院、东方宾馆及一部分锦汉展馆，北望白云山的轮廓清晰可见。

李伯阳或许没有想到的是，这里将影响一座城市中心的变迁，也将见证一个澎湃的时代。当年4月10日上午8时30分，位于环市西路159号的广州火车站正式开站迎客。

"北有梁思成，南有林克明。"这座占地面积2.6万多平方米的苏式风格火车站正是岭南建筑大师林克明的作品。它也是当时广州为数不多的现代化建筑，与流花宾馆、友谊剧院和东方宾馆组成一片巍峨时尚的建筑风景群。

火车站开站时的外形规模保留至今，主楼四层。内部有桄榔树和竹子等绿化景观，还配有金鱼池和小桥。1985年，火车站大楼被选为羊城新八景之一，享有"流花玉宇"的美称。

在那个年代，广州火车站风头可谓一时无两。早期，广州火车站每天只到发列车35对。乘客不多，每天仅1万人次左右，游客却不少。

在广州火车站前广场负责治安工作超过30年的警察曾志坚，至今还记得自己在小学四年级时，和父亲来火车站参观的场景。"当年的'网红'打卡点是候车大厅里的手扶电梯，那是全广州唯一一台手扶电梯，全国也只有在上海还有一台。"

时任广州火车站团委书记的梁少英当年负责参观接待任务。她记得，当年几乎每天都有学校、少年宫、工厂等组织团体前来参观。多的时候一天接待四五批人，这样的状况持续了一两年。

令广州市民感到稀奇的，不仅是候车大厅内的手扶电梯。《广东省志·铁路志》记载，1984年广州火车站与香港聚利发有限公司合作经营，利用广州站可腾出的空间进行改建，在现在的第五和第六候车室周边开设酒楼、商场、卡拉OK、旅店等。

1978年十一届三中全会确定中国开始实行改革开放政策，这是广州顺应改革开放潮流下的“新鲜产物”。作为全国铁路系统中首家与外资合作的火车站，广州站改变单一的运输经济，建立多功能车站，以运为主、多元化运营。

“广州火车站里面太方便了，一站式购物。因为和香港公司合资，有很多港货。摩托车、冰箱、彩电等那时候都有。”曾担任商场经理的梁卓棠记得，广州站内的商场已囊括了1200余种商品，许多商品在别处都买不到，旅店房间的使用率甚至超过100%。当年酒楼专门从香港请来大厨掌勺，烤乳猪、烧鹅都是火车站酒楼的驰名菜式。

1979年，广州火车站建成5年后迎来了首件大事——广九直通车通车，这是30年来广东和香港之间开出的第一趟旅客列车。从广州乘坐广九直通车出发，3小时即可抵达香港市中心的红磡车站，这被认为是中国内地与香港乃至国际沟通的第一座“桥梁”。

再加之20世纪70年代末，两岸长期隔绝状态被打破，台湾同胞开始绕道回大陆探亲，当时的广州站也成为台胞回大陆探亲的主要通道。1986年，广州市委认为广州作为改革开放的前沿，是港澳台居民和海外侨胞最先进入祖国大陆的城市，要求建一条全新的霓虹灯标语，内容便定为“统一祖国，振兴中华”。

创富梦 ➔
“只要肯拼肯做，人生就会精彩”

20世纪90年代初，身在四川省广安市武胜县大中坝村六组的胡小燕刚向师傅学习完缝纫技术，中国改革开放已经迎来了新的高潮。一句“东南西北中，发财到广东”的召唤，把喷涌的劳动力转化为生产力。

1986年，珠江三角洲外来人口为185万，到了20世纪90年代初，这个数字已经接近400万。随后，珠江三角洲经济发展突飞猛进，外资企业、私营企业风生水起，每天数以万计的外来务工人员从省外涌向车站，站前广场就像“蛇皮口袋”的海洋。

“当时很多亲戚和同学都说要去广东‘淘金’，连师傅也出去打工了。”1998年，24岁的胡小燕决定离开老家，奔赴广东。

广州火车站，是这股人潮涌向广东的第一个闸口。从老家出发到广州，再到佛山，胡小燕这一趟花了三天三夜。“广州火车站好雄伟，大城市人真多，他们的打扮都很时髦。”这是胡小燕对广州的第一印象。

改革开放的大时代赋予了许多人改变命运的机会。2008年，胡小燕成为第一批当选全国人大代表的农民工；2012年，通过公务员选拔，任佛山市三水区总工会副主席。

和胡小燕一样，广州迪如服装有限公司总经理付小红10年前乘火车到达广州火车站，在白马服装市场（下称“白马”）开了第一家店铺，赚到了“第一桶金”。如今在全国已经开了超过200家实体服装店。

“广州火车站不仅是交通枢纽，更是商业中心。”广州市越秀区流花地区管理委员会办公室书记、主任高贵良说，广东省汽车站、广州市汽车站先后在周边建成，四通八达，各种来自国际、港澳新潮、新奇的商品涌入广州，催生了第一批来广州站周边“掘金”的群体。

特别是以广州火车站为核心的流花商圈，逐渐成为全国服装贸易的发源地、广州最大的专业市场商圈，更有“全国服装看广州，广州服装看流花”的说法。

“1994年、1995年是生意最好的时候，批发商的货还没到市场里，刚运到门口就被采购商们‘一抢而空’了。”白马的行政人事部经理张芸见证了当年市场的火爆。

福建商人蔡广元描述当时的盛况：“曾经一对四川夫妇上午找人设计，中午去中大市场买布，晚上通宵加工，第二天一早就卖掉几千件。那个时候，只要你肯拼肯做，发财致富不是梦，人生就会很精彩。”

“从广州进点潮货，再回到北方卖。”广州火车站保卫科科长朱海滨回忆道，除了基本的服装之外，南下进货的客商们还盯上各类港货，包括球鞋、电视机、洗衣机、水果、海鲜甚至是摩托车。

这些新鲜物品随着京广线，从改革开放前沿之地，缓缓运送到大江南北。拖着小推车穿行在广州火车站的客商们，成为改革开放时代图景中最鲜活的注脚。

湾区梦 →
高铁进城，再引“孔雀”东南飞

“我早上8时25分从香港西九龙站出发，9时28分到广州南站，然后用手机软件打车，10分钟就能回到办公室，跟家住广州的员工一样准时。”香港创业者吴佳说。

2018年，吴佳从香港理工大学毕业。他看准了教育机构对智能硬件的需求，

□ 广州火车站

以增强现实技术为支撑，与合伙人一起落户番禺创业。

“我们的团队小小的，但广州的市场大大的。特别是广东省最优质的中小学教育资源都在越秀区。”吴佳最近看上了黄花岗科技园的一处办公空间，他觉得，广深港高铁能进城来就好了。

滚滚人潮，勾勒的其实是经济发展进程。现在已经是广州市公安局越秀分局广场派出所所长的曾志坚见证了这里客流的变化：

过去票价便宜的普速列车都有人舍不得坐。现在火车站周边不仅有转型升级后的批发市场，还有写字楼、孵化器、科技园，无论是务工人员还是商务人士和创业者，大多数都更愿意首选高铁出行。

显然，最初设计的运载能力是日发送旅客3万人次的广州火车站已无法满足后来的实际需求。股道（火车站内带编号的轨道）不足和候乘面积不足是广州站面临的最大问题。此外，由于设备老旧、运力饱和，高铁、城轨线路一直无法接入到广州站，火车站的运力升级受到不少影响。

2013年出版的《广州城记》中，曾任广州市委书记、市长的林树森回忆，20世纪末广州火车站使用功能容量与实际需求相差甚远，春运期间每天几十万人，挤得水泄不通。

2014年，广州火车站已经在酝酿着大规模改变，要提速，要扩容。2017年，《广州市城市基础设施发展第十三个五年规划（2016—2020年）》显示，这座苏式风格的车站大楼将被改造成拥有15座站台的枢纽内高铁站、综合交通枢纽，总建筑面积达121.3万平方米。原有的普速列车客运功能则转移至2公里外的棠溪站。

高铁进城，是广州国际综合交通枢纽功能不断提升能级的一个标志，广州这座国家中心城市将在粤港澳大湾区更大程度地发挥区域发展核心引擎作用。

中共广东省委党校国情省情教研部副主任彭春华公开呼吁，要让高铁进入广州老火车站。“在粤港澳大湾区建设中，城市的轨道交通站点，越来越注重从网络体系的概念出发进行布局和设置。”彭春华表示，相比1小时交通圈内的高铁站点，在广州市中心设置高铁站点，对于整个大湾区的意义是完全不同的。

2019年6月公布的《广州市国土空间总体规划（2018—2035年）》提出，在已有广深港高铁的基础上，延伸广深港高铁至广州站，真正实现广深港高速客运通道。同时，新增广深港高铁引入中心城区联络线、京广高铁引入广州站联络线、三眼桥至新塘通道扩能，实现高铁线路引入中心城区，将广州站和广州东站共同打造成为中心火车站。

密密匝匝的高铁网犹如一双“无形之手”，把粤港澳大湾区乃至全国的诸多资源“拢”到一起，居民跨越双城的生活、企业跨越双城的布局变得更加普遍。

“沿着高铁轨道，资本、技术、人力等生产要素互联互通，原有的块状中心辐射型城市群迈向带状城市群。目前，通过上海、广州两大一线城市已经把长江三角洲与珠江三角洲两个中国经济最发达的城市群串起来了。”中国科学院院士周成虎刚从宁波出差回来感叹道。作为广东省科学院广州地理研究所的学科带头人，他最近正频繁去往长江三角洲，邀请当地企业一起来做新广州人、湾区人。

见证者说

广州市公安局越秀分局广场派出所所长曾志坚：
火车站曾是人们一个挨一个紧紧地贴抱在一起的地方

2019年春运，是曾志坚护航春运的第32个年头。32年，曾经在火车站和手扶电梯合影的“小年轻”两鬓已有点斑白了。

在曾志坚眼里，广州火车站是当之无愧的城中心。以广州火车站为核心，周边聚集了省、市汽车客运站，还有39条公交线路及两条地铁线路可到达火车站，未来还将开通11号、14号两条地铁线。

他告诉记者，火车站的日均人流量在80万人次左右，高峰期可达到120万人次。周边以服装批发市场为主的商圈，人流量更是旺盛。像白马服装市场，人流量达到8万人次就得限流。还有光塔寺，在一些节日，日均有2万多人在流花地区聚集。

"火车站常年处于超负荷运行的紧张状态。"曾志坚告诉记者，火车站最初设计的运载能力是日发送旅客3万人次。而根据广铁集团提供的数据，历年春运40天的发送量最高峰在2011年，达到471万人次。单日发送量的最高峰出现在2010年，近23.3万人次。

1998年湖南雪灾，30万人滞留广州火车站令曾志坚记忆犹新。车站首次动用地方武警参与维持秩序，民警全员24小时值班。

买票，是外来务工人员一年最艰难的时候。购票大厅的春运售票窗口完全不够用，在行李房旁边、站前广场都搭建了临时售票窗口，只卖当天票。那些记载春运记忆的早期图片中，最有代表性的场景是，从售票厅一路排队兜到后面马路的梓元岗，队伍长达几公里。为了防止他人趁乱插队，人们一个挨着一个紧紧地贴抱在一起。

人流量大，治安挑战也大。天南地北的人聚集在这里，乱象丛生。转折发生在2005年。这一年越秀区和东山区并区后，越秀区逐步构建起"大流花"地区治安防控体系。越秀区公安分局在广州火车站地区成立广场、站南、流花3个独立派出所实行分片管理，彻底改变了过去该地区警力不足、责任不清的问题，形成对犯罪活动的集中打击态势。火车站上空，遍布了一张巨大的"天网"，118个摄像头，24小时监控着每一个角落。

从那时起，流花火车站地区刑事立案数逐年下降，春运形势持续向好。旅客服务中心取代"黑公话"，毒窝逐渐销声匿迹。如今，走在广州火车站广场，人们能感受到过去未曾有过的安全感。每隔几十米就有一个治安岗，广场上有大量巡逻警察。

也是在2005年，火车站广场前成立了火车站社区党群服务站。从最初为旅客提供找零钱、添开水、咨询问路等服务，到后期承担调解、救助管理、帮助来穗人员就业等服务。“我们的目标不单单是让旅客‘走得了’，还要让旅客‘走得好’，走得平安、顺利、安心。”曾志坚说，2019年的春运，流花地区已经实现平安发送1048万人次，并且实现零投诉。

叮咚快评

岁月不居　奔腾向前

20世纪50年代酝酿、60年代设计开建、70年代建成的广州火车站，经历了20多年建建停停，为迎接中国历史上最为深刻的一次思想和社会变革做足了准备。以今天的审美，可能会觉得广州火车站有些简陋，但它承载着几代人的集体记忆，见证了改革开放的大潮，是最忠实的记录者。

广州火车站是中国的南大门，也是众多外来者南下广东的第一站。改革开放以来，一批又一批的外来寻梦者涌入广东大地，广东的经济腾飞亦随之而来。

因为改革开放，广东特别是珠江三角洲地区依托便利的区位、低价的土地、廉价的劳动力和宽松的政策环境等比较优势，吸引世界各地的外商前来投资办厂。据统计，1980—1991年，珠江三角洲利用外资以每年30.8%的速度递增。“东西南北中，发财到广东”也成了当时一句响彻全国的口号。在这样的大时代大背景下，中国社会人口形态开始从“固态”向“液态”急剧转变，广州火车站也开始成为越来越多中国人命运转折的闸口。

数千万的外来务工人员来到广东，让广州火车站和春运紧紧连接在一起。年复一年的春运，持续刷新着广州火车站的运能极限，同时也倒逼广州火车站的管理创新。经历过1998年的大滞留、2008年的冰灾，春运不再是广州火车站单打独斗的战场，逐渐形成了多方协力的"大春运"格局。如今，越来越多的外来务工人员融入广东，他们的出行诉求也从"走得了"转为"走得好"。

改革开放40多年来，中国铁路路网高速扩张、列车几经提速、高铁建设突飞猛进，不仅极大缓解了日益递增的运输需求，更让"走得好"成为现实。2009年12月，武广高铁开通。2010年1月，广州南站投入使用，这座能支撑起每天50万旅客吞吐量的火车站，成为铁路运行系统新的"南大门"，也正式宣告广州高铁时代的来临。高铁网络的普及发展，成了破解春运难题的利器，也为广州火车站分散客流、重建改造提供了可能。

岁月不居，时代的车轮奔腾向前。

随着经济社会的快速发展，超负荷运转的广州火车站已经跟不上新时代的列车，这恰恰是社会进步的证明，也是蝶变的契机。广州火车站改造工程已经开工，不久的将来，高铁将引入中心城区，这个国际综合交通枢纽将上演"王者归来"。

撰稿：陈思勤　黄舒旻　丁建庭

供图：董天健

三代广州舰见证人民海军70载强军梦

2019年4月23日下午，青岛某海空域，庆祝人民海军成立70周年海上阅兵活动隆重举行。海上，32艘战舰威武列阵；空中，各型战鹰直刺苍穹。

时钟往回拨70年。人民海军成立初期，百废待兴：成立当天只有13名见证者；成立1周年，全部“家底”仅134艘大小舰艇，总吨位不过4万吨；海军首任司

□ 广州舰（舷号168）

令员1950年视察刘公岛时，只能借渔船出海……

“向海而兴，背海则衰”，这是历史给予中华民族的血泪教训。自诞生之日起，人民海军便肩负起保卫祖国万里海疆的神圣使命。广州舰便是上述使命的重要继承者——中国海军史上共有3艘军舰以“广州”这座城市命名，这三代广州舰服役时间跨度几乎与人民海军同龄。

大海滔滔，铁甲滚滚。从1000吨级“小艇”升级为5000吨级大舰，从小型护卫舰发展成大型驱逐舰，从执行近海防御任务到执行远海防卫型任务……三代广州舰，承载了中华民族全面建成世界一流海军的伟大梦想，也见证了人民海军从无到有、由弱变强的伟大历程。

南方见证

• 1987年3月25日，《南方日报》专访战斗英雄麦贤得一家

• 2010年3月5日，《南方日报》报道以广州舰为指挥舰的中国海军第五批护航编队起航

• 2016年9月13日，《南方日报》报道中俄“海上联合–2016”军事演习

• 2019年8月1日，本篇报道版面

传承三代的“英雄舰”
从改装外舰到自研自建

从1950年第一代广州舰服役开始，三代广州舰驰骋海疆，书写和见证了人民海军史上的诸多传奇，是为数不多传承三代的“英雄舰”。

2019年7月25日，广东湛江某军港码头。银灰色的广州舰（舷号168）犹如一座小山，静静地躺在海面上，享受难得的短暂“休息”。70年来，三代广州舰驰骋海疆，书写和见证了人民海军史上的诸多传奇。

1949年4月23日，第三野战军主力胜利渡江，当日解放南京。同日，中央军委急电三野：立即组建海军，定名为中国人民解放军华东军区海军。当天下午，在渡江战役的隆隆炮火中，中国人民解放军第一支海军部队正式成立。

□ 第一代广州舰

“海军成立之初，全部‘家当’不过是缴获的几艘敌舰和征召的部分商船、渔船。首任海军司令员视察部队不得不借渔民的舢板。当时的中国别说造军舰，连铁钉也需要从外国进口。”谈起海军创业之艰，第三代广州舰舰长刘斌感慨万千。

第一代广州舰便是由商船改装而来。资料记载，初代广州舰原是外国建造的轻型护卫舰。1947年，该舰拆除武装后来到中国，成为一艘快速客轮。1950年，急需军舰的海军又将其重新改装成护卫舰，并命名为“广州”号，隶属华东军区海军（东海舰队前身）。第一代广州舰由此诞生。

第一代广州舰虽然“个头小”，但在维护国家安全和领土完整中发挥了重要作用。如1954年，初代广州舰迎战国民党海军“信阳”号驱逐舰为首的驱护舰群，在炮战中不畏强敌，一发命中“信阳”号驱逐舰，打出海军军威。

初代广州舰1974年退出现役，第二代广州舰很快“接班”。第二代广州舰是广州造船厂建造的051型导弹驱逐舰首舰，该型舰是中国自行设计建造的第一代国产导弹驱逐舰，也是亚洲国家“二战”后首型自研自造的导弹驱逐舰。

第二代广州舰隶属南海舰队，服役期间参与诸多重要任务。自第二代舰始，广州舰便与南海舰队结缘。2004年，第三代广州舰入役后再次编入南海舰队。

2002年入伍的张春华现为广州舰上的一名机电老兵。他至今仍清楚地记得2003年去上海接船时的场景。“新兵训练的时候，我看到停在基地码头的小登陆舰，心想以后要是能登上它就好了。后来上级安排我们去接船，在船厂第一次看到广州舰，我被震撼到了，我们国家也能造这么先进的军舰了！我当时就下定决心，一定要努力学习，尽快把船开回部队。”

人民海军建军70年，广州舰是为数不多传承三代的“英雄舰”，犹如广州这座城市，为国家发展不断注入澎湃动力。“作为广州舰第一代舰员，很荣幸能跟广州舰共同成长。我一直把它当成亲兄弟，希望以后能继续与它并肩作战，为海军建设添砖加瓦！”张春华说。

见证辉煌的“功勋舰”
参加重要军事任务达几十次

第三代广州舰参加系列重要军事任务达几十次，还曾多次执行警告驱离擅闯中国领海外军舰只的任务，是名副其实的“功勋舰”。

“练为战，非为看”，战斗力的提升是兴舰强军之本。2005年8月，第三代广州舰入列仅1年便参加了中俄“和平使命-2005”军演。这是该舰服役后参加的首场演习。此后，在上级组织的中外海军各类演训中，广州舰频频亮相：

——2009年3月，在巴基斯坦举行的“和平-09”海上多国联合军演中，广州舰创下了中国海军军舰首次携带舰载直升机到海外参加军事演习、首次在海外进行多国舰机协同联合搜救等“六个第一”，圆满完成了参演任务。

——2016年9月，中俄“海上联合-2016”军演期间，中俄两军舰艇混编成红蓝编队，由广州舰担任“红方”编队旗舰，与俄海军演练联合防空、联合反潜、联合立体夺控岛礁等科目。收官阶段，俄海军副司令专程登上广州舰参观座谈，并“点赞”广州舰官兵过硬军事素养。

——2018年10月，中国—东盟“海上联演-2018”军演期间，广州舰再次作为混合编队旗舰一展雄风。在海上实兵演练阶段，中外舰艇编队圆满完成编队联合搜救、编队运动、直升机甲板互降、机动补给占位等科目演练。

舰炮手皇甫国锋来广州舰已有13年，几乎参与了该舰所有重大任务。他印象最深的是“和平-09”多国联演期间，广州舰在实弹射击浮体靶演练中，主炮首发便命中并击沉3.5海里外的浮体靶。“海上风浪大，浮体靶会随洋流到处漂，一般考核是计算弹着点的散布面，我们一发命中并摧毁目标，外军连连称赞‘中国海军了不起！’”虽时隔多年，他仍难掩兴奋。

每一个耀眼成绩的背后，都离不开官兵们数十年如一日的勤学苦练。从南海舰队走出来的“钢铁战士”麦贤得，他英勇战斗的故事，深深激励着一代又一代官兵。

通信兵贾成余2012年来到广州舰，是该舰第一批女兵。7年风吹日晒，家人眼中爱美的“小公主”早已晒成“黑姑娘”，她却始终坚守岗位，练就一双“千里眼”；张春华常年待在40℃以上高温的发动机舱，终日和不会说话的机器“打交道”，机器但凡有异响都逃不过他的“顺风耳”……这样的技能每个水兵都“有几手”。

要说“遗憾”，他们也是有的。张春华上舰16年，广州舰进行主炮射击、发射导弹时，他都在船底的机舱紧盯设备，只在视频中见过广州舰实弹射击的场面；2009年上舰的通信兵彭震华，2018年他正备战中国—东盟军演，无法陪同临产的妻子去医院生产……很多“遗憾”水兵们都深藏心底。

练胆砺性，只为强军。服役以来，广州舰参加系列重要军事任务达几十次，高效完成导弹、主副炮和轻武器等实弹射击数万枚，还曾多次执行警告驱离擅闯中国领海外军舰只的任务，捍卫了国家主权和安全，是名副其实的“功勋舰”。

走向远洋的“明星舰”→
亚丁湾护航驱离疑似海盗船

第三代广州舰参与了中国海军第五批亚丁湾护航，还代表国家和海军先后到访15个国家和地区，是一艘闪亮的“明星舰”。

进入21世纪，人民海军为维护国家海外利益和促进世界和平与发展提供战略支撑。2010年3月4日，以广州舰为指挥舰的海军第五批护航编队起航，远赴亚丁湾、索马里海域执行护航任务。

那一年，入伍仅1年的彭震华全程参与了护航。他回忆说，索马里海盗异常狡猾、猖獗，常伪装成渔民，一旦编队、商船稍有松弛，便乘虚而入，他们需要时刻保持警惕，并及时向上级报送各类信息、对疑似目标喊话。“那时我刚上舰没多久，还很晕船，只能咬牙坚持，不断适应。”

在为期4个多月的护航期间，广州舰护航编队灵活采取伴随护航、小艇护卫、特战分队随船警戒等方式，充分利用直升机、高速小艇、近距反击武器，随时升空监视或机动前出查证，对多批接近商船的疑似海盗船，果断采取武力警告驱离行动，实现了“被护船舶、人员、装备”3个百分百安全，共计护送41批588艘中外船舶顺利抵达目的地。

广州舰还作为和平使者和国防力量的象征，代表国家和海军先后到访15个国家和地区，成为一艘闪亮的“明星舰”。如在护航结束后，广州舰顺访了埃及亚

□ 第三代广州舰

历山大港、意大利塔兰托军港、希腊比雷埃夫斯港等，有效维护了国际主要航道航行安全，向国际社会有力地展示了一个负责任大国的责任担当。

张春华说，他最难忘的是2007年执行访问欧洲四国任务。当年7月至10月，由广州舰和887综合补给舰组成的舰艇编队横跨三大洋，航经16个海峡运河，航程2.3万海里，先后访问俄罗斯、英国、西班牙以及法国。

“第二站访问英国朴次茅斯港。进港时天刚蒙蒙亮，没多少人来迎接我们。出港时天气很好，很多华人华侨知道祖国来船了，专门到码头送我们，有位老人沿着码头一直追了我们好远。那时我深深明白，只有国家强大了，华人华侨在海外的腰杆才能更硬！”张春华说。

三代广州舰走过的70年，见证了中国海军从蹒跚学步到厉兵大洋的辉煌史，历史已经证明且必将继续证明：海军强，海权兴，国运昌。

展望下一个70年，广州舰必将续写传奇，中国海军必将继续踏浪前行！

见证者说

广州舰舰长刘斌：

中国海军70年，从“黄水海军”走向“蓝水海军”

“广州舰作为052B型驱逐舰首舰，具备对海、对空、反潜全域作战能力，配备直升机和编队指挥系统，是一艘现代化多用途导弹驱逐舰。”谈起新一代广州舰的主战装备和作战性能，广州舰舰长刘斌如数家珍。

刘斌1996年考入军校入伍，毕业后历任舰艇副部门长、机关参谋、舰艇副舰长、舰长等职，亲历了海军这些年的发展。“自新一代广州舰入列以来，海军进入大发展时期，各类主战装备相继定型、下水、服役，我们的航迹从近海走向大洋，充分展现了当代海军的突出作用和重大责任。”

在刘斌看来，人民海军建军以来，至少在四个方面取得了巨大进步：使命任务不断拓展，战略地位明显提高；主力装备飞速发展，作战性能大幅提升；训练较真碰硬，深度贴合实战背景；人才培养理念不断完善，形成整套人才培养制度。同时，海军用 70 年时间，从近岸防御的“黄水海军”，发展成“近海防御”的“绿水海军”，如今正向“近海防御与远海防卫相结合”的“蓝水海军”深刻转型。

对普通人来说，海军主力装备的不断升级换代或许更为熟悉。在国内军迷圈，大家亲切地用“下饺子”来形容这一盛况。如今，新时代的祖国万里海疆——从国产航母到歼－15 舰载战斗机，从万吨级大型驱逐舰到新型潜艇，从新型预警机到新型先进导弹，中国海军远海防卫作战装备力量体系发展加快步伐，近海防御作战装备力量体系优化提高，两栖攻击装备力量体系不断建强。

特别是作为“广州”号军舰，三代广州舰更是见证了中国海军从无到有、由弱到强的伟大历程——70 年来，从改装外国军舰，到引进外国部分技术，再到自行研发建造，三代广州舰走过了漫长的艰难岁月，也由此积累了大量先进理念、先进技术，为中国海军主力战舰不断跻身世界先进之列厚植基础。

“70 年来，从海军司令借用渔船视察部队到首艘国产航母下水，人民海军一路劈波斩浪、蓄力前行，出色完成了党和国家赋予的各项使命任务。进入新时代，我们一定努力增强远海作战能力和遂行多样化军事任务的能力，为维护世界和地区和平稳定作出新的更大贡献。”刘斌说。

叮咚快评

向海图强　使命必达

军旗飘扬，战歌嘹亮。读起三代广州舰的故事，格外让人心潮澎湃，也更加理解人民军队矢志不渝追求的强军梦。

“欲国家富强，不可置海洋于不顾，财富取之海洋，危险亦来自海上。”近代以来，中国积贫积弱，帝国主义从海上入侵中国就达 400 多次，被迫签订不平等条约 700 多个。历史教训深刻启迪我们：面向海洋则兴、放弃海洋则衰，国强则海权强、国弱则海权弱。建设一支强大的人民海军，寄托着中华民族向海图强的世代夙愿，是实现中华民族伟大复兴的重要保障。

2019 年是人民海军成立 70 周年。“为了反对帝国主义的侵略，我们一定要建立强大的海军。”这是毛泽东同志给广州舰的题词，也是共和国建设人民海军的初衷。入列以来，广州舰一路劈波斩浪，纵横万里海疆，勇闯远海大洋，不愧是“英雄舰”“功勋舰”“明星舰”。广州舰的迭代发展，亦是中国海军发展壮大的一个缩影，展现了人民海军向海而生、向海发展、向海图强的不懈努力，见证了人民海军大踏步赶上时代发展潮流的壮阔历程。

军队因使命而存在，因担当使命而彰显价值。人民海军作为中国海上武装力量，担负着保卫国家海上方向安全、领海主权和维护海洋权益的重要任务和神圣使命。从冲出岛链远海训练到海上维权战备巡逻，从海外撤侨到远洋护航，广州舰和人民海军使命必达，充分展现了中国海军寸土必争、寸海不让的坚定决心，有力展示了中国负责任大国的形象。

中国是濒海大国，21 世纪被称为海洋世纪。第一艘国产航母、大型驱逐舰下水，歼－15 舰载战斗机批量交付，新型战斗机、预警机、反潜巡逻机整建制改装，新型导弹、鱼雷实现战斗部署……新时代的万里海疆，大国重器频传捷报，航母编队等新型作战力量持续加强，一系列实战化演习演练活动成效显著，人民海军在浩瀚的海洋留下挺进深蓝的壮美航迹。

“不能制海，必为海制。”今天，海洋在国家经济发展格局和对外开放中的作用更加重要，在维护国家主权、安全、发展利益中的地位更加突出。作为一个拥有1.8万多公里大陆海岸线、约300万平方公里主张管辖海域的海洋大国，面对日益严峻的海洋安全形势和日趋激烈的海洋权益斗争，捍卫国家领土领海主权和海洋权益、维护中国发展重要战略机遇期的任务艰巨而又繁重，建设强大的人民海军的任务从来没有像今天这样紧迫。

自信人生二百年，会当击水三千里。

站在建军92周年、人民海军成立70周年的新起点上，瞄准世界一流、矢志强军兴军、锐意开拓进取、聚焦备战打仗、深化改革转型，人民海军正以全新姿态屹立于世界的东方，在迈向世界一流海军的伟大征程上扬帆远航！

撰稿：祁雷　丁建庭　黄渝松　张健

图片由受访单位提供

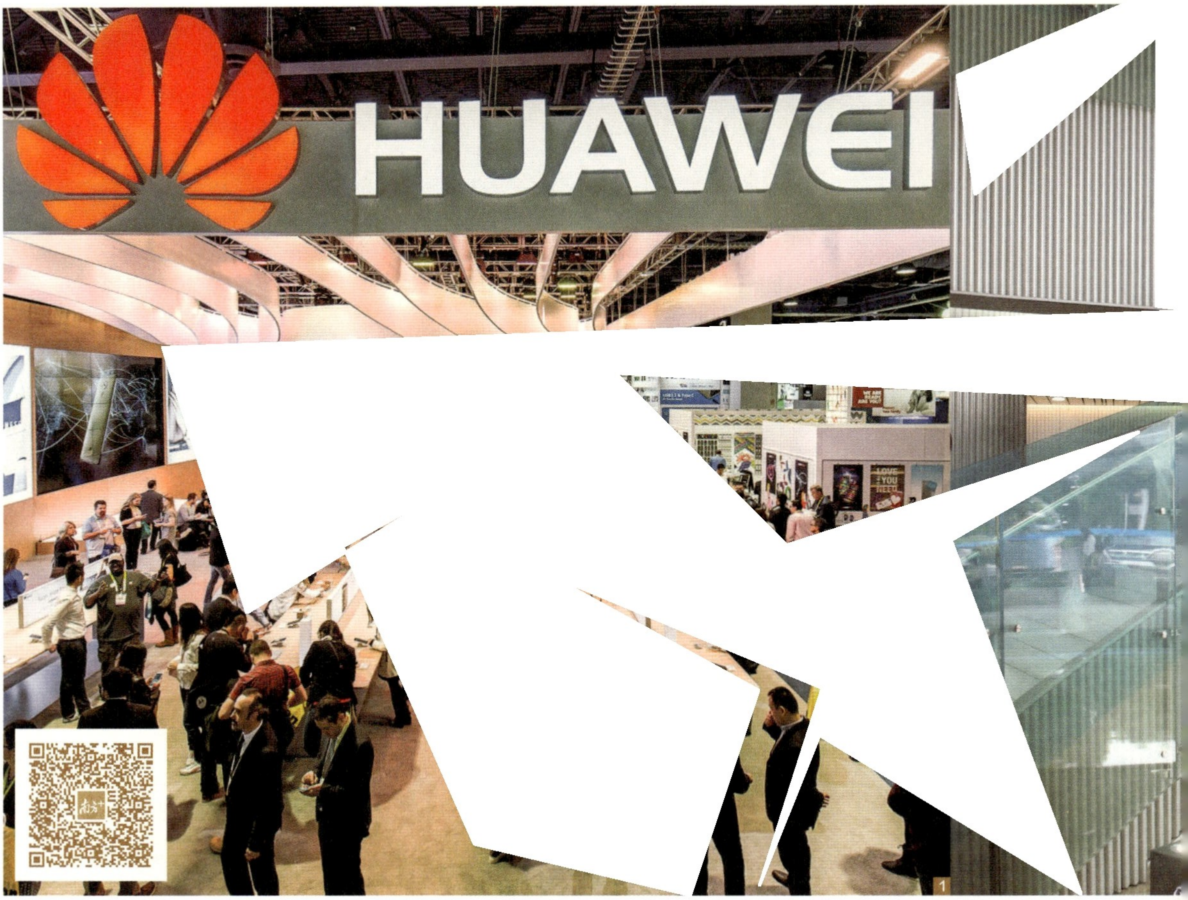

创新聚变：一个区培育153家上市企业

时间就是金钱，效率就是生命。位于深圳蛇口大南山脚下，这句改革开放初期响彻大江南北的时代标语，如今依然熠熠生辉。

这句口号也改变了一些人的人生轨迹。1984年，13岁少年马化腾初次来到深圳，看到标语很是触动。14年后，他在华强北赛格科技创业园的一栋老楼里创办

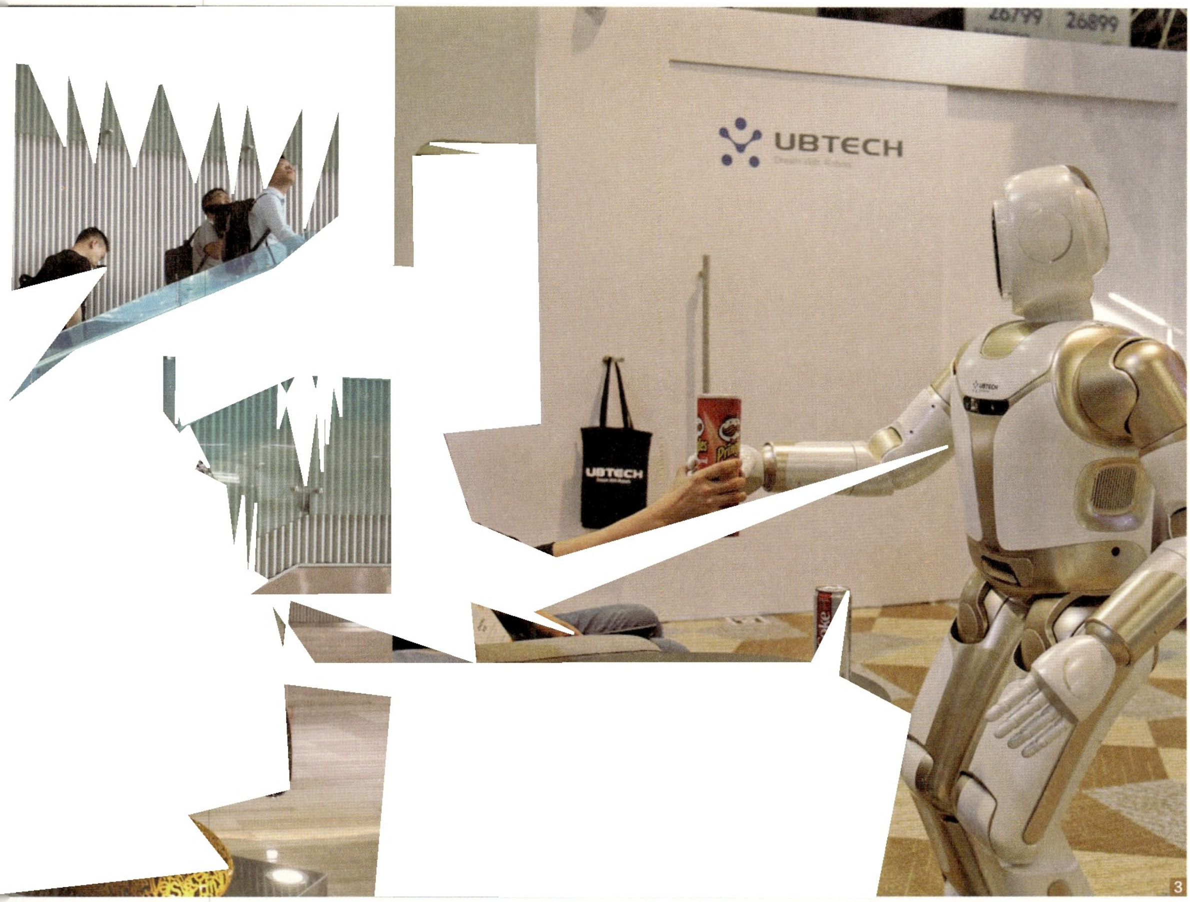

1 深圳高交会，华为展厅人气旺盛　2 腾讯总部滨海大厦大厅内摆放的标志形象企鹅

3 优必选公司自主研发的Walker机器人能和人进行各种互动

腾讯，随后搬进南山区，如今腾讯的全球总部滨海大厦正位于此。

1990年1月，国务院批准设立深圳市南山区。不到30年时间里，南山从一个地区生产总值不足1000万元的农业小镇一跃成为广东省经济第一强区。2018年，地区生产总值突破5000亿元大关，其中战略性新兴产业增加值占地区生产总值比重达60%。

至2019年，南山区国家高新技术企业总数超过3500家，培育上市企业153家，走出了华为、腾讯等世界500强企业，孵化了大疆创新、优必选等一批新锐企业。

从“三来一补”的加工制造，到亦步亦趋的跟随式创新，再到勇立潮头的原始引领式创新——在全球创新链条中，以南山为代表的广东力量正在不断崛起。

“南山的发展变迁是改革开放的一个缩影，其成功之道也蕴含了中国崛起的内在逻辑。”中国社会科学院政治研究所所长房宁如是说。

南方见证

走科技生产对接之路

来自深圳南山区的报告

国脚热身再胜江苏队

"记者就是责宾"

萨比娜王会凤分获冠亚军

"魔术师"要买一支篮球队

广东队大胜福建队

承认吸可卡因嗜烟 卡尼吉亚飞赴美国

• 1993年4月26日，《南方日报》聚焦南山区科技生产对接之路

全景扫描

民科企业生态之一

广州：呼唤更多明月

民科企业生态之二

深圳：高科创业乐土

看好民营科技企业前景

"乐土"是如何造就的？

挂失声明

• 2003年2月14日，《南方日报》报道深圳民营科技企业发展

A03 区域

全区上市公司总量达156家，全职院士拥有量占全市近八成

南山培育创新"热带雨林"

提升区域创新力和竞争力

当好服务企业"店小二"

为创新链区提供智力支撑

南山累计培育上市公司150家

• 2019年4月24日，《南方日报·深圳观察》推出"解码南山高质量发展"系列报道

A03 时局

创新聚变：一个区培育153家上市企业

敢试敢闯、不言放弃的"拓荒牛"精神延续至今

创新为魂 创业为本

• 2019年8月5日，本篇报道版面

星星之火 →

华为 2 万元起步，从小作坊到世界级企业

“科技人员可以以现金、实物及个人所拥有的专利、专有技术、商标权等工业产权作为投资入股，并分取应得的股息和红利。”1987年初，深圳发布的18号文件，让刚失业的任正非看到了机会。

就在那一年，他与同伴集资2.1万元，用两台万用表加一台示波器，在深圳湾畔一间杂草丛生的破旧仓库里成立公司，代理销售香港公司的用户交换机（PBX）。公司起名华为，寓意中华有为。

新中国培养的第一批工程师侯为贵也看到了通信行业发展的机遇。两年后的1989年，作为中兴通讯前身中兴半导体的创始人，他带领团队成功研发第一台程控电话交换机，仅用3年就实现了合同销售额超过1亿元。

此时，“三天一层楼”的深圳开始从铺摊子、盖楼房转向上水平、求效益，并率先在金融、税收、国营企业体制等方面推进改革。同样在蛇口，平安保险、招商银行等企业应运而生，并快速成长。

1990年，南山区正式成立，管辖原南头区与蛇口区。同年，深圳特区明确提出，要加快从劳动密集型产业向技术密集型产业转变。

在此背景下，以华为、中兴通讯为代表的深圳企业开始了长达近30年的技术赶超。

当时的华为楼下有个交易所，买股票的人里三层外三层包围着。但华为的研发人员丝毫不为所动，专心于技术研究，接连研发出小型模拟交换机等设备。

有了自主技术，通过开发农村市场，华为在爱立信、阿尔卡特、西门子等国际通信巨头环伺下实现初步发展，并持续将利润投向产品研发。

为了与跨国通信巨头一较高下，侯为贵通过多种手段鼓励全体员工“写专利、报专利”。中兴通讯研发、生产的交换机、通信基站，屡次实现国内通信设备制造史上的新突破。

在南山区，不只有华为和中兴通讯。20世纪90年代初，建区不久的南山区明

确要“依靠科技进步发展经济”，创办京山民间科技工业村。当时，各类科技企业云集南山，深圳高新技术产业园跻身世界一流科技园区行列。

仅1992年，南山就与美国、日本、瑞士、韩国等国家的高科技企业签约，引进光纤光缆、三维图形工作站、激光唱机机芯和程控电话交换机等6个高科技项目。

“在南山众多企业中，许多都是在国内外市场的淘洗和打磨中磨砺出来的。这些久经考验和磨炼的企业管理团队，是南山的宝贵财富。”深圳市南山区委书记王强回忆说。

近年来，华为等发轫于南山区的企业在全球范围设立科研中心，持续投入研发提升竞争力。数据显示，华为仅每年在通信领域的研发投入就接近600亿元，位居全球企业前列。

“华为坚定不移28年只对准通信领域这个‘城墙口’冲锋。我们成长起来后，坚持只做一件事。”任正非在接受媒体采访时表示。

2019年7月30日，华为公布上半年业绩，实现销售收入4013亿人民币，同比增长23.2%。华为公司董事长梁华同时宣布，2019年计划研发投入达1200亿人民币。

随着华为、中兴通讯等一批国际性企业的快速崛起，南山区成为深圳创新发展的典范，高新技术产业也成为深圳参与全球经济竞争的最强原动力。

创新之路 →

高交会获风投关注，腾讯拉开创新创业大幕

1999年10月5日，在深圳刚刚搭建好的临时场馆内，第一届中国国际高新技术成果交易会（下称“高交会”）拉开了帷幕。

就在这一年，28岁的马化腾来到高交会，租了一个柜台参展，为成立仅一年的腾讯找投资。

当时，腾讯刚刚推出OICQ不久，用户迅速扩张到500万。大量的下载和暴增的用户带来了高额的运营成本，公司出现了严重的资金缺口，腾讯急需投资。

马化腾拿着改了多个版本、20多页的商业计划书跑遍了高交会，获得了风险投资的关注——多番接触后，最终IDG与盈科共同投资220万美元。

刚刚成长起来的腾讯也许不会想到，在高交会上获得风投的青睐，不仅开启了“企鹅帝国”的商业版图，更是点燃了深圳南山区创新创业的燎原之火。

除了腾讯之外，首届高交会还走出了本斯电器、朗科科技等优秀的深圳本土科技企业。

当年，本斯电器创始人张滨忐忑不安地带着全球第一台全自动智能柔巾机来到展会现场，在不足5平方米的展位上，斩获了5000万元的订货合同。

无独有偶，被称为“优盘之父”的邓国顺也带着他研发的全球第一款USB闪存盘来到会场，一战成名，成就了后来风云全球的朗科科技。

高交会诞生伊始见证了许多企业的成长，也拉开了改写深圳乃至全国新兴产业布局的帷幕。

□ 腾讯科技互动体验展

南山区科技创新局局长刘石明回忆，2000年前后，南山区与涌入的“淘金者”一样，经历着转型发展的重要机遇期。“当时，知识经济与高新技术的浪潮正席卷全球，国家大力推进产业结构调整，南山区确立了发展高新技术产业的战略方向调整。”

1998年，深圳市委、市政府抓住了时代的风向标，当机立断决定停办传统的“荔枝节”，转而举办更符合时代定位的高科技展会。从此，一场风云际会的高新技术产业对接盛宴年年上演。

作为引领深圳创新发展的重镇，南山区的经济产业结构也在20世纪90年代末到21世纪初经历了转型发展的巨变，高新技术产业开始成为主角。

南山区统计年鉴显示，在1995年到2005年期间，南山区高新技术产品总值从73亿元攀升到1380亿元，表现出了高科技新兴产业的蓬勃生命力。尤其是在首届高交会的第二年，即2000年，南山区的高新技术产品总值占比已达35.7%。

乘着高交会掀起的产业转型浪潮，以腾讯为代表的互联网等高新技术产业在南山迅速崛起，逐渐成为日后引领广东乃至全国创新的中坚力量。

浪潮之巅 →

原始引领式创新，大疆重新定义广东“智造”

在深圳南山区高新南九道，大疆创新的系列无人机产品在新的体验厅悉数展出，每天吸引着近百人参观，其中很多是国外的采购团和合作伙伴。

跨入21世纪，大疆创新成为深圳出征国际科技创新舞台的一张新名片。

一个名叫汪滔的“80后”，在南山区不到20平方米的库房里捣鼓着飞行器，从无到有创造了消费级无人机这一新兴行业。如今，大疆创新占据了全球70%的市场份额，坚持原始创新向世界重新定义了广东“智造”。截至2019年4月，大疆创新全球专利申请数量已超过9100件，全球授权专利超过3100件。

激荡七十年，轻舟万重山。

与任正非、马化腾等创业家不同，以汪滔为代表的这一批创业家从创业伊始就对标国际一流技术，布局全球市场，瞄准战略性新兴产业，探索前沿领域引领式创新。

站在巨人的肩膀上，响应时代的号召，新一代的创业家书写着一个个新的南山故事。

——2012年，上海人周剑带着“一定要做成机器人”的梦想来到深圳南山智园创办了优必选科技。凭借全球自主研发的伺服舵机技术，优必选迅速成长为估值超过40亿美元的人形机器人公司。

——2013年，从香港城市大学博士毕业后，黄源浩回到深圳留学生创业大厦创立奥比中光。两年后，其自主研发的3D传感摄像头实现量产，成为全球第4家量

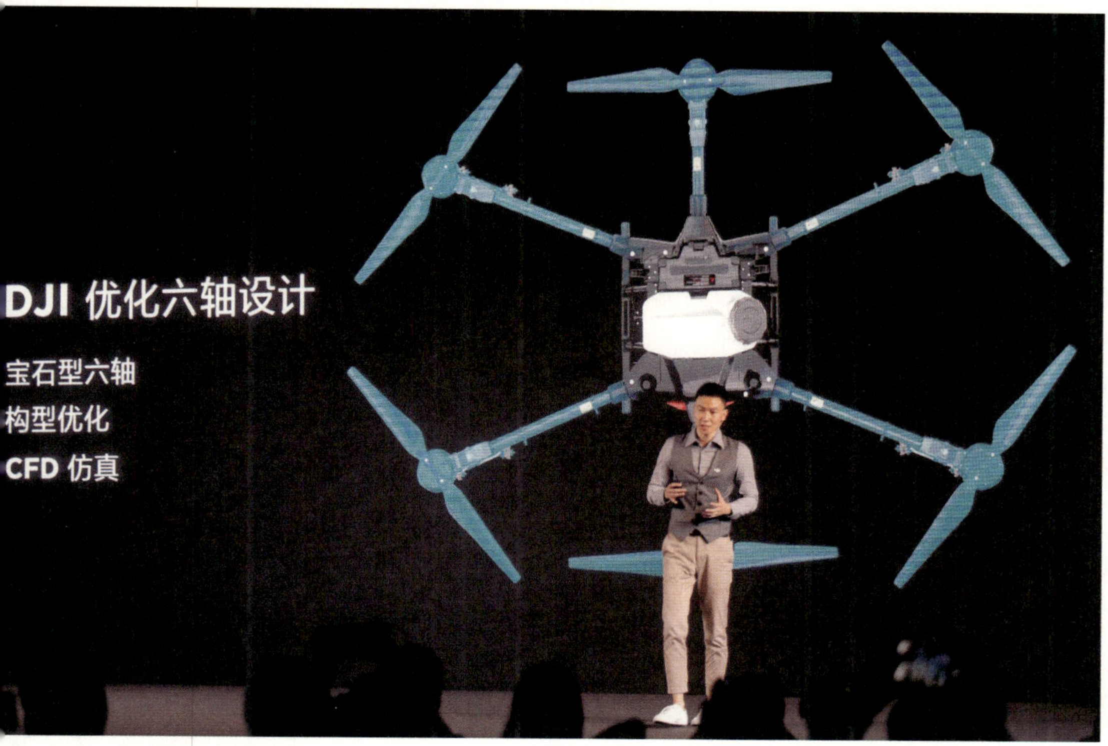

□ 大疆无人机新品发布会

产消费级3D传感器的公司。

——2014年，孵化于香港科技园的商汤科技选择将重心转移到深圳，在南山区设立研发中心。如今，商汤科技已是人工智能领域的龙头企业。

…………

“南山区政府把科技创新当作第一重点，人才自然聚集，很多企业愿意落户在南山，优质企业又吸引更多全球人才，从而形成了正向的循环。”优必选创始人兼CEO周剑告诉记者，大大小小的创业企业在南山汇聚，形成了一个不断扩大的良性创新生态圈。

2018年，南山区地区生产总值达5018亿元，连续6年稳居全国区（县）第三，全省第一。其中，战略性新兴产业增加值占地区生产总值比重达60%。全社会研发投入占地区生产总值比重4.71%，PCT国际专利申请量占深圳全市39%。

为何在南山能持续培育出这么多的科技企业？王强总结认为，回望过去每一波时代发展的浪潮，每一轮国家战略的推进，南山都“合上了节拍、找到了位置、抢到了机遇”，成为服务国家战略、实现自身发展的样本。

如今，南山成了广东创新创业的“热带雨林”，一家家高新技术企业从这里起步壮大。

2019年7月16日，周剑在朋友圈中晒出了最新的上市招股说明书，这家成立仅7年的年轻公司即将在资本市场迎来里程碑。“华为任正非的创业故事至今在南山流传，成为我们年轻一代创业的精神信仰。”周剑说。

一代人有一代人的创业梦，从华为到腾讯，从大疆到优必选，敢为人先、创新创业的基因传承至今。

地处粤港澳大湾区的黄金入海口和广深港澳科创走廊的重要节点，汇聚在深圳南山区的上百家创新企业迎来了历史新机遇，他们探寻全球创新版图新坐标的大征程才刚刚起航。

见证者说

腾讯董事会主席兼首席执行官马化腾：
敢试敢闯、不言放弃的“拓荒牛”精神延续至今

“第一次来到南山蛇口时，看到‘时间就是金钱，效率就是生命’这一口号，很是触动。”腾讯董事会主席兼首席执行官马化腾在接受记者采访时回忆说，当时13岁的他跟随父母来到深圳，见证了这座城市创造的“三天一层楼”“三天一制度”。“1979年，蛇口开山填海的炮声彰显了广东敢为人先的探索精神。如果不是亲身经历，可能我也无法想象，如今深圳最国际化的区域，40年前还是山、是海、是滩涂。”

1998年11月，马化腾和同学注册成立了深圳市腾讯计算机系统有限公司。

“我们最早的办公室是在华强北赛格科技创业园的一栋老楼里，30多平方米的屋子，五六个人挤在其中已是满满当当。”回想起创业初期的点滴，马化腾仍难掩激动，“腾讯从5个人发展到如今5万多人，但赛格这个办公场地至今还保留着，这是腾讯人激情和奋斗的印记。”

在创业初期，腾讯也经历了一些困难。尤其是OICQ刚上线时，用户数的增长远超预期，运营成本不断攀升，几名创始人都在想各种办法寻找投资人。“幸运的是，IDG和盈科投出的一笔钱解了燃眉之急。”马化腾说。

2000年4月完成融资之后，腾讯的发展步入正轨。2004年6月16日，腾讯在香港交易所主板挂牌上市。在《财富》世界500强排行榜中，腾讯连续3年上榜，2019年排名237位。

“腾讯和深圳一同成长，深圳敢试敢闯、不言放弃的‘拓荒牛’精神，给了我和同一批创业者憧憬与能量。”马化腾说，当年创办腾讯的初心并不是为了获取财富。“那时候互联网还是新生事物，我们隐约意识到了它独特的连接价值，所

以就有了创造一款基于互联网的即时通信工具的想法。”

身处深圳这片改革开放的最前沿阵地，腾讯成为改革开放最直接的见证者、参与者和受益者。“改革开放给了企业广阔的发展舞台，让一大批企业从无到有、从小到大，成为今天中国乃至全球知名的企业，腾讯感恩这个时代和这片热土。”马化腾说。

腾讯的全球总部位于深圳市南山区。得益于良好的营商环境和创新氛围，公司不断蝶变、发展和壮大。

当前，粤港澳大湾区发展稳步推进。马化腾表示，未来腾讯将在粤港澳三地融合与交流方面持续发挥“连接器”的作用。比如，“数字广东”已经积累了很好的以数字化技术服务政务的经验，将来可以推广至整个大湾区。

“今年是新中国成立70周年。我们要有更多责任感、使命感和紧迫感，服务国家战略，助力粤港澳大湾区成为中国新的增长极。”马化腾如是说。

叮咚快评

创新为魂　创业为本

哪里是“中国硅谷”？这个话题在10年前还有比较大的争议，现在答案则集中指向了深圳——中国创新发展的一面旗帜，在2019年7月24日召开的中央深改委会议上，深圳更是被赋予了建设中国特色社会主义先行示范区的历史新使命。那么，哪里又是“中国硅谷”的核心区？答案无疑就是深圳南山区——2019年初荣登“中国创新百强区”榜单第一名。

统计显示，南山区有超过150家上市公司，超过3500家国家高新技术企业，走出了华为、腾讯、平安、招商银行等本土世界500强企业，还培育了中兴通讯、中集、迈瑞医疗等航母级企业和大疆创新、海能达、优必选等一批新锐企业。而深圳市则有360多家上市公司，上万家国家高新技术企业，是内地拥有PCT专利最多的创新型城市，也是最重要的科技创新成果、科技创新人才和创新型企业的聚集地。

新中国成立70年，深圳市建市40年，南山区建区29年，她们崛起的背后有着一条共同的发展脉络，那便是以创新为魂、以创业为本。

一个地方的经济发展，很大程度上依赖于企业的创新创业水平。90%的创新型企业为本土企业、90%的研发人员在企业、90%的研发投入源自企业、90%的专利产生于企业、90%的研发机构建在企业、90%的重大科技项目由龙头企业承担……在南山区乃至深圳市，企业是市场的主体，也是创新创业的主角。创客之城、创新之都，“双创”已成为深圳的一张名片，而深圳也顺利实现了从跟随模仿式创新到原始创新、引领式创新的跃升，成为全球科技创新的高地。

创新驱动实质上是人才驱动，人才是创新创业的根基与核心要素。深圳是一个移民城市，催生了开放包容的城市文化，“来了就是深圳人，来了都为深圳梦。”相关数据显示，在清华、北大、复旦、上交大等国内名校毕业生中，深圳已成为最受欢迎的城市。2018年，广东常住人口增加177万，其中近50万流向深圳，深圳也是全国一线城市中人口增长最多的城市。源源不断的外来人口涌入，在奠定深圳城市活力的同时，更为深圳持续输送着创新创业所需要的人才。

问渠哪得清如许，为有源头活水来。

从南山看深圳，从深圳看广东，从广东看中国，创新创业之火已呈燎原之势。展望未来，不管是建设粤港澳大湾区国际科技创新中心，还是建设中国特色社会主义先行示范区，都必须深入实施创新驱动发展战略，将创新创业进行到底。

撰稿：彭琳　王彪　李赫　张光岩　丁建庭

供图：鲁力

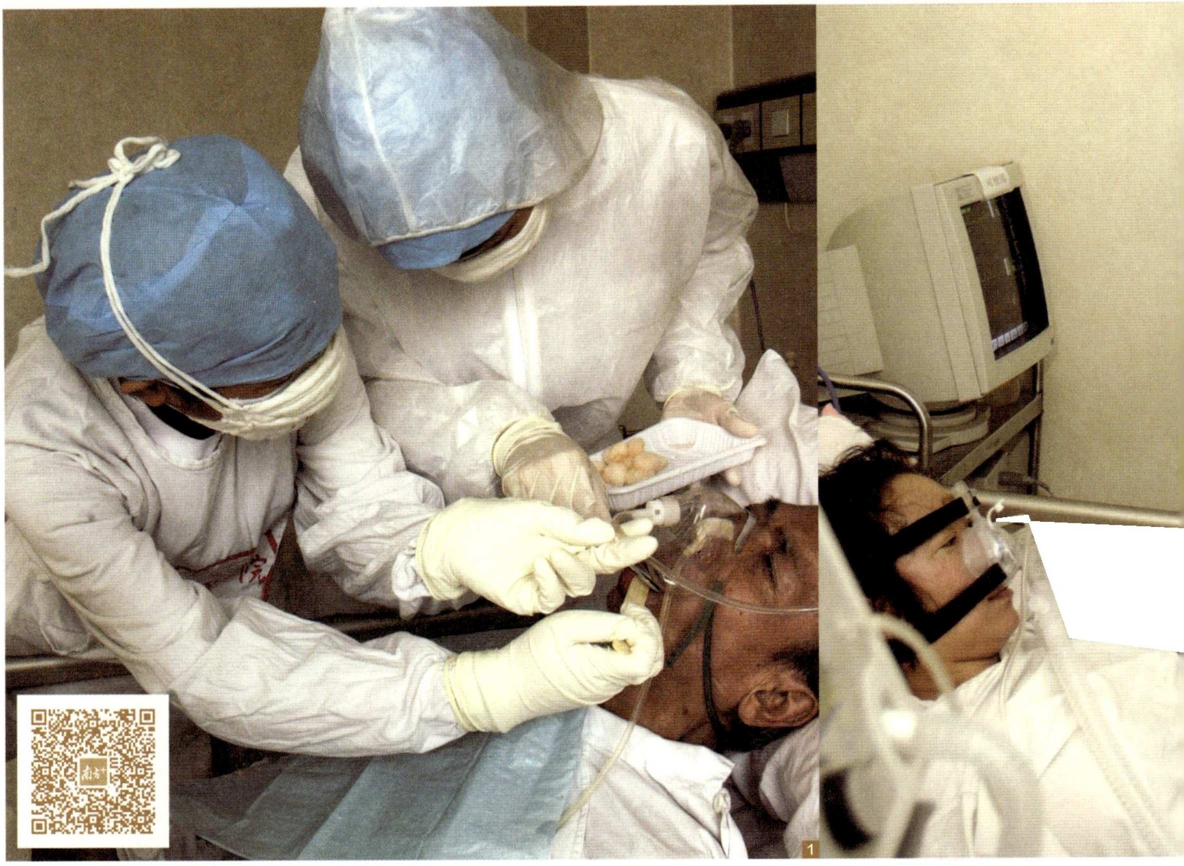

从“遭遇战”到“狙击战”
“非典”遗产改变广东

“2003年1月31日，是传染科历史上最不平静的除夕之夜……”2019年7月29日，在医院新员工入职培训的讲台上，中山大学附属第三医院感染病科主任医师邓子德面对着几百个年轻面孔，再次回忆起了当年抗“非典”的艰难岁月。

16年来，“非典”已成尘封往事，但它在当年亲历“非典”的医务人员记忆深处，已刻下一道深深的烙印，永远无法抹去。

1 隔离区里的医护人员正在为“非典”患者吸痰

2 《南方日报》记者在“非典”病房里采访

3 医院护士庆祝从隔离病房撤出

16年来，从猝不及防地与“非典”打了一场“遭遇战”，到从容镇定地打赢MERS的“狙击战”，广东公共卫生“防疫大堤”愈加稳固。

16年来，“非典”也深刻地改变了中国社会，从以经济建设为中心到更加注重民生与公共利益。如今，在建设“健康中国”战略下，公众防病意识再次飞跃。

南方见证

南方日報
2005年总人口低于8100万
我省表彰计生先进
从容应对定大局
——广东抗击非典型肺炎实录
打赢"遭遇战"的启示
继续坚持对伊核查
创新体制防范腐败
出口利用外资力争增一成

• 2003年2月20日，《南方日报》刊发《从容应对大局——广东抗击非典型肺炎实录》

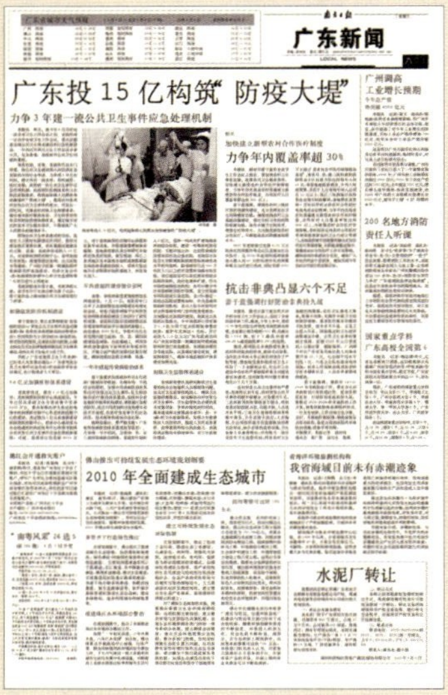
广东新闻
广东投15亿构筑"防疫大堤"
力争3年建一流公共卫生事件应急处理机制
力争年内覆盖率超30%
抗击非典凸显六个不足
2010年全面建成生态城市
我省海域目前未有赤潮迹象
水泥厂转让

• 2003年8月8日，《南方日报》报道广东将投入15亿筑起"防疫大堤"的重磅消息，此为公共卫生大建设的开端

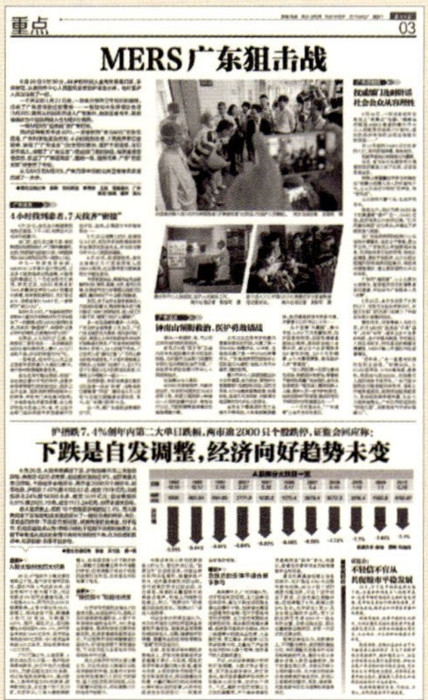
重点 03
MERS广东狙击战
下跌是自发调整，经济向好趋势未变

• MERS一度被称为"类SARS"，但刚进广东就被有效"狙击"，证明了"非典"后广东疾控体系的飞跃

A03 时局
从"遭遇战"到"狙击战"，非典遗产改变广东
非典后公共卫生体系实现飞跃
知难而进 守护健康

• 2019年8月9日，本篇报道版面

SARS“遭遇战”

邓子德仍记得2002年12月11日自己接到的一个电话。电话是佛山市第一人民医院打来的，请他去会诊ICU里的两个重症肺炎病人。

事后经世界卫生组织确认，其中的庞姓病人就是全球首例SARS病人。

随后，河源、中山等地相继出现类似病例，医院感染暴发。一个多月里，邓子德两次随省专家组前往河源、中山等地参与不明原因肺炎暴发的调查。

2003年1月22日，《关于中山市不明原因肺炎的调查报告》由邓子德执笔完成，广东省卫生厅以红头文件的形式发往广东各地。这是世界上关于“非典”的第一份完整的调查报告，报告中首次使用了“非典型肺炎”的诊断描述。

春节前后，“非典”进入发病高峰，广州成为“抗非”主战场。大年初三开始，作为广东省非典型性肺炎医疗救护专家组成员之一的邓子德在救治病人中被感染，住院治疗了一个多月。

抗击“非典”的战斗中，站在最前线的，是广大医务人员。“非典”感染者中，有23%是与邓子德一样的医护人员。中山大学孙逸仙纪念医院救护车司机范信德、广东省中医院急诊科护士长叶欣、中山三院传染病科党支部书记邓练贤、广州市胸科医院二内科主任陈洪光先后以身殉职。

随着病例增加，恐慌和谣言也在蔓延，社会上出现了抢购板蓝根、白醋乃至抢米抢盐的风潮。空气中无处不在的白醋和板蓝根的味道，成为许多广东人的集体记忆。

春节后复工不久，广州市政府和广东省卫生厅就先后召开记者见面会，向社会详细公布非典型性肺炎发病的情况。这是1989年国家传染病防治法颁布以来首次由政府正式发布此类新闻。

广大医务人员临危不惧，救回大量患者生命；物价、工商等部门应对抢购风潮；媒体通过各种渠道答疑解惑，渐渐平息了社会恐慌。

面对越来越多的“非典”病人，广东省“非典”医疗救护专家组组长、时任广医一院呼吸疾病研究所所长的钟南山院士说：“把重病人都送到我这里来！”

2月18日，有媒体称“非典”病原基本可确定为衣原体。《南方日报》顶住压力，第二天坚持刊发了以钟南山为代表的广东专家的保留意见：他们认为是病毒性肺炎的可能性很大。“科学只能实事求是，不能明哲保身，否则受害的将是患者。”钟南山说。

在钟南山的带领下，广东率先摸索出一套有效的防治“非典”的方案，成为全世界抗击“非典”的通用救治方案。为找出病原体，钟南山带领专家组与香港合作，最终分离出两株冠状病毒，找到“非典”真凶。

在全社会的努力下，最终“非典”疫情被遏制。

在抗击“非典”斗争中，广东凝聚出“临危不惧、沉着应对，实事求是、尊重科学，无私奉献、顽强拼搏，万众一心、敢于胜利”的“抗非”精神，创造了全世界“非典”死亡率最低、治愈率最高的纪录。

在“非典”中，广东还实现了“四不停”：学校不停课、工厂不停止生产、机关不停止办公、市场不停止开放，这在全国绝无仅有。当年的春季广交会照常举办，5万多来宾参会无一感染。

筑起“防疫大堤”

那个与SARS正面交锋的春天发生的事，已成为广东人民的集体记忆。“非典”带来的反思与决策，至今仍在深刻影响着中国。

“‘非典’是中国公共卫生发展史上一个里程碑事件。”何剑峰说，“非典”之后，政府高层、专业人员和广大群众，对公共卫生的认识提升到了空前高度，“这个高度，说白了是教训换来的”。

“非典”后，公共卫生得到前所未有的重视。2003年5月，国务院颁发《突发公共卫生事件应急条例》。此后，传染病防治法、国境卫生疫法和动物防疫法等相关法律先后被修订。

取得“抗非”胜利后，2003年8月7日，广东罕见地召开当年第二次全省卫生工作会议，总结了广东公共卫生建设中存在的六方面缺陷和问题，包括应急能力不足、疾控体系不健全、卫生监督不到位、农村卫生基础薄弱、卫生投入不足、卫生队伍建设有待加强。

第二天的《南方日报》头版报道了广东将投入15亿筑起“防疫大堤”的重磅消息。广东的公共卫生大建设由此开端。

据统计，“非典”后的十年间，全省各级疾控中心新改扩建项目109个，包括省疾控中心、21个市级和87个县级疾控中心，总投资30.9亿元。

历经近十年建设，2012年7月16日，耗资5亿多元建设的广东省疾病预防控制中心番禺新址正式落成。这标志着广东覆盖省、市、县的公共卫生体系全面建成。

在基础设施、仪器设备、运行机制、人才队伍和能力建设等方面，全省各级疾控中心均实现了跨越式的发展。其中，在2005年，广东县级以上医疗卫生机构就实现了突发公共卫生事件和法定传染病疫情网络直报。

“非典”中，为什么那么多医务人员被感染？邓子德分析，除了长期一线工作身体疲劳外，一个重要原因是，在“非典”流行初期，医护人员的防护装备和措施不足。

“曾有不明情况的人说，你们搞传染病的医生护士怎么会不懂得预防？”邓子德说，其实，他们已采取了当时能有的最好防护措施，一天用去了几百个棉纱口罩，几十件隔离衣，几十副乳胶手套。

但事后看来，这些传统的防护用品，在“非典”病毒面前，形同虚设。

“‘非典’大大推动了中国对医院感染防控的重视。”邓子德对此感触最深。他说，如今医院的院感防控意识、防控手段，医务人员手消毒意识都明显加强，N95医用防护口罩等物资储备充足，医院隔离条件有了很大改善，不少医院还建设起了负压病房。

从“非典”开始，传染病疫情信息公开成为惯例。2008年5月起，政府信息公开制度正式登上历史舞台，并催生了新闻发言人制度。

“非典”后，中国还加强了疫情防控的对外交流合作。粤港澳三地率先建立

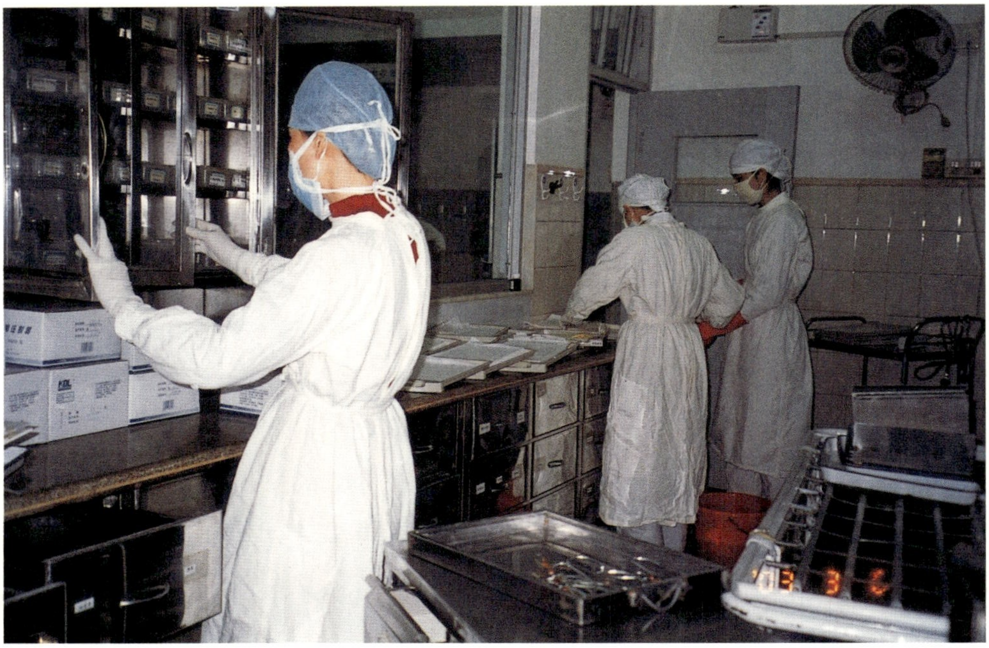

□ 医护人员在隔离区内工作

了传染病联防联控联席会议制度，在传染病疫情通报、公共卫生事件应急处置、人才培养方面都进行了广泛的合作。

从抗击埃博拉病毒到防控寨卡疫情，从地震医学救援到台风灾后处理……近年来，中国政府积极参与国际突发公共卫生事件和突发事件紧急医学救援。中国公共卫生积极“走出去”，国际地位不断上升。

MERS“狙击战”

人类与病毒的抗争从未停止，病毒引发的疫情一定会来。如果“非典”重来一次，我们准备好了吗？

“非典”后十多年，面对着人感染禽流感、甲型H1N1流感、手足口病、登革热等传染病的挑战，广东建设的“防疫大堤”都经受住了考验。

2009年春夏，新型的甲型H1N1流感病毒从南美墨西哥迅速向全球传播。世界卫生组织宣布流感全球大流行。中国第一时间启动了卫生应急体系，作为祖国南大门的广东紧密监测，科学防控。

“当时我们的许多经验都来自‘非典’，像成立应急指挥部、专家组，及时有效地隔离，及时接种疫苗，等等。”何剑峰说，广东做到了有条不紊、忙而不乱地去应对。

又一次严峻的考验，在2015年来临。

2015年5月27日晚，一例疑似中东呼吸综合征（MERS）病例从韩国首尔进入广东惠州，随后被确诊为中国首例输入性MERS病例。

MERS病毒致死率近40%，一度被称为“类SARS”。但这次，它刚“溜进”广东，就遭到广东疾控体系的严密“狙击”。

距通报仅4小时，患者就被找到；当天晚上10时许，广东疾控专家就采集到了病例样本；28日中午，广东省疾控第一轮检测结果出炉；29日凌晨6时，国家疾控中心复核确认；7天里，78名密切接触者全部找到。

为救治韩国病人，广东建立了临床专家轮值制度，前后共6批“国字号”及省内的专家组到惠州参与救治和防控，三级医疗卫生部门组建的专家队伍共同制定治疗方案。

在标准预防的基础上，收治患者的惠州市中心人民医院加上了接触传播预防、飞沫传播预防以及空气传播预防三套预防体系，院感控制达到了最高级别。

一个月后的6月26日，韩国患者康复出院。《南方日报》刊发报道总结这一场MERS“狙击战”：4小时找到患者，7天找齐密切接触者，展现了“广东速度”；院士领衔救治，医护人员主动请缨，深切关怀病人，体现了“广东温度”；权威部门及时辟谣，每天通报疫情信息，彰显了“广东透明度”。

“‘非典’、埃博拉等烈性传染病，哪怕在中国再来，我们仍有信心把它控制在萌芽状态。因为我们形成了有效的规则，我们有预案、有方法，有相应的组织动员群众的能力。”何剑峰说。

一次次公共卫生事件的历练，也在公众中普及了公共卫生理念，爱国卫生运动深入到了家家户户。2019年最新数据显示，中国免疫规划疫苗的接种率持续保持在90%以上。

“非典”后，政府更加重视民生发展。十多年来，广东医疗卫生事业与公共卫生体系建设同步飞跃，病床数、人均预期寿命、医疗服务水平等均显著提升，医保体系日臻成熟，居民健康主要指标位居全国前列。

抗击“非典”给广东人民留下的“遗产”中，尊重生命、尊重科学、尊重常识、尊重权利的理念更加深入人心，人们的生活方式也悄然变化。

何剑峰说，党的十九大提出“实施健康中国战略”，中国医疗事业正在从“以治病为中心”向“以健康为中心”转变，而这也与“非典”带来的反思一脉相承。

见证者说

广东省疾控中心副主任、首席专家何剑峰：

“非典”后公共卫生体系实现飞跃

“懵懵懂懂开了战，如履薄冰走过来，心惊胆战地经历过，泰然处之回头看，一切都在灯火阑珊处。”说起“非典”往事，何剑峰用了这样的一段话来概括自己的心路历程。

这段“抗非”经历，在他的人生中烙下了深刻的印记。

写出了世界首份“非典”流行病学报告

一开始，与其他大多数人一样，年轻的疾控专家何剑峰对“非典”没有认识，把它当成非常普通的疾病来应对。

2003年1月18日，接到中山的不明原因肺炎病例暴发的报告后，何剑峰与4个同事去了中山开展流行病学调查，详细调查了28个病例。

19日调查完，当晚何剑峰与李灵辉医生熬到凌晨4时写出了世界上第一份关于“非典”的流行病学报告，提出这种疾病是有一定传染性的传染病，“可以人传人，目前没有有效治疗方法，考虑病毒性可能极大”。

后来著名的“中山报告”即是在这份报告的基础上完成。到如今何剑峰都很自豪：“‘非典’没有跳出来我原来的框架。”

1月23日，何剑峰接到顺德报告“非典”病例后火速前往，病人插着呼吸机躺在病床上，何剑峰就在床边给他做调查，只戴着一个简单的普通口罩。

下午4时调查完，晚上8时病人死了。何剑峰得到消息后的第一个念头，是要去给这个“非典”的第一个死者采样。但当他追到殡仪馆时，病人尸体刚刚火化。

病人的死亡、战友的倒下、同事受感染……何剑峰感受到了“非典”的可怕，但更激起了他与之战斗的决心。由于贡献突出，何剑峰荣获广东抗击“非典”一等功。

有信心打好任何一场传染病防控战

在MERS袭来时，已成为广东省疾控中心首席专家的何剑峰数次在媒体面前亮相，回应相关疑问，研判MERS疫情，见证着广东公共卫生体系的巨大飞跃。

“当年对‘非典’，大家的认识是模糊的，紊乱的，看不透。到现在，我们对每一个公共问题都有自己的方法、行动步骤。”何剑峰说。

在MERS的“狙击战”中，广东4小时找到患者，7天找齐所有密切接触者，这在“非典”发生时是无法想象的事情。何剑峰说，如果再来一次类似疫情，找人的时间还可以更快。

作为一名公卫人，何剑峰见证着“非典”后政府对公共卫生的空前重视。

“以前我们做卫生防疫的时候，拿个水桶、蚊帐、洗漱用品就去基层驻点。”

何剑峰说，当时大家有句话来自嘲：“远看像逃难的，近看像要饭的，走近一看是防疫站的。”

“非典”后，公共卫生发展得到了大量资金、技术投入。何剑峰的办公室从拥挤的新港路搬迁到了番禺大石的新址。

何剑峰也见证着公众对公共卫生的认识空前提高。“‘非典’时，许多老百姓根本不知道什么是公共卫生，唯一知道的就是打疫苗。当时很多人抢米抢盐，一个原因是大家以为是‘非碘’，而盐里面有碘嘛。”何剑峰感慨，这放到现在是不可理喻的事情。

“非典”后，广东省疾控中心开始在全省范围内普遍开展新发传染病防控的培训，何剑峰几乎跑遍了广东的每一个市县，推动了公众的公共卫生风险防范意识的普及。

“怎么讲‘非典’的作用、经验都不过份。”何剑峰认为，如今的中国在传染病防控的理论、手段、技术等方面都处于国际前列，我们很有信心也有经验去打好任何一场传染病防控战。

叮咚快评

知难而进　守护健康

在新中国公共卫生发展史上，抗击“非典”绝对是一个绕不过去的重大事件。

2003年，“非典”暴发，广东是全国抗击“非典”的主战场。面对突如其来的重大疫情，广大医护人员临危不惧，依靠科学，救死扶伤，在全世界率先探索出了一套富有明显疗效的防治经验，打赢了一场没有硝烟的“人民战争”。

“把重病人都送到我这里来！”在这场与SARS的殊死斗争中，钟南山等一大批医护人员以战士的勇敢无畏、学者的铮铮风骨和悬壶济世的仁心仁术，挺身而出，冒死犯险，力挽狂澜，用忠诚与生命诠释了大医精诚的高尚风范，筑就了“临危不惧、沉着应对，实事求是、尊重科学，无私奉献、顽强拼搏，万众一心、敢于胜利”的“抗非”精神，赢得了世人由衷的敬重，宝贵精神财富烛照今天。

“科学只能实事求是，不能明哲保身，否则受害的将是患者。”对付像“非典”这样的人类首次谋面的凶顽病毒，只有勇气是远远不够的，还必须秉承科学态度，求真务实，不迷恋权威，不迷信经验，“以科学的精神光大中国未来的生命”。幸好，有人坚持了自己的观点，找到了“非典”真凶。“只唯实、不唯上”的道德风骨和学术勇气弥足珍贵，也是今天做科学、搞创新之必需。

比起“抗非”精神、科学态度，更深刻的变化来自公共卫生应急体系的完善。

古人云：“不破不立，不塞不流，不止不行。”一场“非典”直接冲垮了原来的公共卫生体系，让政府应急管理能力的短板彻底暴露出来。在“非典”发生后的16年里，政府加大了对公共卫生应急体系建设的支持，先后出台修订了一系列法律法规，无论在顶层设计、机构建设，还是人员配备、设备配置上，都有了质的飞跃，对新发传染病和不明原因的疾病的监测和应对能力不断提高。可以说，经过“非典”一役，政府的应急管理能力得到了极大提升，中国公共卫生事业的发展也步入快车道。这也是广东后来能从容应对MERS、H7N9禽流感、H5N1禽流感、H1N1流感、登革热等公共卫生事件的根本原因所在。

千淘万漉虽辛苦，吹尽狂沙始到金。

“非典”给人类带来了巨大的灾难，同时也留下了宝贵的财富。健康是促进人的全面发展的必然要求，是经济社会发展的基础条件。今天，推进健康中国建设，实现全民健康的目标，仍能从16年前应对“非典”中汲取经验和营养。

公共卫生，路还很长，依然需要知难而进，守护健康。

撰稿：李秀婷　丁建庭　程楚瑶　陈丽华

供图：严亮　符超军

1

母亲河的治污接力赛：“火水河”变“观景河”

八月盛夏，小东江永久桥河段，摩天轮矗立岸边，霓虹灯五光十色。河岸两边的绿道，前来健身休闲的市民络绎不绝。江上，两名渔民撒网捕鱼，船上已经收获颇丰。美丽如画的小东江十里滨水景观带，现在是茂名城市景观的标签。

1958年，新中国在茂名建设炼油厂。随着“南方油城”的崛起，小东江一

1 整治前，河床堵塞，河水浑浊　2 污水处理厂周边绿意葱葱　3 美丽的小东江

江碧水逐渐变为石油类污染物超标千倍的“火水”。污染事故频发、鱼虾人畜中毒，茂名的母亲河曾多次被国家、省挂牌督办。

2019年1—6月，小东江石碧断面在全省9个劣Ⅴ类国考断面中不仅率先消除劣Ⅴ类，而且水质综合指数排名第二。

61年间，小东江从清到黑，再从黑到清，看似简单的轮回，彰显的却是广东集中力量打好水污染防治攻坚战的坚定决心以及发展理念的绿色变革，折射的是环保理念从“先污染后治理”到“绿水青山就是金山银山”的升级。

治污接力赛仍在进行，广东以及茂名、湛江两地的党委政府、群众继续举力治理小东江，努力实现“2020年底前全面达到Ⅳ类水质”的目标。

南方见证

• 1999年5月27日，《南方日报》刊发《污染！污染！小东江告急！——关于吴川小东江污染的思考》

• 小东江是鉴江流域的重要支流，小东江的遭遇，亦是鉴江的写照

• 2015年9月，《南方日报》推出《湾湾小东江 粤西生命水》跨版报道，直指污染问题

• 2019年8月12日，本篇报道版面

龙头效应 “污染大户”变“环保先进”

2019年6月19日，小东江上锣鼓喧天，22支龙舟劲旅开桨竞渡，岸上万名市民加油喝彩。一江碧水穿城而过，小东江的“逆袭”，让茂名得以在家门口举办大型水上体育赛事。

小东江，流经茂名、湛江两地，67公里干流中有61公里在茂名境内，是唯一横贯茂名中心城区的河流。新中国成立初期，小东江清澈见底，鱼虾成群，是沿江群众的主要饮用水源。

1958年后，随着油母页岩炼油厂的建成，茂名逐步发展成为全国最大的石油化工生产基地之一，为缓解国家石油困难作出了特殊贡献，享有“南方油城”的美誉。但不久，小东江也“出名”了，因为其水质污染已经严重到了惊人的地步。

据介绍，1976年以前，茂名石化炼油厂的废水基本是未经处理直排小东江，再加上20世纪80年代，一大批小炼厂、小化工厂、皮革厂因势而生，每年排入小东江的废水约1亿吨，废水中含石油类3.5万吨，含酚1230吨。彼时，小东江的石油类污染物达67mg/L，超过Ⅲ类水质标准1000多倍，成为人们避之不及的“火水河”。

“水是黑色的，布满一朵朵油花，气味很刺鼻，几乎没有生物。”茂名市生态环境监测站原高级工程师王华元回忆，到1985年，小东江仍是“丢根火柴就能点着火”的样子，“住在江边的人最烦恼，想搬没钱搬，老婆都不好找’。

如今，“火水河”早已成为历史。“挥发酚、石油类污染物几乎消失，小东江水质从劣Ⅴ类恢复到Ⅳ类，异味没了，鱼虾洄游。”茂名市生态环境局原总工程师刘普新说，作为茂名最大的石油化工企业，茂名石化的转型升级在小东江治理中发挥了龙头效应。

1993年8月21日，《南方日报》刊发报道《油城茂名从“污染大户”变成环保先进》，介绍了茂名石化的做法：循环使用工业用水，使得炼1吨原油排出的污水量从45吨下降至1.5吨；先后投资3000多万元，完成环保工程40多项……迎难而上的茂名石化很快被评为环保诚信绿牌企业。

页岩炼油生产线彻底关停，环保标准不断升级……如今，茂名石化炼1吨原油的废水排放量仅为0.14吨。炼油厂排污口位于小东江茂南区新坡镇段，过去，附近的村民在河里打捞石油；如今，他们取排出的废水灌溉庄稼。

不仅可以灌溉，还能养金鱼。在茂名石化乙烯厂污水处理池旁有一个假山水池，水质清澈，金鱼畅游。茂名石化安全总监古才荣介绍，养鱼的水是处理后的废水，“我们主动执行最严环保标准，投入数亿元升级改造污水处理设施，排放的废水COD浓度远低于国家标准。”

古才荣说，茂名石化在履行经济、社会责任的同时，还充分担负起环境治理的责任，协助周边工业园区处理污水，“2010年以来，我们每年帮助地方处理废水40万吨以上。”

如今，只要有空，王华元、刘普新、古才荣等人在夜晚都会到小东江边散步。“变化太大了，年轻人可能不知道，曾经小东江河岸一公里内都可以闻到煤油味，过往行人无不掩鼻。”王华元感慨地说。

猛药去疴 →
“限批”+“督办”铁腕治污

茂名市茂南区镇盛镇，小东江蜿蜒流过。持续数日的降雨，让河水有些浑浊，但几乎不见垃圾、水浮莲，两岸水草、竹林茂盛，偶尔有白鹭飞到江上觅食。再往下数公里，就进入了湛江吴川境内。

居住在河边的低车村村民吴阿姨记得，2000年前后，小东江不似现在这么平静，事情很多，或是有油污，或是死鱼。

那段时间的《南方日报》，小东江“尤为抢眼”：1998年11月26日，原国家环保总局调查小东江特大污染事故；1999年4月6日，小东江再遭特大污染，江水变黑，河鱼大量死亡；2000年1月16日，废液照旧横流，小东江何日荡清波……

原来，茂名石化从“污染大户”变成“环保典范”后，小东江流域内仍有200多家炼油、化工、皮革、造纸等污染严重企业，每年产生废水3000多万吨。超标排放或偷排，严重破坏了小东江的生态，沿江数十万群众生产、生活和身心健康都受到了严重威胁。

“下游群众经常投诉，我们忧心忡忡。”回忆起那段时间的工作，王华元坦言，压力很大，一下大雨就去江边蹲守，害怕工业污水被雨水冲进江里。

重压之下，茂名市投入大量资金治理小东江流域工业废水，关停了茂名市糖厂、茂名市有机化工厂等一批污染严重企业，对超标排放的企业进行限期整治，严厉打击“黑油厂”，建成茂名市第一污水处理厂……

整治有成效，但污染难杜绝。2005年，小东江吴川段又发生石油污染事故；位于茂南区的小东江支流白沙河则在日积月累的偷排中变成了“黑沙河”……

广东决定以猛药去疴。2007年，原广东省环境保护厅对茂南区使出号称环保史上最严厉的行政处罚手段——区域限批。成为全省首个戴上“限批”帽子的茂南区，在招商引资和接受珠江三角洲产业转移时，都不能引进电镀、印染、制革、造纸、大型禽畜养殖等新增加水污染物总量的建设项目。

污染企业不但不给进，还要清走。2013年，原广东省环境保护厅、原广东省监察厅对白沙河流域制革等重污染行业整治环境问题进行挂牌督办，要求茂名关停全部未入园区的皮革企业，坚决关闭不能按期完成治理的禽畜养殖场。2014年，广东又将小东江污染整治工作纳入省人大常委会重点监督范围，计划投资49亿元，要求茂名、湛江联手整治……

小东江大部分流域都在茂名境内，茂名市政府成了责任主体。层层督办，倒逼茂名市铁腕治污——市委书记、市长亲自出马，强力推进整治工作，促使白沙河流域内32家皮革厂全部停产并开展整改，污染治理设施陆续建立起来，整治无牌无证企业200多家……

茂名市生态环境局水生态环境科科长曾天志介绍，2015年，全省水污染整治的6条重点河流，只有小东江实现水质目标；2016年，小东江水质综合污染指数再下降7.6%，氨氮浓度下降21.2%，是“六河”中唯一实现年度水质目标的河流……

全面治水 →
15 万名河长守护南粤河流

虽然达到了考核目标，但小东江流域水环境形势仍十分严峻。“养殖、生活的污染问题仍然突出，氨氮取代了石油类成为主要特征污染物。”茂名市生态环境监测站站长廖周勇说。

2015年9月，《南方日报》推出《湾湾小东江　粤西生命水》跨版报道，直指问题所在：流域禁养区内畜禽养殖场星罗棋布，规模化的就有224家之多，大量养殖废水直排江中；城镇污水实际处理率仅45%，流域每日接纳生活污水23.2万吨……污水排入量是径流量3倍的小东江，必须“减负”！

其后几年，茂名市政府按照“截污水、关猪场、打偷排、补好水”的思路，大力推进小东江的污染防治工作，彻底把“煤油味”的标签扔进历史，引来白鹭

栖息。

2019年1—6月，小东江石碧断面水质为Ⅳ类，达到考核要求，成为广东集中力量打好水污染防治攻坚战的生动注脚。

茂名市茂南区新坡镇合水村，挨着小东江、白沙河。走进村里，河边杨柳依依，池塘20亩荷花大多结了莲蓬。浇灌杨柳、荷花的水来自白沙河。合水村党支部书记柯旭锋是白沙河合水段村级河长，他每天都要巡河，看看自己负责的1.8公里河道是否干净。

据茂名市河长办副主任刘万强介绍，2017年，茂名全面实施河长制，建立小东江市、县、镇、村四级河长体系，越来越多的“柯旭锋”们加入到母亲河的守护、治理中来，为实现“2020年底前全面达到Ⅳ类水质”的目标而努力。

而在全省，已设立省、市、县、镇、村五级河长37871名，加上村民小组设立的河段长兼巡河员，总人数超过15万名；设立湖长462名，涵盖全省159个湖泊。

□ 小东江夜景

其中，省、市、县、镇四级全部实行双总河长制，全面构建起以党政领导负责制为核心的河长体系。在他们的努力下，2018年，全省中小河流治理长度突破1万公里；水污染防治稳步推进，全年新建城市（县城）污水管网近8000公里，925宗水源地突出环境问题全部落实整改……

岭南多水乡，水是广东的血脉，也是环保的重中之重。从20世纪90年代末的碧水蓝天工程计划，到八年珠江综合整治，再到如今的南粤水更清行动计划、打好污染防治攻坚战三年行动计划，广东治水一直在努力。

2019年6月广东省委、省政府召开的全省污染防治攻坚战工作推进会总结了攻坚新进展：2019年1—5月，珠江西航道鸦岗、深圳河口、小东江石碧3个断面水质由劣Ⅴ类好转为Ⅳ类，全省劣Ⅴ类国考断面从9个降至6个，是国家实施地表水监测体系改革两年来出现的最明显的变化；茅洲河、练江干流水质呈改善趋势；全省主要江河水质保持优良，水质达标基础不断改善；全省有366个黑臭水体整治达到“初见成效”的标准……

见证者说

茂名市生态环境局原总工程师刘普新：
“以前有GDP就行，现在环保不行一切免谈”

2019年8月，刘普新从茂名市生态环境局总工程师岗位退休。从1989年到茂名市环境监测站参加工作，至今整整30年，他把青春奉献给了茂名环保工作，参与了小东江的治理、见证了小东江的变迁。

刘普新是土生土长的茂名人，但当他从昆明工学院资源选矿专业硕士研究生毕业回乡时，仍被小东江的水质震惊了。“在监测站工作，要到境内的江河采样、分析。在鉴江、袂花江和小东江3条河流中，小东江受污染最严重。我们采样时要拨开水面的油膜，才能采到水。”

小东江的污染、治理过程，让他切实感受到中国环保理念的变化、国家对生态文明的重视以及人类对自然的敬畏。“20世纪90年代之前，国人的环保意识薄弱。连我作为一名环保工作人员都会觉得，污水排到江河里是很自然的事。”刘普新坦言，彼时，他未曾想过小东江需要修复、治理。

20世纪90年代之后，中国经济腾飞，环保意识也逐步增强，但对于茂名而言，环保是有心无力的。“领导、政府历来都重视环保工作，但地方财政有限，投入不多。另一方面，中小企业没钱没技术，环保成了空谈。”刘普新说。

如今，他最喜欢挂在嘴边的话是“绿水青山就是金山银山”。“唯GDP论的时代真的过去了。以前有GDP就行，环保慢慢来。但现在地方引进项目，首先考虑的是环保，环保不行，一切免谈。”

尽管已经卸任总工程师一职，但刘普新对小东江的关心没有减少。“我是茂名市民，小东江好了，茂名环境也会好，我们的生活才是高质量的生活。”

2018年1月，小东江石碧断面的水质氨氮超标。对如何持续巩固小东江整治成效，刘普新认为，茂名是广东养猪第一大市，养猪企业的环保水平不是很高，治理的关键还是要在有效杜绝养猪污染上下功夫。猪粪本来可以回收，但养猪密度过高、土地比较紧缺，导致循环经济的生态养殖模式难以推广。“一排放到环境中，就是污染了。”

在刘普新看来，新建的猪场可以严把环保关，但对已有的猪场，应该采取更科学的处置方法。“我在很多场合都呼吁，每个县区都引进或创办一个猪粪有机肥企业，负责回收猪粪。目前茂名市已经规划了，但企业家们也直言，亏本的生意没人做，需要财政补贴、政策扶持才有可能落实。”

清水绿岸　鱼翔浅底

湾湾小东江，青青草又生。历经多年多轮整治，曾经的“火水河”变身“观景河”，小东江实现了美丽蝶变，同时见证了发展理念的鼎新。

水是生命之源、生产之要、生态之基。美丽的广东大地，数百条河流纵横交错，像母亲的乳汁滋养着我们。但一段时间以来，因为没有处理好经济发展同生态环境保护的关系，以无节制消耗资源、破坏环境为代价换取经济发展，导致一些地区面临着严重的水污染，给加强生态文明建设带来了严峻的考验。

小东江治污曾是广东省挂牌督办的重点环境问题之一。近年来，茂名和湛江两地铁腕治污，严格限制涉水重污染企业，强力治理畜禽养殖污染，同时建设污水处理厂、垃圾焚烧发电厂，改造污水管网，加强河道整治，推进生态修复，取得了积极成效。2019年上半年，小东江石碧断面水质为Ⅳ类，达到考核要求；接下来就是再接再厉，努力实现“2020年底前全面达到Ⅳ类水质”的目标。

绿水青山就是金山银山。随着社会发展和人民生活水平不断提高，人民群众对干净的水、清新的空气、安全的食品、优美的环境等的要求越来越高，生态环境在群众生活幸福指数中的地位不断凸显，环境问题日益成为重要的民生问题。老百姓过去“盼温饱”，现在“盼环保”；过去“求生存”，现在“求生态”。只有坚定不移把生态环境保护好、治理好、修复好，才能让老百姓切实感受到经济发展带来的实实在在的环境效益，为子孙后代留下可持续发展的“绿色银行”。

广东在大气环境治理上谋划早、行动早，形成了一套行之有效的区域大气污染防治机制，创建了国家重点城市群空气质量达标改善的成功模式，为全国大气污染治理树立了标杆。相对来说，水污染治理与中央要求和群众期盼还有差距。广东省委、省政府对此高度重视，成立污染防治攻坚战指挥部，全面实行河长制，大力推进了工业污染防治、城市建成区黑臭水体整治、污水处理设施建设等，取得比较大的成效。但目前仍然存在污染物排放居高不下、环境基础设施建设滞后、低端产业和散乱污企业存量大、农业面源污染严重、多头治水等多方面问题。

水污染防治是一项复杂的系统工程，既非一日之功，又非一己之力，需要全社会、全领域的共同作为，一个拳头出击，集中力量干大事；更需要发扬钉钉子精神，挂图作战，下苦功夫、真功夫、长功夫，深入开展水污染防治行动计划，把绿色发展理念融入经济社会发展各方面，坚持重点突破和整体推进相结合，推进形成绿色发展方式和生活方式，还给老百姓清水绿岸、鱼翔浅底的景象。

受益而不觉，失之则难存。水污染治理，没有完成时，永远在路上。

撰稿：梁文悦　吴扬　谢庆裕　刘俊　丁建庭　傅锦洪

供图：王辉　王俊涛　茂名市生态环境局

广州大学城：更多广东娃圆了“大学梦”

“我被录取啦！”火热的高考招生季，广东考生陈明奕圆了“大学梦”，以优异成绩考上首年招生的华南理工大学广州国际校区。

华工广州国际校区是广州大学城二期的三大校区之一，毗邻番禺区小谷围

□ 广州大学城位于小谷围岛，这里高校汇聚，科研机构、高新企业云集

岛，也就是自2004年9月启用至今的广州大学城。

15年前，像陈明奕一样，中山大学、华南理工大学等10所高校的4万名学生迈进梦寐以求的大学殿堂，成为广州大学城的首批“主人”。

15年后，广州大学城朝气蓬勃，已为全省培养60多万名大学生，同时还汇聚一批优异的科研人才、优秀的科研平台和优质的科研成果，有力支撑着广东的创新驱动发展。

“广州大学城实现校际之间的优势互补、资源共享和学科交叉，是国内大学城办得最成功的案例之一。”广州大学城主要设计者之一、中国工程院院士、华南理工大学教授何镜堂深有感触地说。

南方见证

A04 时政

进驻新生将一天比一天多，预计到本月中旬将达3.7万多人

广州大学城首批新生开学

"小谷围奇迹"受热捧

本报昨加印11万份特刊

新生活，新体验

15辆新巡逻警车上路执勤

商业区昨日喜迎新生客

学生购得爽　商家卖得欢

首家三甲门诊部启用

门诊部电话：39332120

我省配备首台移动实验室

• 2002年2月28日，《南方日报》头版报道广州大学城开始建设的消息

广州大学城

小谷围奇迹

未来之城

广州大学城　广东的未来之城

首批进驻广州大学城的十所高校携手前行

• 2004年9月，广州大学城迎来首批新生，《南方日报》推出《广州大学城·小谷围奇迹》特刊

时局 聚焦 A04

广州大学城10岁了，那些年的人与事都是抹不去的城里记忆

曾经的荒岛，10年来为多少人筑梦

十年树人

《变形记》

《美食总动员》

《卧虎藏龙》

《下一站说爱你》

《歌舞青春》

"大学城是我的小苹果"

• 2014年9月，《南方日报》推出"纪念广州大学城建成10周年"系列报道

A06 时局

壮阔70年 奋斗新时代

广州大学城：更多广东娃圆了"大学梦"

广州大学城是国内大学城办得最成功的案例之一

大学之城　智力引擎

• 2019年8月16日，本篇报道版面

江心小岛崛起一座现代化大学城

对陆丽明来说，广州大学城是青春的记忆。

“下课后，我们在草地上读书、到中心湖旁跑步，还畅游兄弟高校的图书馆。这是我们最难忘的大学时光。”2004年9月广州大学城建成时，陆丽明考上广州中医药大学7年临床医学专业。

上大学，曾是一代广东人的渴望和梦想。

改革开放后，广东的高等教育迅猛发展，但与经济腾飞、社会进步的速度有不小差距。直到1998年，广东高等教育毛入学率仅8.1%，每万名同龄人中只有810人可以考上大学。

上一代人的“大学梦”，不会在下代人身上落空。在新世纪时间节点上，在国家高等教育大扩招宏观政策指引下，广东进一步明确教育优先发展的战略，擂响加快发展高等教育的战鼓。

2002年2月28日，《南方日报》头版推出重磅报道，披露了广东省广州大学城领导小组全体成员第一次会议确定在番禺一座江心小岛——小谷围建设大学城的消息，并争取2005年首批进驻高校开始招生。

“重新找出一大片土地作为新世纪广州高校建设的新园区，是历史交给广州市政府的使命。”在《广州城记》一书中，广州原市委书记、市长林树森回忆，2002年5月省政府下发批复文件，同意在番禺区新造镇小谷围岛及其南岸地区建设广州大学城，规划43.3平方公里。

时间不等人，广东深知这一道理。持续发展的关键在人才，后劲在教育。

2003年一开年，一次特别的现场会在小谷围召开了。也正是这次会议，确定广州大学城建成时间整整提前到次年9月1日，确保一流规划、一流设计、一流建设、一流质量，建成全国一流的大学城。

然而，如何在不到两年时间里，建成一座非常现代化、面积达到两个原越秀区大的大学城？

与时间赛跑是唯一的答案。规划设计、征地拆迁和施工建设齐头并进。林树森

□ 2004年开学季，大学城迎来首批新生

透露，光是大学城的规划设计，就花费了国内外127家规划设计单位、5000多名工作人员一年多的时间，先后完成的规划设计图超过1756万张。

19个月后，10座大学、141幢大楼、230万平方米建筑在小谷围岛上拔地而起。斥资330多亿元建成的广州大学城被誉为“中国最好的大学城”。

10所入驻高校抢到“头啖汤”，办学条件发生翻天覆地的变化——华南理工大学大学城校区的土地面积、校舍面积，与五山校区相当，等于再造了一个“新华工”；星海音乐学院的办学面积从40多亩增加到285亩，“地盘”扩容7倍……

更多广东娃在这个新城中圆了“大学梦”。据不完全统计，落成使用15年来，广州大学城为广东输出近60万大学毕业生，向社会输送一批批高素质人才，为经济社会发展提供有力的智力支撑。

正值暑假，广州大学城学生纷纷离校，游客却络绎不绝。在大学城里工作、生活的居民，则像平时一样忙碌。

“广州大学城是城市的一张靓丽名片，期待孩子能在家门口上好大学！”广东外语外贸大学南校区旁的一家餐馆，生意比平时更繁忙。15年前，小谷围岛农民吴兴“洗脚上田”，成为餐馆老板，见证了农田池塘变成高楼大厦的全过程。

“大学城环境越来越好、设施更加完善，学习和学术氛围更浓了。”陆丽明正在广州中医药大学的实验室里忙着研究临床医学统计方法。博士毕业后，他回到广州大学城工作，受聘为副教授、博士生导师，目前已发表50多篇SCI论文。

广深港澳科技创新走廊的“创新核”

“我看好广东的科研和创新环境，希望把我的核心技术、专利带回国，创造更多的专利发明。”大学城建成6年后，长期在国外工作的光电显示材料与技术领域专家周国富回到了华南师范大学大学城校区。

在大学城的华南先进光电子研究院里，周国富带领团队在国内首次成功研制可用于显示彩色和视频图像的电子纸显示屏的彩色油墨关键材料，打破了国外垄断，掀起一场“屏幕革命”。

对广东高等教育来说，广州大学城建成是一次近乎完美的扩容。

手握办学空间和顶级资源后，广州大学城充分发挥集聚作用，吸引海内外高层次人才“加盟”，一大批高水平科研平台、重点实验室和研究基地争先落户。

其中，不乏中山大学广州超算中心、华南理工大学国家人体组织功能重建工程技术研究中心、广东工业大学广州国家现代服务业集成电路设计产业化基地这样的重量级“宝贝”。

而扩容后的提质，让广东的高等教育真正实现内涵飞跃。

2015年4月，广东省委、省政府印发《关于建设高水平大学的意见》，建设高水平大学、高水平理工科大学的序幕正式拉开。这是广东率全国之先的创见，以“双高”对接国家“双一流”建设，加速输出高水平人才、成果和新型研发机构。

“双高”建设的3年中，广东大手笔投入、大力度改革，掀起新一轮高等教育发展热潮。高水平大学汇聚的广州大学城迎来又一个发展的“春天”。

广州大学校长魏明海真切感受到，人才正在加速流入广州大学城。这所进驻大学城后腾飞的地方高校，近两年以来引进高层次人才及优秀博士425人，数量为过去10年的总和。

国家超级计算机广州中心主任卢宇彤高兴地看到，大科学装置的服务能力更强了。中大“天河二号”超级计算机的用户数超3500家，成为全球用户数量最多的超算系统之一。

昨日寂寂小岛，今日创新之城。

2017年，广州市规委会会议审议通过了广州国际创新城南岸起步区西南片区及科教项目控制性详细规划，广州大学城在现有的基础上向南扩张46平方公里，安置华南理工大学广州国际校区、暨南大学、广州医科大学三大新校区共4.7万名学生。

如今，广州大学城和大学城南岸地区组成的广州国际创新城，是广深港澳科技创新走廊的核心科技创新平台之一。

从地铁12号线大学城北站走出地面，抬头就能看到有米科技的大厦。对有米科技CEO陈第来说，大学城就像一块“福地”，他在此创立中国首个移动广告平台，入选福布斯中国“30位30岁以下创业者”榜单。

“广州大学城就像华南的硅谷，或者说华南的中关村。”陈第深有感触地说，“除了拥有和硅谷一样美丽的环境外，广州大学城也像硅谷一样年轻而有活力，在空气中都能嗅到创新的味道。”

力争本科高校全覆盖广东21地市

大学是科技和人才的重要结合点，也是推动区域经济社会发展的重要引擎。近年来，广东加快构建“一核一带一区”区域发展新格局，广州大学城的建设理念和经验正在向全省外溢。

“我们将高位推动，派优秀干部和学科带头人驻点，实现优质教学科研资源共建共享。”半个月前，广东工业大学副校级干部张学理从广州出发，来到揭阳市榕江新城，加快帮助当地筹建首所本科大学。

原来，在此前的粤东粤西粤北地区新建迁建高校对口帮扶工作推进会上，华南理工大学、广东工业大学等8所高水平大学建设高校和高水平高职院校“一对一”结对帮扶粤东粤西粤北7个地市和1所迁建高校，力争实现21地市本科高校全覆盖。

2018年1月，广东省政府常务会议审议并原则通过了《关于2018—2020年高等教育“冲一流、补短板、强特色”工作计划及资金安排的方案》，一盘棋统筹公办本科高校，支持在不同层次争创一流、特色发展。

这让很多高校仿若遇上“甘霖”。除了此前建设的高水平大学、高水平理工科大学，广东医科大学等12所高校入选“粤东西北高校振兴计划”，仲恺农业工程学院等14所高校入选“特色高校提升计划”，重点打造一批国内一流的特色学科，支持地方经济社会发展。

“意义重大！”广东医科大学党委书记、校长卢景辉说，作为广东最大的医疗卫生人才培养基地，广东医科大学将着重加强基层和粤西地区高层次医学人才的培养。

除了大手笔投入，令高校更兴奋的是系列大力度改革政策，让它们尝到改革红利的“甜头”。

同年8月，广东省政府出台《关于加强基础与应用基础研究的若干意见》，明确到2035年全省若干重要基础与应用基础研究领域达到全国领先，全社会基础研究经费投入超过发达国家平均水平。

广东高校持续加强原始创新能力，攻关“卡脖子”核心技术。截至2018年底，全省高校从事教学与研究人员共131069人，2018年广东高校科研经费达206.55亿元，较2017年增长10.04%。

“全链条创新体系的建设离不开基础研究。”中国科学院院士、中山大学校长罗俊说，高校作为国家创新体系的重要组成部分，要在提升基础研究水平方面有基础、有优势、有能力，并能培育大批人才。

令无数家庭更兴奋的是，广东娃上大学的机会再一次增加。

2019年1月，广东省政府出台《进一步提高高等教育毛入学率实施方案（2019—2021）》，未来3年通过新建一批高校、改善办学条件，全省预计新增8万个学位，培养更多的高素质人才。

在珠江三角洲地区，广州的香港科技大学（广州）、广州交通大学加快建设；深圳的南方科技大学、香港中文大学（深圳）、哈尔滨工业大学（深圳）、深圳北理莫斯科大学、深圳技术大学等新兴大学崭露头角；佛山理工大学、中山科技大学加快筹建，成为广东高等教育的新增量。

在粤东粤西粤北地区，广东以色列理工学院、广东药科大学云浮校区开办，汕头大学东海岸校区启动建设；广东技术师范大学河源校区、广东金融学院清远校区等加快建设，将进一步解决广东省高等教育发展不平衡不充分问题。

“从广州大学城到高等教育大发展，坚持教育优先发展的战略一直没变。”广东省委教育工委书记、省教育厅厅长景李虎表示，新一轮高等教育大发展，大学将培养更多高素质人才、产出更多高水平成果，为全省经济社会发展输出更澎湃动力。

见证者说

中国工程院院士、华南理工大学教授何镜堂：
广州大学城是国内大学城办得最成功的案例之一

“设计广州大学城，令人印象深刻。”回忆起往事，81岁的中国工程院院士、华南理工大学教授何镜堂精神抖擞，滔滔不绝。

2004年9月，华南理工大学大学城校区正式启用。当时，华工在新建成的音乐厅里组织了一场艺术晚会，并邀请设计者何镜堂及其夫人李绮霞参加。

听完音乐会，何镜堂夫妇来到广场散步，欣赏大学城夜景。突然，有一名女学生走到两人跟前，深深鞠了一躬，接着解释说，父母送她到大学城校区报到时，看到美丽的校园、大气的建筑，叮嘱她见到何镜堂院士，一定要当面感谢：“大学城圆了很多孩子的‘大学梦’！”

“大学扩招了，学生增加了，大学的硬件设施也要增加。”何镜堂说，1999年国家实施大学扩招政策后，广东开始筹建广州大学城，进一步拓展高校的办学空间。广州大学城的建设速度非常快，仅用了19个月时间。而10所大学由3个单位负责设计，其团队主要负责华南理工大学、广州中医药大学和广东药科大学3所高校的设计。

“我们3个设计团队进行充分的讨论，确定大学城资源共享、优势互补、环境优美的规划特点。”何镜堂介绍，广州大学城坐落在番禺小谷围岛上，四面环水，设计者们别出心裁，把大学城分成了3个圈：内圈层是公共设施，例如体育馆等，充分利用公共资源；中圈层是生活设施，主要是学生宿舍、食堂等；外圈层是教学设施，主要是教室、实验室等，每所学校的校门都朝向珠江。

令何镜堂印象深刻的是，广州大学城体现了“绿色”的前瞻设计理念，10所高校共用一台“大空调”。大学城“区域供冷”系统采用当时世界上先进的冰蓄冷技术，总装机容量41万千瓦，设计年供冷量11.6万冷吨，供冷面积达352万平方米。该套“区域供冷”系统比传统空调系统的装机容量减少约40％，建设总投资可节省1.3亿元。

“如今，广州大学城是国内办得最成功的案例之一。”何镜堂赞叹，广州大学城绿树成荫、设施完善、交通便捷，就像一座生态良好、宜居宜业的“城市”。

叮咚快评

大学之城　智力引擎

如今的广州大学城，风华正茂，殊不知这是一座“被逼出来”的大学城——如果没有1999年开始的全国高校扩招，如果在广州市区内还有大学校园发展的空间，也许就不会有广州大学城的出现。

百年大计，教育为本。发展教育尤其是高等教育具有全局性、战略性、前瞻性的意义，但在很长一段时间内，广东高等教育相对规模落后于全国平均水平，如同龄人口高等教育入学率、每万人口拥有普通高校和成人高校在校生人数，综合实力更落后于北京、上海、江苏等先进省市，与广东经济发展水平并不相称。量不足、质不高，也是广东教育强省建设中高等教育的两大症结所在。

借着大学扩招的政策东风，广州大学城很快就从规划变为现实。由广东省和广州市两级政府出面，充分发挥政府主导作用，在政策上、经费上、土地上给予保证，吸引中心城区的众多高校在大学城建设新校区，并大力推动高等教育资源的优化配置和资源共享，提高了高等教育资源的使用效益，解决了高校在发展中面临的教育资源不足问题，也闯出了一条在短时间内把高校做大做强的创新发展之路。建成15年来，广州大学城输出了近60万大学毕业生，广东高等教育毛入学率也从15.3%攀升至42.43%，有力推动了广东高等教育大众化进程。

大学城是一个以知识为中心的集教学、科研、第三产业于一体的园区，具有传统办学模式无可比拟的优势。20世纪50年代，首先跨出这一步的美国斯坦福大学创办的研究园获得极大成功，创造了“硅谷”的奇迹，成为后起者的榜样。这也是21世纪初国内许多地方建设大学城的重要参照。今天看广州大学城，已经成为华南地区高级人才培养、科学研究和交流的中心，学、研、产一体化发展的城市新区，其对科技创新的聚集效应、对高新技术产业的辐射效应、对地区经济发展的带动效应充分显现，起到了关键的人才支撑和智力保障作用。

时空穿梭，今昔对比，教育带给中国和广东历史性巨变。放在新中国70年的历史中来看，兴建大学城都是非常重要的章节。尽管从一开始，这种模式就伴有争议，但建设广州大学城的积极成效已经得到证明，它是“国内大学城办得最成功的案例之一”。今天，建设双一流大学和高水平大学，更加需要发挥大学城的协同创新作用，用好大学城的教育资源，引进和培育更多大师，用一流园区和一流办学环境，打造更多一流大学，助力广东经济社会高质量发展。

大学之城，智力引擎。城建好了，硬件上去了，软件也要跟上来，大学水平更要提上去。放眼全国全球、对标世界一流，广州大学城还有许多潜力可挖，广东教育强省之路还有许多工作要做。

撰稿：吴少敏　姚瑶　丁建庭

供图：肖雄　胡键　朱玉尊

顺德家电：从一台风扇开始的制造业传奇

从衣食住行到上天入海，广东制造孕育过无数传奇，看似“家常”的家电产业正是其中之一。很多人的生活里都有一台广东家电。美的、万和、格兰仕、万家乐、海信科龙……这些品牌从珠江三角洲走向全球，方便了千家万户。

在广东多个家电产地中，佛山顺德尤为突出。多年前，顺德就已成为全国最

1 格兰仕自动化生产线　2 顺德多家企业合力打造的“工业4.0无人生产线”　3 美的收购的德国库卡旗下产品

大的家电产地之一。2018年，当地通过复评，继续稳坐“中国家电之都”。

从“有没有”到“好不好”，从镇办企业到跨国公司，从传统制造到智能制造，顺德家电集群的创业史，堪称广东制造从弱到强的缩影。

当前，把握粤港澳大湾区建设机遇，广东正在加速建设世界级产业集群，智能家电正是其中之一。

广东制造还将诞生新的传奇。

南方见证

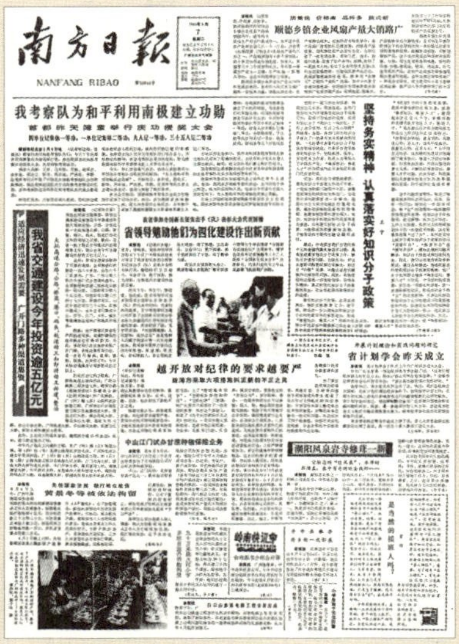
南方日报
NANFANG RIBAO
我考察队为和平利用南极建立功勋
顺德乡镇企业风扇产量大销路广
坚持务实精神 认真落实好知识分子政策
我省交通建设今年投资逾五亿元
省领导勉励他们为四化建设作出新贡献
越开放对纪律的要求越要严
省计划学会昨天成立
中山江门试办甘蔗种植保险业务

• 1985年5月7日，《南方日报》报道《顺德乡镇企业风扇产量大销路广》

南方日报
NANFANG RIBAO
全国人大会议举行第三次全会
规模经营带来规模效益
顺德经济发展"虎"气更足
贺顺德
绿化广东成绩可喜
建设现代林业任重
向辉煌
教育，焦点在投入
议案的分量
中美正式签署知识产权协议
个体借资瓦斯爆炸

• 1995年3月12日，《南方日报》报道《顺德经济发展"虎"气更足》

南方日报 佛山观察
美的拟斥近300亿
入主机器人巨头库卡
德国企业的中国股东
南方日报调研组走进慕尼黑了解中国企业赴欧并购潮
"中国投资军团来了"
德国企业的"中国梦"
去年顺德居民人均可支配收入4.2万元
从啤酒盖生产效率全球第二到造出国内首台自动印罐机

• 2016年5月19日，《南方日报》报道广东企业赴欧并购潮的情况

A05|时局
南方日报
顺德家电：从一台风扇开始的制造业传奇
政府与企业的共同拼搏成就了家电产业
制造立省 坚定前行

• 2019年8月19日，本篇报道版面

“吹”来的财富 ➔ 一年制造八百万台风扇

佛山顺德庞大家电产业的崛起，最初是从一台普普通通的电风扇开始的。

1979年1月，顺德桂洲柴油机配件厂传来喜讯：该厂成功地试制了一台吊式电风扇。

当时，顺德虽有一些机械、机床厂家，但发展水平不高。在全国，工业基础较好的上海等地早就有了风扇厂家，但在珠江三角洲还比较少见。

电风扇的技术门槛不算太高，但市场前景不错。桂洲柴油机配件厂研制的电风扇第二年就实现了量产，并开始出口创汇。

更多乡镇企业瞄准这个新产品。北滘公社电器厂就是其中之一。这个厂的前

□ 裕华风扇厂

身曾从事塑料、汽配等行业。1980年，企业转向家电行业，成功生产出第一台台扇。

看到产品上市后行情不错，企业带头人何享健松了一口气。但即使他本人也无法预料，这家不起眼的小厂有朝一日将成为领先全球的家电企业。

1983年，中国启动第一次大规模的家用电器产销调查和预测，这仿佛是一个信号，预示着市场爆发在即。另一方面，电风扇市场竞争也十分激烈。每个企业都在想办法突围。

裕华风扇厂就是其中之一。20世纪80年代中期，裕华风扇厂厂长区鉴泉偶然在电视上看到一款新型的电风扇，其大量使用了塑料材质替代金属。区鉴泉马上托亲戚从香港买到两台，进行拆解。顶着压力，裕华风扇厂将这种全新的风扇产品量产。

不久，区鉴泉的冒险获得成功，这种适合放在卧室、床上使用的风扇，受欢迎程度令人吃惊。1985年，裕华风扇厂和另一家顺德企业桂洲风扇厂产值突破1亿元，成为广东产值最高的乡镇企业。此后，区鉴泉本人还被评为“全国十佳农民企业家”。

在那个年代，顺德风扇产业生机勃勃，引起了全省的注意。

“以质量优、价格廉、品种多、款式新取胜的顺德乡镇企业风扇产品畅销国内外。”《南方日报》1985年的一则报道写道。

报道称，当地风扇企业把提高产品质量、创名牌优质产品放在了首位，风扇质量普遍获得提高，畅销国内十多个省市区，并出口加拿大、英国等32个国家和地区。

这一年，顺德风扇厂达14家，年生产能力881万台，产量占全国的20.6%，为国内最大的风扇生产基地。

风扇“吹”来的财富，滋养着当地发展。“当时我们坚持产业发展的方向就是以发展家用电器为主。家电是容易生产的工业产品，适合农业经济转型。”曾任顺德市委书记、市长的冯润胜回顾这段历史时说。

源自乡镇的潮流

两句广告词背后的蝶变史

“容声容声，质量的保证”“万家乐，乐万家”……对于“60后”“70后”来说，这些广告词充满了青春的回忆。

两句广告词，一段蝶变史。20世纪80年代初，顺德家电最主要的拳头产品仍是风扇。不满足于此的当地人利用靠近港澳的优势，不断寻找新方向。

1983年，此前在原容奇镇工业与交通办公室工作的潘宁看准商机，带领技术团队跑遍全国各地冰箱厂“拜师学艺”。

当年9月，在一个简易工棚里，工人们用锤子、锉子“敲打”出中国第一台双门双温电冰箱，这就是容声冰箱的由来。

一边是巨大的机遇，一边是技术的考验。“当时我们连续工作58个小时，克服了冰箱塑料内胆的难题。”参与第一台容声冰箱研发的陈福兴回忆。

1988年，容声邀请香港著名艺人汪明荃代言。此后，汪明荃又代言了万家乐。两个品牌都在一夜之间红遍全国。

紧追潘宁，一个个令人津津乐道的商业故事不断涌现。

在汪明荃牵手容声这一年，在顺德杏坛铁工厂工作的罗小甲凭借敏锐的市场洞察力，研发出全世界第一台电子消毒碗柜。后来，他在政府扶持下成立公司，命名为“康宝”。电子消毒柜也成为世界家电业的一个全新原创。

当罗小甲忙于发明电子消毒碗柜时，梁庆德正在当地从事羽绒服行业。直到1991年，他到日本旅游时，在超市里第一次看到了微波炉这种新奇的家电。

回国后，在其他人不解的目光中，年过五旬的梁庆德毅然决定带领企业转型，进入微波炉领域。多年后，梁庆德创立的格兰仕成为全球微波炉霸主。

至20世纪90年代初，局面已经焕然一新。全国第一家生产分体式空调机的厂家、亚洲最大的吊式电风扇制造厂、全国规模最大的燃气具厂家、全国最大的微波炉生产厂家在顺德落成。提起顺德，再也不是只有风扇，而是有说不完的著名品牌。

走向现代化的家电产业，深刻改变了这片土地。1992年，著名社会学家费孝通考察后认为，家电产业发达的顺德，经济发展形成了独特模式。

在著名的《珠江模式的再认识》一文中，他介绍了区鉴泉等家电企业家的创业故事，认为这是本土企业发挥主动、“嫁接”外资发展的典型案例。

费孝通分析：“顺德不再以外商为主体利用内地的土地和劳力进行生产，而是相反，由内地乡镇企业为主体吸收外来的资金和先进技术设厂生产。这就是‘借船’和‘造船’的转化。”

据新华出版社出版的《先行者的30年——追寻中国改革的顺德足迹》所载，1992年1月29日，邓小平视察顺德珠江冰箱厂。看到当时现代化的工厂环境，他连问了三次，这是乡镇企业吗？听到这里生产的电冰箱远销海外，邓小平高兴地说：“发展才是硬道理！”

这一年，一轮涉及众多乡镇企业的改革在当地启动，家电业一马当先。1992年4月，顺德决定以美的电器企业集团为乡镇企业股份制试点。

经过改革，1993年10月，美的集团股份有限公司向社会发行股票，成为全国第一家经国家证券监委复审同意、在乡镇企业基础上改造而成的向社会发行股票的公司。这个“全国第一”，也成为广东家电企业做出的独特探索。

新的命题 →
“强筋健体”迈向 5000 亿

“我们从顺德创业开始，先向全中国发展，到今天向全世界发展。”德国当地时间2017年4月25日，在汉诺威工业博览会上，各路媒体的镜头紧紧盯住了一位来自广东的企业家——美的集团董事长兼总裁方洪波。

在公开演讲中，方洪波告诉听众：“美的和库卡的结合是双赢选择。”此时，美的已相继完成了对日本东芝白电业务和世界机器人巨头库卡的收购。特别是对库卡的收购，吸引了全世界的眼球。

从出口家电到收购国外家电品牌乃至国外机器人企业，家电企业换了一种身份闯世界。这也是广东制造业新旧动能转化的经典一幕。

“我们经营转型的思路是要从规模导向转变为追求增长质量，要去掉‘多余脂肪’，强筋健体。”在此前一年，方洪波应邀到佛山市政府讲课，主题是“实践供给侧结构性改革”。当时，通过一系列举措，美的市值突破1700亿元，在全中国2800多家A股上市公司中排第25名。

如何更好践行供给侧结构性改革，这是广东制造的时代命题。在这场主动而为的变革中，对市场尤为敏锐的家电企业冲在了前面。很多企业更加重视创新驱动，从追求规模转变为追求质量，为全省传统制造业升级做出示范。

著名压缩机厂商广东美芝公司投入数亿元开展优质技术改造项目，多项获得国家发展专利优秀奖的行业领先专利实现产业化，企业全球市场份额从2011年的22%提升至2017年的超过30%，全球每三台空调就有一台使用GMCC美芝压缩机。

小家电企业新宝电器自2013年起持续投资进行自动化改造，大幅提升效率，至2017年累计投入超500台机器人，人均产量比2013年增加40%以上。

美的集团不仅进军机器人领域，还成立了美云智数科技有限公司，率先对接工业互联网，实现小批量、多品种柔性生产。

老牌企业自我革命，新生代在互联网、物联网等技术和商业模式下加速崛起。成立于2006年的小熊电器专注消费升级研究，并于2018年提交了A股招股说明书。

还有后来者更快一步。“祝贺云米今晚在美国纳斯达克成功上市。”2018年9月25日，小米董事长雷军的一条微博，吸引了中国家电业的目光。

当天，总部位于顺德、创立于2014年的云米科技在美挂牌上市，全球“家庭物联网第一股”正式诞生。云米CEO陈小平曾任美的高管多年。这家企业正是顺德家电适应新技术、新模式的明证。

整个产业集群的改革成绩单也堪称抢眼。至2017年，顺德规模以上家电企业产值2946亿元，拥有工业总产值超亿元家电企业84家。

这些数据背后，是一个行业创新实力的巨大提升。至此，顺德家电全行业已建有5个国家级企业技术中心、21个省级企业技术中心，高新技术企业超200家，还建立了全国第一个家电知识产权快速维权中心。在不少家电企业设立的研究院里，工程师们正在研究未来的技术趋势。他们开发的产品已销售至全世界近200个国家和地区，成为广东制造、中国制造的一张名片。

2018年，由中国轻工业联合会、中国家用电器协会等单位专家组成的考评组进行“中国家电之都”复评考核，顺德毫无悬念地通过复评，连续12年稳坐这一“宝座”之上。同一年，美的库卡智能制造产业基地上，众多起重机正在施工。根据规划，预计到2024年，该基地机器人年产能将达到7.5万台。

与此同时，整个广东制造业正在继续提质增效。2018年，广东规模以上工业企业累计完成增加值32305.16亿元，在高位上实现了稳步增长。

家电产业也迎来新使命。2019年2月，广东省委深改委印发《佛山市顺德区率先建设广东省高质量发展体制机制改革创新实验区实施方案》，要求顺德把家电产业打造成为产值超5000亿元的世界级产业集群。

智能家电也将是广东重点打造的几个世界级产业之一。《广东省推进粤港澳大湾区建设三年行动计划（2018—2020年）》要求，加快建设电子信息、智能家电、机器人等五个世界级产业集群。

从一把风扇到世界级产业，中国期待着广东的答卷。

见证者说

原顺德市政协主席招汝基：

政府与企业的共同拼搏成就了家电产业

“顺德家电业的成功，是政府与企业共同拼搏的结果。”回想历史，原顺德市政协主席招汝基说。改革开放之初，招汝基刚刚38岁。在此后数十年中，他见证了多次重要改革，以及每一个改革开放进程对家电产业的深远影响。

最早抓住发展家电产业的商机，靠什么？招汝基说，改革开放前，顺德还是一个农业县，以种植经济作物为主，商品性强，要根据经济收入来决定怎样搞生产，所以当地人一直有较强的经济意识。而家电业与当时的产业基础又十分契合。20世纪70年代后半段，当地主要生产“两机三头”，两机指电机、机床；三头是石头、砖头、花头，有一定工业基础。1978年后，国家整顿机械工业，相对粗糙的产品无法持续。当地企业凭借靠近港澳的优势，迅速“转场”造电风扇，现代工业就此发展起来。

顺德人是家电产业发展红利最直接的受益者。“改革开放前，普通人一年可能才赚一百多块钱。后来政策放宽，生产自主权扩大，老百姓收入不断上涨，家电厂工人的工资让很多人羡慕。”招汝基回忆说。此时，家电已成为顺德的主导产业，而且发展越来越高端化，逐渐出现了空调、电冰箱等产品。

透视历史，广东数十年来的改革发展历程，也正与顺德家电业的历史紧密契合。党和政府一次次披荆斩棘的改革探索，都为顺德家电产业打开发展的前路。

1992年，顺德撤县立市，招汝基任市委市政府秘书长。这一年，顺德启动了综合配套改革，对家电产业的发展带来了深远影响。

“当时顺德经济以集体企业为主。有一份报告说顺德集体经济是‘辉煌的成就、惊心的包袱’，有259家企业达到破产边缘。”招汝基回忆说，这其中也有不少家电产业。而改革是为了解决集体企业产权不明晰、责任不明确等问题。

当地顶住非议，坚持改革，最终扭转了经济隐患。20世纪90年代后期，国际上一度出现经济危机，而顺德家电等产业平稳渡过难关。很多后来著名的家电品牌正是在这次改革中走向了现代化的发展模式。

1997年，顺德组织了148家企业、3600种名优产品，在中国国际贸易中心举办“名优产品（北京）博览会”。

招汝基是这场活动的组织者之一。他说，这场轰动一时的活动，出发点就是为了帮助顺德家电等产品提升品牌知名度。

“在此之前，有家企业的一款冰箱想到北京西单销售，商场一听是乡镇企业的产品，觉得不够资格。我们认为，政府应该出手，打响家电品牌。”招汝基说。

在他看来，无论家电业还是整个广东制造，都将有着更光明的未来，“建设好粤港澳大湾区，广东一定诞生更多领先国际的产业”。

叮咚快评

制造立省　坚定前行

制造业是百业根基，是一个地方经济发展的主引擎。改革开放40多年，正是因为紧紧抓住了制造业这个产业之本，广东经济才得以迅速崛起。

顺德，“发展才是硬道理”的提出地，曾因“敢为天下先”而被媒体冠以“可怕”之名，还因企业产权改革引发姓“社”姓“资”之争。正是凭借敢闯敢试的精神、不破不立的勇气，以及对家电市场的深耕细作，顺德才异军突起，连续多年稳坐“中国家电之都”。可以说，顺德是观察广东制造的最佳窗口。

在中国家电制造行业，顺德是一个后来者。偏处岭南一隅，不沿海、非特区，直到20世纪70年代，工业基础仍十分薄弱。但仅仅过了20年左右，顺德就成了全国最大的家电生产基地，以全国万分之一的土地面积创出了全国16%的名牌产品，美的、万和、格兰仕、万家乐等知名家电品牌如雨后春笋般涌现。至2018年，顺德规模以上工业总产值达7003.6亿元，连续七年蝉联全国综合实力百强区第一位，其中家电企业产值占比近半，超过不少地级市的工业总产值。

顺德的成功，离不开改革开放的时代大机遇，更离不开顺德人对机遇的敏锐把握。敢想敢干、做人务实、眼界宽广、市场经济意识强，决定了顺德人在重大的机遇面前总能先行一步，抢占先机。某种程度上说，这也代表了广东人的精神特质，是广东能够成为改革开放排头兵、先行地、实验区的内生动力。

改革开放初期，与吃饭、穿衣相关的民生产业蕴藏巨大商机，也是制造业快速发展最好的起点。敢为人先的广东，抢先发展以纺织、食品和小家电为代表的轻工业，后面又充分利用后发优势，抓住国际产业梯度转移契机，在产业链国际分工中不断上行，逐步形成完备工业体系。坚持制造业立省，坚持转型升级，坚持创新发展，广东成长为制造业大省，也为广东经济腾飞筑牢了根基。

回望70年特别是改革开放以来，顺德和整个广东都抓住了历史机遇，尽管期间也历经各种非议，但最终在产业结构上都实现了从落后农业向先进工业的转变。制造业是实现工业化和现代化的主导力量，也是地区综合实力和竞争力的直接体现。无论是顺德还是广东，发展制造业都至关重要，需要坚定不移走下去，继续强化制造业新动能的培育，为经济高质量发展注入源源不断的澎湃动力。

看似寻常最奇崛，成如容易却艰辛。

如今，建设粤港澳大湾区的新历史机遇再一次摆在眼前，唯有再一次先行一步，做大做强做优以先进制造业为主体的实体经济，广东才能抢占产业发展制高点，加快从制造业大省向制造业强省转变。而顺德也要继续先行探路，肩负起率先建设广东省高质量发展体制机制改革创新实验区的新使命。

撰稿：赵越　罗湛贤　丁建庭

供图：戴嘉信　张由琮（部分图片由受访单位提供）

广东华侨农场：归侨家园新生记

珠海平沙，高耸的烟囱已不见踪影，糖厂旧址“变身”文创园；肇庆大旺，血吸虫病重灾区已华丽转身为国家高新区，成了区域发展的“引擎”；惠州潼侨，归侨们搬进了花园小区，腾出来的空间正在孵化高端产业……这些地方，过去都有一个共同的名字——广东华侨农场。

广东是全国华侨农场数量和安置归难侨（即归侨和难侨）人数最多的省份。

□ 肇庆国家高新区（原大旺农场）城区

改制前，分布于全省14个地级以上市的23个华侨农场，犹如“母亲的臂膀”，将8.4万名归难侨“揽入怀抱”。

然而在改革开放后，受制于体制等原因，曾经风光的华侨农场却陷入了窘境。

1988年9月3日，《南方日报》头版刊发消息，宣告广东率先在全国探索实施以体制融入地方、管理融入社会、经济融入市场的“三融入”为导向的华侨农场改革。

这是一场持久战。历经近30年的阵痛与新生，广东华侨农场全部完成升级改制，成为新一轮改革开放的热土、粤港澳大湾区建设的生力军。

回眸广东华侨农场地区的发展史，中国砥砺前行的步伐清晰可见。

南方见证

南方日報
NANFANG RIBAO
大旺农场和三水县宣布消灭血吸虫病
祝贺送瘟神的胜利
我省九成党员已轮训一次
新会农田林网绵延三千公里
运用广告介绍我省优质产品

• 1983年10月26日，《南方日报》报道大旺农场宣布消灭血吸虫病的消息

综合新闻
大旺、光明华侨农场靠改革闯出一片新天地
“阳光家园”走出阴霾
高新产品要成为出口主力军
三百号人到粤北特贫乡
农信社：农村经济发展的后盾
——广东农村信用社提高经营效益、切实支农纪实

• 2001年10月30日，《南方日报》报道华侨农场靠改革闯出一片新天地

广东
A04
广东23个侨场完成升级改制
基本实现“三融入”，与地方实现同地同城同步发展
任学锋与百色市党政代表团座谈
搭建经贸与旅游国家的“合作桥”
“广东专贡”“林堡专贡”上线
前海港货中心整体正式开业
下月5日起广铁调整运行图
粤今年以来查获5万吨不合格进口食品

• 2016年12月8日，《南方日报》报道《广东23个侨场完成升级改制》

壮丽70年·奋斗新时代
广东华侨农场：归侨家园新生记
华侨农场的两样“传家宝”不能丢
凝聚侨心 发挥侨力

• 2019年8月23日，本篇报道版面

拓荒 ➔

8.4 万名归难侨到粤开辟新家园

在肇庆大旺大桥北边，一座雄伟的古铜雕塑——“拓荒牛”吸引了路人的目光，其重心向下、奋力耕耘。

卢丽卿就是这里的“拓荒牛”之一，她是“瞒着家人”跑到大旺的。

1958年，在报纸上看到了华南农垦总局大旺机械化农场（大旺华侨农场前身）的招聘信息，卢丽卿心动了。家人不同意，“任性”的她偷偷拿钥匙打开柜子拿走户口本，然后到居委会登记。没过多久，她惊喜地收到了录取信，离开汕头来到了大旺。

处于北江、绥江交汇点的大旺，是广东省面积最大的血吸虫病疫区。建场之初，主要任务是消灭血吸虫病，要治水、灭螺、筑堤、垦荒。大旺没有耕地，几乎全是两米多高的茅草，出门得拿一根竹子绑着白旗再外出，不然很快就看不见人影了。粮食供应也很紧张。在大旺的第一个中秋节，卢丽卿和同伴们忍不住掉下眼泪。

经常接触水的卢丽卿，后来患上了急性血吸虫病。有一次如厕时头晕，她不小心掉进了粪坑，第二天才被抢救回来。1960年2月，卢丽卿进入大旺职工医院学习，由此开始了医护生涯，在大旺扎了根。

“华侨农场是在特殊历史时期设立的特殊单位。”广东省委统战部侨务综合处处长吴晓生介绍，1951年12月，全国第一个华侨农场——广东省归国难侨处理委员会农场（珠江华侨农场前身）在万顷沙一带成立。此后，全省各地为安置归侨陆续兴办华侨农场，同时向知识青年敞开了大门。到1978年底，广东共兴办了23个华侨农场（不含当时海南5个华侨农场），安置了来自24个国家和地区的8.4万名归难侨。

1978年10月从越南来到大旺的场景，至今印在苏春福的脑海里：“放眼望去，一片山野都是甘蔗林和香蕉树，房子也破旧不堪。刚抵达的时候，一些人不愿意下车，有的女同胞还哭了起来。”

57岁的苏春福坦言，不少人之前住在越南的大城市里，衣食住行等生活条件不错，心理落差自然大，后来也渐渐适应了。

像苏春福一样的海外游子们汇聚到华侨农场，用勤劳的双手，在荒山野岭、海边滩涂上开辟新的家园。

“当时国家和省都把华侨农场职工作为全民所有制农业企业工人来定位和安排，他们的生活水平略高于当地水平。”吴晓生说。

糖、茶、果、奶，成为广东华侨农场产出的“四大件”。平沙华侨农场的平沙糖厂、华丰方便面厂声名鹊起，“一包糖、一碗面”成了平沙人骄傲的资本；英红华侨农场生产的红碎茶，荣获国家银质奖和巴黎国际商品奖；杨村华侨农场发展为亚洲最大的柑橘生产基地；光明华侨农场生产的鲜牛奶，曾占香港市场销售量50%以上。

掉队 ➔
“不政不企”陷入窘境

“甜蜜的工作甜蜜的工作无限好啰喂，甜蜜的歌儿甜蜜的歌儿飞满天啰喂，工业农业手挽手齐向前啰喂，我们的明天我们的明天比呀比蜜甜啰。”1979年，取景于平沙糖厂的电影《甜蜜的事业》正式上映，构成了那个年代农场青年的集体回忆。

就在那一年，吴育生跟随家人从越南广宁辗转来到平沙华侨农场。40年弹指一挥间，吴育生种过甘蔗、进过化肥厂，如今是平沙一家农业合作社的理事长。

他对20世纪80年代的“春风”记忆犹新：“大锅饭”不再有，包产到户。“改革后，只要肯劳动，把产量、质量搞上去了，家庭收入就高。我们的生活好了很多。”

然而，随着工业化和城市化浪潮席卷全国，华侨农场周边地区发展起来了；

由于管理体制僵化、自然条件落后和相对封闭，曾经令人羡慕的华侨农场后来却掉队了。

华侨农场向何处去?

1985年，中共中央和国务院作出了《关于国营华侨农场经济体制改革的决定》，提出了华侨农场由中央和省侨务部门主管的领导体制改为由地方人民政府领导，拉开了华侨农场改革发展的序幕。

从“七五”至“九五”期间，国家每年安排基建投资3800万元、事业费5000万元，支持华侨农场发展。

“为进一步将华侨农场经济搞活，最近省政府作出决定，将平沙、红旗、珠江、大旺、迳口、光明、杨村、潼湖等华侨农场，下放给所在市管理。下放后的华侨农场，继续享受国家对华侨农场的免税及其他优惠政策。”1988年9月3日，《南方日报》头版刊发消息，宣告广东率先在全国探索实施了以体制融入地方、管理融入社会、经济融入市场的“三融入”为导向的华侨农场改革。

1990年、1993年和1995年，珠海、深圳和江门市分别成立华侨农场管理区、街道办事处和镇级建制。

摸着石头过河，改革带来了一些起色，但几十年积聚下来的问题，难以一蹴而就。

“计划经济时代，国家统负盈亏；改革开放后，农场自负盈亏，矛盾就凸显了。”原大旺华侨农场场长、原肇庆大旺综合经济开发区区长张兆熊将原因归结为——“体制不顺、机制不活、所有制单一”。

他说，农场既是安置归难侨的事业性基地，又是进行经济生产的企业实体，集社会性、全民性、企业性、侨民性为一体，“麻雀虽小，五脏俱全”，包含了学校、公安、医院等机构，日常开支大，部门机构臃肿、效率低下。有人还用“不工不农、不城不乡、不政不企”来形容华侨农场的尴尬。

当时有领导批评大旺招商不积极，张兆熊开玩笑地说：“我招商收上来的税交给了地方，但社会负担增加了，都要农场承担。这样招商招商，越招越伤。”

对于一些经济欠发达地区来说，华侨农场如同烫手山芋“接不住”，发不出

□ 未开发前的大旺华侨农场

工资、买不了社保等情况频出。此外，华侨农场经营自主权加大，投资失误、负债危机等随之而来。

有统计显示：2003年左右，全省华侨农场归难侨居住危房面积竟高达37.3万平方米，占归难侨住房面积的40%；23个华侨农场都不同程度地存在债务“包袱”，少则一两千万，多则三四亿元。

“华侨农场往昔的辉煌，得益于计划经济条件下华侨农场的体制优势；华侨农场后来的发展瓶颈和困难，主要原因在于体制不适应经济社会发展，改革势在必行。”吴晓生表示。

奋进 ➔ 从“包袱”变为“引擎”

舒适的电梯楼宇、先进的智能工厂、齐全的学校医院……很多归难侨不会想到，陷入低谷的华侨农场会发展为今天这个样子。“环境一直在变。海外的亲戚回来都说认不出来了。”湛江奋勇高新技术产业开发区（前身为奋勇华侨农场）的印尼归侨陈顺雄感慨万千。

这一切，来之不易。

2007年3月，新一轮华侨农场改革发展的号角正式吹响。吴晓生记得，为从根本上加快推动华侨农场改革发展，在总结广东“三融入”经验的基础上，《国务院关于推进华侨农场改革和发展的意见》出台，提出了全面实现“三融入”的目标。

随后，广东也将新一轮华侨农场改革发展摆在更加重要的位置，印发《广东省推进华侨农场改革和发展实施方案》，明确了2015年华侨农场要彻底告别旧有的管理体制，与所在地实现同地同城同步可持续发展。

广东省委统战部侨务综合处副处长吴功奖参加过多年华侨农场工作。那些年，他和发改、财政、社保、国土等多部门的同事几乎跑遍了全省的华侨农场，协调推进完善社保体系、危旧房改造、债务处理、土地确权、招商引资等事项。

各方助力，让广东华侨农场地区迈入了快速发展的新阶段，“三融入”挺进深水区，“三化”开启加速度：

工业化“你追我赶”。据不完全统计，2008年以来，凭借土地资源优势和产业扶持政策，全省华侨农场地区共引进工业项目超过1000个，投资总额超过700亿元，金属新材料、先进装备制造、化工医药、游艇制造、物流、农业、旅游等特色产业集群初具规模。肇庆高新区（大旺华侨农场）成为全国第一个在侨场区域建立的国家级高新技术产业开发区，湛江市奋勇经济区被授予“中国—东盟经济开发区”的头衔，过去的“包袱”已进化为今天的“引擎”。

城镇化步伐加快。华侨农场地区全部通高速公路，基本实现村村通水泥路，“出行难”“饮水难”“用电难”“就医难”“就学难”等问题迎刃而解。在惠州潼侨镇（前身为潼湖华侨农场），印尼归侨黄瑞丰一家只出了1万多元，就从年久失修的泥瓦房搬进了窗明几净的高层公寓，居住面积大了不止一倍。

农业产业化持续发力。英红九号、珠江绿色有机蔬菜、北极罗非鱼、陆丰优质水果等农产品打响了品牌，远销各地。在平沙，吴育生还将休闲观光旅游与农业融合起来，延长了产业链。

2015年7月，广东省人大常委会审议省政府关于华侨农场改革发展情况专项工作报告，肯定了23个侨场基本实现“三融入”目标。

经过8年努力，广东华侨农场“脱胎换骨”，形成了设镇街、并镇、设管理（经济）区、设开发区、改制企业等五种模式，历史遗留问题基本解决，学校、医院、公安等社会事务纳入地方政府归口管理，归难侨及职工群众生产生活水平显著提高。

“广东华侨农场地区以‘三融入’为主线，融入了改革开放的热潮，与国家和地方共同成长。”吴晓生说，如今有些华侨农场地区还被纳入了自由贸易试验区、空港经济区、国家或省市高新区，在新一轮改革开放的进程中，尤其是粤港澳大湾区建设等方面，可以进一步发挥侨力资源、国有土地资源和区位交通等优势，为广东奋力实现“四个走在全国前列”、当好“两个重要窗口”作出新的贡献。

年轻时，第一代归难侨苏春福一心想逃离大旺，现在他已经舍不得走。2016年，归侨子弟唐德勤回到大旺工作。见证着家乡的变化，他既自豪又充满干劲。这样的故事，在广东华侨农场地区屡见不鲜……

见证者说

暨南大学教授、《广东华侨史》主编张应龙：华侨农场的两样“传家宝”不能丢

深耕华侨华人研究将近40载，暨南大学教授、《广东华侨史》主编张应龙的足迹遍及全省过半华侨农场。

提到华侨农场的历史，他娓娓道来：对于归难侨，早期国家是采取按照籍贯分散安置的办法，后来发现效果不如预期，于是改为集中安置为主、分散安置为辅。自20世纪50年代开始，中国从印尼、越南等24个国家接收了近35万归难侨，并在7个省区通过兴办农场、林场和农垦等方式，使他们成为新中国建设的一分子。

改革开放前，尽管国家经济建设还没有大的发展，物质匮乏，仍给予华侨农场人员国家全民职工身份，实行政企合一、部门领导的计划经济管理模式，人财物、产供销由侨务部门直接领导。当时农场的待遇让周边群众十分羡慕，不少人盼着能进场工作。

然而，由于安置时间紧，选址和布局不甚合理，多数华侨农场所处的自然条件、地理位置较差，加之长期以来的计划经济管理体制、“等靠要”观念、人才缺乏等方面影响，在社会主义市场经济条件下，华侨农场发展滞后。

张应龙调研过广东多个华侨农场地区，对当地的痛点、归难侨们的心声深有感触。“传统的农场产业单一，靠天吃饭，不确定因素多，抗风险能力弱，要跟上时代发展，最关键的是推进经济的全面转型升级。但有的农场盲目投资，导致项目烂尾；有的农场区位不好，也跟风发展。实际上应该聚焦主业，不能盲目多元化。”

在上级下大力气优化顶层设计、强化配套保障、逐步理顺机制后，全省华侨农场“轻装上阵”，宜工则工、宜农则农，开始找准了经济发展的方向，不再只是“农场”了。

张应龙早期走访迳口华侨农场时，那里还是穷乡僻壤，可以说是“佛山的西伯

利亚”。时隔几年，他再度到访，看到的又是另一番景象：盖了很多新房，还有不少企业落户，当地领导也雄心勃勃。

“历史地看，华侨农场真正纳入地方发展的一盘棋，需要一个过程。”他注意到，在管理体制转换过程中，在保留农场完整性的基础上设立镇街或开发区的地方，发展相对顺利；有些被合并的农场，则面临更多磨合的问题，发展起来往往需要更长的时间成本。

“几十年来，广东华侨农场地区经历了不少波折和考验，但最终达到了改革目标，在全国形成了示范。归难侨和群众的生活水平有了显著提高，当地经济也得到了快速发展。”张应龙说，在新时代，华侨农场的两样“传家宝”仍然不能丢，一是艰苦奋斗的拓荒精神，二是丰富多彩的华侨文化，要不断传承弘扬。

叮咚快评

凝聚侨心　发挥侨力

华侨农场，一个独特的历史存在，或许现在许多人都不知道它。

20世纪50至70年代，一些国家国内局势动荡，甚至出现排华事件，致使原本生活在这些国家的华侨受到严重冲击。危急时刻，祖国成了他们的最后依靠，中国政府也张开“母亲的臂膀”欢迎他们归来。华侨农场便是在此背景下出现的，充分体现了中国政府一直以来的爱侨护侨立场。

广东自古就是中国海上贸易最早、移民出洋最多的省份，近代以后逐渐发展成为重点侨乡。据统计，广东现有3000多万海外侨胞，占全国海外侨胞人数一半以上，分布世界160多个国家和地区。而论特殊历史时期兴建的华侨农场数量以及安置的归难侨人数，广东也是全国最多的省份。不包括当时海南5个华侨农场，广东共有23个华侨农场，安置了来自24个国家和地区的8.4万名归难侨。

华侨农场是计划经济时代的产物，最初的定位是全民所有制农业企业，集社会性、全民性、企业性、侨民性为一体，也曾令农场周围人很是羡慕。但和许多其他国营单位一样，在改革开放的大潮中，华侨农场受到了猛烈冲击，其中最为突出的问题就是经营体制和产品结构滞后于市场经济发展的要求。时代的发展，让曾经的体制优势逆转为发展羁绊，唯有改革，唯有打破束缚发展的各种条条框框，解决不工不农、不城不乡、不政不企的体制问题，才有可能获得生机。

顶着“不改革就死路一条”的巨大压力，广东率先在全国探索实施了以体制融入地方、管理融入社会、经济融入市场的“三融入”为导向的华侨农场改革。实践证明，体制融入地方，理顺了农场与地方的关系，有助于将华侨农场纳入到地方社会经济发展规划，从而一盘棋统筹考虑，实现区域共同发展；管理融入社会，将原来由农场担负的教育、卫生、公安等行政职能交给地方政府主管部门，剥离了农场社会职能，减轻了农场社会负担；经济融入市场，推动农场进行产业结构调整，逐步打破单一的传统农业生产经营格局，通过大力发展特色农业、园区经济和第三产业，提高了经济效益和市场占有率，从“包袱”变为“引擎”。

华侨农场的改革有一定的典型意义，打破封闭、开放融入也是当年许多国有企业改革的路径。紧紧抓住改革开放和市场经济的大潮，突破各种身份壁垒、体制壁垒、市场壁垒，才能重塑体制优势，走上发展的快车道。如今，广东华侨农场地区在工业化、城镇化、农业产业化方向上正加速前进，在新时代全面深化改革开放的机遇面前，继续大胆闯、大胆试，发展必将越来越好。

海外侨胞和归侨侨眷是中国联系世界的重要纽带，是促进国家发展的重要依靠力量。当好他们的贴心人，让他们生活更幸福，才能凝聚侨心、发挥侨力。

撰稿：胡良光　林亚茗　马喜生　董谦君　丁建庭
陈舒婷　梁爱玲　李建军　阳涛
供图：郑一见（部分图片由受访单位提供）

1

广东社会组织改革：“放管并重”的辩证法

2019年8月15日，73岁的公益人士坤叔再次走进东莞市社会组织管理局的服务大厅。“转正”近8年后，他有了一个新愿望：将东莞市千分一公益服务中心升级为基金会。

回望广东社会组织发展历程，2011年“草根组织”坤叔助学团队的“转正”曾是一个标志性事件。当年9月29日，《南方日报》刊发报道《坤叔公益团队“转正”受挫背后》，引发社会关注，随后省里派出工作组到东莞，解决了该团队的

1 广州荔湾区萤火虫社会工作服务中心组织城市家庭到乡村体验农耕

2 志愿者免费为社区老街坊剪头发

3 受坤叔资助的广西女孩，见到坤叔后紧紧拥抱在一起

注册登记问题。

社会组织在中国的存在由来已久。随着社会主义市场经济体制的建立，社会组织在经济和社会生活中发挥着越来越重要的作用。2011年，在广东推进社会建设的背景下，全省社会组织改革发展迎来新机遇。经过降低部分类别社会组织准入门槛、强化扶持培育和规范管理，2012—2017年，全省社会组织总量从3.5万个增至6.4万个，至2019年其数量已达7万个，成为推进基层社会治理现代化的重要参与者、实践者。在社会组织改革过程中，广东坚持"放"与"管"并重，在全国发挥了改革"试验田"的积极作用。

南方见证

重点

我自牵线搭桥 不取一分一毫

坤叔助学团队让资助者花自己的钱，其模式为探路困境的慈善业带来启示

公益服务中心月底挂牌

“个别人一直在攻击我们”

民间组织“转正”能否常态?

A03

• 2011年10月，《南方日报》报道坤叔助学团队“转正”之路，为社会组织发展带来启示

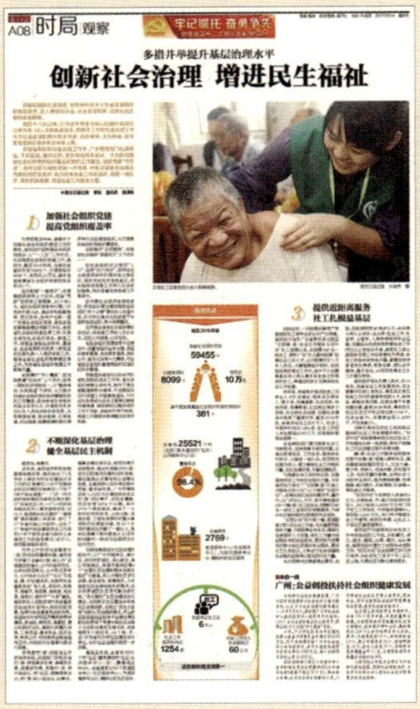
A08 时局 观察

多措并举提升基层治理水平

创新社会治理 增进民生福祉

• 2017年5月19日，《南方日报》报道广东加强和创新社会治理新路径

A10 广东 时政

全省各级民政部门着力深化基层社会治理创新

广东成立社会组织党组织9358个

全省社会组织数量比5年前增长126%

城乡社区治理和服务创新发展

社会工作和志愿服务稳步发展

• 党建引领促进社会组织健康发展，至2017年10月，全省已建成社会组织党组织9358个

A04 时局

广东社会组织改革：“放管并重”的辩证法

社会组织参与基层治理优势凸显

放管并重 激发活力

• 2019年8月26日，本篇报道版面

降低准入门槛 ➜
激发社会组织活力

坤叔本名张坤，从1988年开始开展助学活动，一手创办了坤叔助学团队。该团队想以"千分一公益"的名称申请登记注册，却一直未能如愿。《南方日报》的报道最终促成了他们的"转正"。

2019年8月，记者在东莞见到坤叔，感受到了他的"忙"。马上就到9月开学季，坤叔正在为筹集贫困孩子的学费资助款到处奔走。此外，他也正为申请成立基金会的计划忙碌着。

回忆起"转正"经历，坤叔记忆犹新："我们一开始是'草根组织'，当年登记注册确实费了很大周折。拥有正式身份后，这些年来我们又有了很多新发展。"

其实从2005年起，坤叔就多次以"千分一公益"的名称，向东莞市社会组织

□ "千分一公益服务中心"挂牌

登记管理机关申请登记注册。“在注册之前，我们团队感到自己是一帮‘乌合之众’，没有被官方认可。别人问我们是哪个单位的，我们哑口无言。”

由于登记门槛过高，很多“草根组织”无法正式登记。

变化发生在2011年8月。在广东加强社会建设、创新社会治理的背景下，东莞市民政局推动一项新政：当地的公益慈善类社会组织登记不需再找业务主管单位。坤叔再一次来到东莞市社会组织管理局申请注册“千分一”公益协会。

但对于“千分一”这个名称，东莞民政部门认为“不合适”，涉嫌硬性摊派捐款。坤叔则认为，“千分一”是助学团队的理念，号召每个人奉献收入的千分之一帮助需要帮助的人，让公益成为习惯，这不等于摊派捐款。

《南方日报》对此事进行报道后，省里派出工作组到东莞，解决该团队的注册登记问题。2011年10月1日，东莞市千分一公益服务中心注册成功，性质属于社会组织中的民办非企业单位类别。坤叔助学团队从此结束了23年没有“身份证”的日子。当年12月1日，“千分一”正式挂上了锃亮的牌匾。

“有了正式身份以后，我们的工作开展得顺利多了，助学范围从原来的湖南凤凰，逐渐扩大到广西、四川、江西、陕西以及广东河源等地区，足迹遍布全国8个省份的18个县。”坤叔说，“注册后一年，资助的学生从1000人增至2000人，再过一年增至4000人，目前资助的学生已达7000人。”

从“孵化”到“出壳”
扶上马再送一程

和坤叔助学团队相似的“草根组织”，2011年也成为他们的“登记元年”。在坤叔助学团队“转正”之后，他们也进入“转正”的通道。广州市癌症患儿家长会（下称“家长会”），就是其中一个。

2011年8月5日，记者曾接到广州市癌症患儿家长会会长崔伟雄的电话，他

□ 广州市癌症患儿家长会举办庆"六一"活动

们向广州市社会组织管理局提交了材料办理登记手续。"如果登记成功，我们的'家长会'将改名为广州市金丝带特殊儿童家长互助中心。"崔伟雄在电话里兴奋地说。

那时候，"家长会"还是一个没有注册的"草根组织"。2006年6月30日，15名癌症患儿家长自发组建"家长会"，起步时在广州两家医院开展面向癌症患儿和家长的公益服务，帮助癌症儿童及其家庭解决在治疗、康复过程中面临的诸多困难。家长义工通过举办家长经验分享讨论会，开展"重症儿童愿望成真"、赠送《营养手册》、节日慰问、康复者家庭活动、公益美术课堂等活动或项目，舒缓患儿和家长的心理压力，让他们更加配合治疗，提高癌症儿童的治愈机会。境遇相似的"同路人"一起沟通，共同努力树立医治和生活的信心。

然而，手中没有一个正式的"身份证"，"家长会"始终行而不远。由于没有对公账户、固定场地和专职工作人员，其经过几年的发展还是停留在小规模的志愿行动上，活动资金也十分紧缺。

“家长会”向一些基金会和爱心企业申请善款，可是对方规定必须与合法登记的社会组织合作，不能向未注册的“草根组织”提供资金。就算有基金会愿意提供捐助，也只能将资金存进对公账户，仍然帮不了忙。此外，因为没有合法的“身份”，志愿团队的公信力也会受到怀疑。

2010年，广州市社会组织培育基地为“家长会”提供了1平方米大小的办公格子间，并帮助制订了组织章程等材料，开展“孵化”工作。培育基地如同“相马的伯乐”，对宗旨、使命、服务内容等都符合条件的“草根组织”抛出“橄榄枝”，为他们无偿或低偿提供办公场地、后勤服务、业务培训、财务托管、人事托管等各种资源。

“我们从2010年3月起入驻培育基地，接受‘孵化’，在培育基地的帮助下，我们于2011年10月拿到社会组织法人登记证书，2019年5月正式‘出壳’，从培育基地搬出来‘自立门户’。忘不了这个阶段的点点滴滴，它凝聚着我们奋斗的初心。”广州市金丝带特殊儿童家长互助中心副理事长罗志勇感慨地说，“我们逐渐完善法人治理结构，设置理事会、监事会、秘书处，按照章程开展内部管理和外部的项目运作、公益服务，在培育基地获益良多。”

正规化以后，义工队伍迅速壮大，多年来参加服务的热心人士不计其数。如今，该互助中心已将服务范围扩大到中山大学附属肿瘤医院、广东省人民医院等11家医院，每年让广州1000名住院癌症患儿及2400名家长得到服务和支持。此外，由其推出的“癌症患儿入院资料包”每年让全国50家医院的3000个家庭受益。

广东社会组织改革 → 为全国积累经验

“改革开放40多年，广东社会组织取得了长足发展。改革开放之初，全省的社会组织也就100多个。2012—2017年，广东全省社会组织总量从3.5万个增至6.4

万个，至2019年这一数字已达7万个。"广东省民政厅副厅长、省社会组织管理局局长庄侃说，"现在广东社会组织总数已跃居全国各省份第二位，社会组织吸纳就业人数60多万人，居全国首位。"

梳理广东社会组织发展改革的主要脉络，可以看到，从2006年的行业协会商会管理体制改革起步，到2011年对部分类别社会组织直接登记的推进，再到政府向社会组织转移部分职能、购买社会组织服务，广东社会组织改革循序渐进、稳妥开展。

中国社会组织与西方的非政府组织有着本质区别。社会组织是中国社会主义现代化建设的重要力量，具有"四个服务功能"：服务国家，就是服务国家社会经济发展大局；服务社会，就是面向社会提供公共服务，弥补政府和市场的不足；服务群众，就是面向基层社区，在扶贫济困、促进邻里互助、化解群众矛盾、共建平安社区等方面贡献力量；服务行业，就是在促进行业发展、加强行业自律、解决行业纠纷中发挥积极作用。

党的十八大以来，特别是十八届六中全会以来，广东社会组织工作进一步把握改革要求，进一步聚焦发展主题，在加强党的建设、强化事中事后监管、扎实推动基层社会组织发展等方面持续深化改革，形成了广东的特色。党的十九大突出强调要发挥好社会组织、慈善事业、志愿服务在决胜全面建成小康社会、开启全面建设社会主义现代化国家新征程中的作用。

"放"与"管"并重，不仅要有"发展速度"，更要提高"发展质量"，这是社会组织改革应该遵循的辩证法。广东省一手抓积极引导发展，一手抓严格依法管理，既稳妥推进直接登记，又严格落实双重管理。重点培育、优先发展行业协会商会类、科技类、公益慈善类、城乡社区服务类社会组织，稳妥推进直接登记，做好直接登记范围之外其他社会组织的双重管理。

对于广东社会组织改革的探路意义，庄侃认为，广东社会组织的改革探索，为全国社会组织改革提供了有益的尝试和经验，发挥了改革"试验田"的积极作用。社会组织已成为营造共建共治共享社会治理格局的重要力量。

在全国各地基层创新经验的基础上，社会组织改革的"顶层设计"不断完善。2016年，中共中央办公厅、国务院办公厅印发《关于改革社会组织管理制度促进社会组织健康有序发展的意见》（下称《意见》），这是以习近平同志为核心的党中央制定的指导社会组织改革发展的纲领性文件。《意见》明确提出“走中国特色社会组织发展之路”。

2017年，广东省委办公厅、省政府办公厅印发《关于改革社会组织管理制度促进社会组织健康有序发展的实施意见》（下称《实施意见》），对进一步加强广东社会组织建设、激发社会组织活力做出新的部署安排，提出了加强党对社会组织工作的领导、完善扶持社会组织发展政策措施、拓宽社会组织提供公共服务渠道、完善财政税收支持政策、依法做好登记审查和监督管理、大力培育发展社区社会组织、加强社会组织自身建设、规范社会组织涉外活动等明确要求。

党的十九大以来，强化党建工作成为广东社会组织改革的新亮色。以“整体谋划、分类推进”为原则，大力推动广东社会组织中党的组织覆盖和党的工作覆盖，在消除党建“空白点”上下功夫。

社会组织监管方式进一步得到创新和丰富。广东省民政厅推行社会组织信息化管理、全流程监管，拟到2020年建立健全“1+5+9”管理模式，即以贯彻落实中央“两办”《意见》和省“两办”《实施意见》为一条主线，制定5个管理办法，包括《社会组织信息公开的办法（试行）》《社会组织年度工作报告实施办法（试行）》《购买第三方机构服务开展社会组织年度报告评价的指导意见》《社会组织评比达标表彰和示范创建活动管理办法》《广东省社会组织重大事项报告管理暂行办法》，建立9个机制，包括：年度报告机制、信息公开机制、联合监管机制、第三方评价机制、抽查审计机制、风险管理机制、舆情监测与危机应对处理机制、守信联合激励和失信联合惩戒机制、法人治理机制，为社会组织健康有序发展营造良好环境。

正如一名社会组织负责人这样形象地比喻：“我们从种子孵化成幼苗，要成长为对社会的有用之材，就需要沐浴阳光雨露，在引导扶持和依法管理之下长成健康的大树。”

营造共建共治共享社会治理格局，广东社会组织大有可为。

见证者说

广州市荔湾区萤火虫社会工作服务中心理事长王雪明：社会组织参与基层治理优势凸显

"如果当时没有'转正'，也许我早就改行了。"广州市荔湾区萤火虫社会工作服务中心理事长王雪明是广东社会组织改革的一名见证者。

2010年3月，王雪明在广州市社会组织培育基地获得一个免费的办公格子间。那时，他带领的"草根团队"还只是挂靠在广州市义工联（现为广州市志愿者协会）的一支松散队伍"萤火虫义工团"。经过"孵化"，2012年5月，他们终于拿到社会组织法人登记证书。2019年7月，广州市荔湾区萤火虫社会工作服务中心从培育基地正式"出壳"，王雪明将新的办公地址选在了荔湾区如意坊地铁站附近。

"一路走来，我有着切身体会。"王雪明说。最早他曾在一家唱片公司上班，后来与志愿者伙伴走上社会服务的道路。10多年来，王雪明和志愿者虽然做了很多公益活动，但缺少一个社会组织的"外壳"。他只得在工商部门登记注册了一家公司，借助公司开展公益活动。那时，他去申请基金会和企业资助时，往往要花费很长时间解释为什么是公司身份，因为对方怀疑他根本不是做社会服务的，这让他感到非常无奈，也有些失落。

"好在社会组织培育基地提供了政策指引、培育支持，帮助我们完成登记所需要走的程序，我们机构才抓住了获得新发展的机遇。"王雪明说。

有了正式社会组织身份之后，"萤火虫"仍然存在社会认知度不够的问题。他们决定"海投"简历，从各大企业的官方网站上找邮箱地址，发电子邮件去介绍自己，申请项目资助。他们还主动到企业毛遂自荐，寻求公益合作资源，借助每年的广州迎春花市，组织志愿者开展慈善义卖，在市民中逐渐扩大知名度。

此外，他们还积极参加广州市社会组织公益创投，连续获得公益项目资助，在广州市增城区派潭镇七境村建设“慈善农园”“幸福小屋”“长者饭堂”等志愿服务平台，开展城乡互助帮扶和当地红色文化的发掘教育传承。经过不断发展，“萤火虫”走出了一条适合自己的路子，多个脱贫攻坚志愿项目获得各级民政部门多项荣誉。

“创新社会治理，推动社会治理重心向基层下移，构建城乡社区治理新格局，社会组织参与基层治理富有活力，其积极作用将得到新的凸显。”王雪明说，“我们将扎根农村基层，以专业方法服务群众，主动承接政府和社会服务项目，维护社会和谐稳定，在扶贫济困、社区文化培育、乡村振兴等方面贡献一点‘萤火虫’的力量。”

叮咚快评

放管并重　激发活力

社会组织是公众和社会力量参与社会治理的重要载体。改革开放以来，各级各类社会组织不断发展，但在很长一段时间内，也面临法规制度建设滞后、管理体制不健全、支持引导力度不够、社会组织自身建设不足等问题。这也正是社会组织改革要着力破解的难题，排头兵广东再次先行先试、走在前列。

回顾广东社会组织改革，“坤叔转正”是一个必然要提及的标志性事件。2011年9月，《南方日报》刊发报道《坤叔公益团队“转正”受挫背后》，引发社会关注，随后省里派出工作组到东莞，解决该团队的注册登记问题。虽然“坤叔事件”将民政部门推向了舆论的风口浪尖，但坏事转为好事、压力转为动力，该事件有力推动了广东社会组织登记管理制度改革，让许多类似坤叔公益团队这样的“草根组织"顺利"转正"。聚焦发展"痛点""难点""堵点"，老百姓热切期盼什么、事业发展迫切需要什么，改革就要抓住什么、推进什么。"坤叔转正"便是最好的证明。

放在今天来看，"坤叔转正"就是一场提前的"放管服"改革。党的十八届二中全会报告提出，行业协会商会类、科技类、公益慈善类、城乡社区服务类社会组织试点直接登记。国务院随后将社会组织登记审批纳入"放管服"改革，对在城乡社区开展为民服务、养老照护、公益慈善、促进和谐、文体娱乐和农村生产技术服务等活动的社区社会组织，降低准入门槛，支持鼓励发展。得益于"放"，更多社会组织"转正"，并走上发展快车道。现在，广东社会组织总数已达7万个，跃居全国各省份第二位；吸纳就业人数60多万人，居全国首位。

"放"是好的，但并不意味着一放了之，任其自由生长。促进社会组织健康有序发展，不仅需要简政放权、优化服务、积极扶持，也需要加强事中事后监管。也就是说，要做到放管并重，该放的必须放开，该管的必须管好。倘若只放不管，或者是没有管好，那么有的社会组织就可能成为"独立王国"，甚至走上违法犯罪的歧途。怎么管好？目前来看，一是强化党建引领，推动社会组织将党的建设写入章程，把党的组织优势转化为社会组织发展优势；二是完善社会组织监管机制，形成社会组织自我管理、社会监督、政府监管、有序退出的综合治理机制。

深化社会组织改革，"放"和"管"只是手段，目的是激发社会组织活力，实现政府治理与社会自治良性互动。总体来看，广东政社分开、权责明确、依法自治的社会组织制度已经基本建立，结构合理、功能完善、竞争有序、诚信自律、充满活力的社会组织发展格局也已基本形成，各类社会组织广泛活跃在广东经济社会发展的各个领域，内在活力和发展动力得到进一步激发，积极作用日益彰显。

撰稿：李强　汪祥波　丁建庭

供图：肖雄　戴嘉信　萤火虫社会工作服务中心

潮起蛇口：渔村嬗变的改革密码

清晨，深圳市南山区工业一路，依旧车水马龙。“走过这里的人，尤其是‘老蛇口’，多数会想起那段激情燃烧的岁月！”原蛇口工业区老员工林小静说道。

工业一路所在的地理位置，是当年蛇口工业区五湾与六湾之间的一道山梁，中国改革开放“第一炮”正是从这里炸响。40年前，蛇口的“开山炮”，成为中

□ 建设中的蛇口，城市面貌日新月异

国历史发展的缩影。

1980年1月15日出版的《南方日报》，头版刊发《他们在干四个现代化——深圳蛇口工业区建设工地散记》，记录了改革开放发源地蛇口工业区初创时期建设的盛况。

先有蛇口，后有深圳。从特区到中国特色社会主义先行示范区，从工业区到自贸试验区，“先行先试”始终是蛇口乃至深圳与生俱来的改革基因。

“先行先试”积累起来的成功实践、发展成就，为深圳建设中国特色社会主义先行示范区打下了坚实基础和深厚底气。

在新时代改革开放的壮阔大潮中，“弄潮儿”继往开来，开辟一片新天地。

南方见证

南方日报
NANFANG RIBAO
华总理会见参加国际军体理事会代表大会代表
代表中国政府热烈祝贺大会的圆满成功
他们在干四个现代化——深圳蛇口工业区建设工地散记
邓小平副总理会见并宴请参加广州粒子物理理论讨论会的海外学者
为加速四化建设充分发挥半边天作用
省第五次妇女代表大会闭幕
如何使社队和农民尽快富起来？
省侨务办、省侨联举行茶话会

• 1980年1月15日，《南方日报》头版刊发《他们在干四个现代化——深圳蛇口工业区建设工地散记》

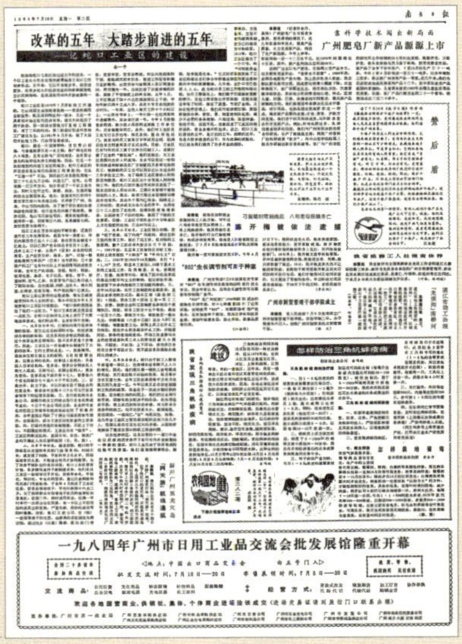
改革的五年　大踏步前进的五年
——记蛇口工业区的建设
广州肥皂厂新产品源源上市
一九八四年广州市日用工业品交流会批发展馆隆重开幕

• 1984年7月16日，《南方日报》刊发《改革的五年　大踏步前进的五年——记蛇口工业区的建设）

南方日报
《习近平关于全面依法治国论述摘编》出版发行
习近平会见缅甸巩发党主席吴瑞曼
我省举行庆五一暨劳模表彰大会
全力做好铁路建设各项工作
广东自贸区前海蛇口片区揭牌
林少春任省委常委、政法委书记
文件合不合法　法院可以认定
文化部清理文艺评奖

• 2015年4月28日，《南方日报》头版报道广东自贸区前海蛇口片区揭牌的消息

A05|时局
潮起蛇口：渔村嬗变的改革密码
改革开放就要有闯劲　就要不怕犯错
敢闯敢试　敢为人先

• 2019年8月30日，本篇报道版面

渔村拓荒 ➔
创造引以为豪的“试管”“窗口”

“我在蛇口长大，当时到处是荒山野岭。”林小静是“蛇一代”，1979年初蛇口工业区正式创办，她发现这座小渔村忽然热闹起来。

作为中国第一个外向型的工业园区，蛇口工业区率先打响改革开放的“开山炮”，打开中国对外开放的窗口。

林小静在蛇口工业区做过打字员、保密员、机要员，直到退休。她说，刚开始的蛇口工业区建设指挥部，是在8栋向蚝民征购来的黄色平房里，工作人员常常加班，晚上停电，就用发电机发电。

就在这8栋平房里，“特区中的特区”蛇口，发生了翻天覆地的变化。

蛇口工业区创办以后，在招商局集团原常务副董事长、原蛇口工业区管委会主任袁庚的带领下，不断打破思想禁锢，提出了一系列与市场经济相适应的新观念，开展了一系列体制机制的新变革。

特别是振聋发聩地提出“时间就是金钱，效率就是生命”的时代之声，犹如“冲破思想禁锢的第一声春雷”，给保守僵化的守旧思想带来了强大冲击力。

全国率先实行人才公开招聘、第一个实行工程招标、第一个进行分配制度改革、第一个实现住房商品化、第一个建立社会保障体系……蛇口工业区以提高工作效率和经济效益为基本出发点，遵循经济规律，大胆开展各项制度创新，当时创下了24项全国第一。

袁庚之子袁中印在接受《南方日报》采访时表示，当时父亲有这样的情怀：这一代人应该像羚羊一样，让后代的羚羊踩着我们的肩膀跳过去，跨过这个历史阶段，并能够沿着新的历史方向前行。

这片热土上的一系列改革尝试，为中国的改革开放成功探索出可借鉴的“蛇口模式”。蛇口，这个先行先试的“试管”和“窗口”，成为一代人的骄傲。

造梦之城 →

强磁场广聚天下英才

“到深圳来吧，你的梦想会迅速变成现实！”来自西班牙的深圳时尚创意产业联盟创意总监安娜·里奥说。

“深圳是创造梦想成就奇迹的地方，我们在深圳等你一起来！”柔宇科技有限公司创始人兼CEO刘自鸿说。

“深圳是一座很有活力、没有包袱的城市，如果你有本事，如果你要追求梦想，请一定到深圳来！”顺丰控股股份有限公司董事长王卫说。

在2018年5月举行的“中国共产党的故事——习近平新时代中国特色社会主义思想在广东的实践”专题宣介会上，3位创业者向全球人才发出邀约。

2019年2月，清华大学经济管理学院互联网发展与治理研究中心发布的《粤港澳大湾区数字经济与人才发展研究报告》显示，深圳对国际人才的吸引力和保留率居湾区前列，对国内人才的吸引力最强。

深圳之所以成为人才的强力磁场，与蛇口在广聚天下英才上的“先行先试”密不可分。

1981年，蛇口在全国首次实行人才公开招聘，自此开端，成就了全国各地人才“孔雀东南飞”的盛况。原招商局蛇口工业区有限公司总经理顾立基，就是那时候被“挖”到深圳的。

顾立基回忆说，一个星期天的早上，60多岁的招商局常务副董事长袁庚骑着自行车，在女儿的陪同下来到清华大学，敲开了顾立基的宿舍门。3人在楼下露天的木制长椅上坐下来，交谈了30多分钟。“当时他讲了改革开放，招商局需要有一批人跟他一块突破体制。”

顾立基出生于上海，1977年考入清华大学机电系，在校时是“清华三剑客”之一、北京市海淀区人大代表，还在学校发起组织了“清华大学学生经济管理爱好者协会”。

如今，人才流动是再正常不过的事。然而按照当时的干部人事制度，蛇口工业区的劳动用工须由所在省市分配指标，干部、技术人员只能由上级部门调配和任用。

“蛇口工业区经过中央组织部特别批准，可以在几个名校招一批学生过去工作。”蛇口工业区的求贤若渴，打动了原本打算毕业回上海工作的顾立基。

各路人才汇集，梦想在这里开花结果。蛇口被誉为“单位面积培育知名企业最多的地方”，先后孕育了招商银行、平安保险等世界500强企业，以及中集、安科、金碟等知名企业，就连万科、华为也与这里有着初创期的结缘。

再立潮头 ➔
新时代肩负建设示范区新使命

盛夏八月，蛇口太子湾片区蛇口邮轮中心一旁的工地上一片繁忙景象，站在高处放眼望去，“海上门户”盛景一览无遗。2019年8月26日，包括太子湾项目在内的前海蛇口自贸片区超百亿项目集中开工。

2014年12月31日，国务院批复同意设立中国（广东）自由贸易试验区，蛇口与一山之隔的前海共同被划为自贸试验区，担起新一轮改革开放新使命。

已开放开发30余年的蛇口，迎来“再出发”。

在中国改革开放征程中，蛇口的角色被不断改写。从小渔村到工业区，再到自贸试验区，它的每一次变化，都是一个时代的转折点，不断诠释着“先行先试”的使命担当。

“伴随着改革开放，伴随着蛇口巨变，我们这代人要传承好改革基因。”李佳樱子是“蛇二代”，从小在蛇口长大，现在招商蛇口总部运营管理部工作。

在李佳樱子的“蛇口记忆”中，蛇口、深圳今日的辉煌，凝聚着“蛇一代”的汗水和付出。她表示，步入新时代，蛇口人、深圳人“敢为人先”的气质没有变，把深圳建设成为中国特色社会主义先行示范区，是这代人肩负的新使命。

一场在全面深化改革号角下的重新出发，蕴藏着巨大发展机会。

□ 大潮起珠江——广东改革开放40周年展览

借力粤港澳大湾区建设的东风，前海蛇口自贸片区扬帆起航。2019年上半年，片区进出口值同比增长40.2%，网购保税进口总值增长33.4%，仓储平行进口汽车同比增长11.8倍……

中山大学第三方评估结果显示，前海蛇口自贸片区制度创新指数在全国自贸片区中连续两年排名第一。

经过9年的发展，前海已构建与“特区中的特区”相适应的体制机制体系。截至2019年，前海累计推出469项制度创新成果，全国首创或领先166项，全国复制推广50项，全省复制推广69项，全市复制推广122项。

制度创新，是前海蛇口自贸片区建设的核心任务，也是深圳建设中国特色社会主义先行示范区的关键所在。

使命在肩，初心如磐。

从蛇口出发，从“杀出一条血路”到“闯出一条新路”，深圳必将成为名副其实的高质量发展高地、法治城市示范、城市文明典范、民生幸福标杆、可持续发展先锋。

见证者说

平安集团监事会主席、原招商局蛇口工业区有限公司总经理顾立基：
改革开放就要有闯劲，就要不怕犯错

“传承改革开放精神，首先思想观念要转变。改革开放就是要有一种闯劲，就是要不怕犯错。”看着蛇口改革开放博物馆记录下的一点一滴，顾立基浮想联翩。

1982年7月，刚刚大学毕业的顾立基来到蛇口，一晃就是37年。

他历任中国国际海运集装箱股份有限公司董事总经理，蛇口招商港务股份有限公司董事长、总经理，中国平安保险公司副董事长，招商银行董事，招商局蛇口工业区有限公司总经理，香港海通有限公司董事总经理，招商局科技集团有限公司董事长等职，现任平安集团监事会主席。

谈起改革开放初期，顾立基印象颇深的是在中国国际海运集装箱股份有限公司的任职经历。1986年1月，顾立基到中集集团当副总经理。此前中集集团的处境很困难，当时已经资不抵债，拿不到订单，处于破产的边缘。

“如果这个时候就破产或清算，我们认为对改革开放是不利的。”就在这种情况下，顾立基接过“烫手山芋”，8个月后当上了总经理。他和同事抱着试试看的心理，采取了一系列符合改革开放的办法和举措，到1987年扭亏为盈，1989年当年盈利480多万美元，走上了快速发展的道路。

顾立基说，没有解放思想、改革开放，这是办不到的。广东的改革开放，很重要的一点经验，就是按市场规律、经济规律办事。

1948年10月出生的顾立基，伴随着新中国成长。他回忆，大学毕业前夕，中国刚刚开始改革开放，正是打开窗口面向世界的时候。打开窗口向外看，才发现我们落后了。落后了，当然要奋勇追上。于是，“振兴中华”成了顾立基和同学们“心”中最强的声音。

“今年是新中国成立70周年，中国共产党带领全国人民取得的成就不容易。推进改革开放事业的初心，就是为人民服务。我们现在最需要的是改革开放再出发的精气神。”顾立基说。

叮咚快评

敢闯敢试　敢为人先

就在深圳建市40周年、即将迎来成立经济特区40周年的重要时刻，中共中央、国务院印发《关于支持深圳建设中国特色社会主义先行示范区的意见》，赋予深圳重大使命、重大任务、重大机遇，让深圳再次成为舆论焦点。

支持深圳建设中国特色社会主义先行示范区，既代表了对深圳经济特区过往成绩的高度肯定，也代表了对深圳经济特区未来发展的高度期许。为什么再次选择深圳？很大程度上是基于建设经济特区的成功。40年时间，深圳闯出了一条从计划经济向社会主义市场经济转型的改革之路、从封闭半封闭到参与全球竞争的开放之路、从传统农业社会迈向现代文明社会的发展之路，把中央改革开放的战略设想变为了生动现实，成为中国影响最大、建设最好的经济特区。

深圳经济特区为什么能成功？人们在探寻原因、总结经验时，常常会想到“杀出一条血路”“摸着石头过河”，但很少能说清楚“石头”是怎么“摸”的、“血路”是怎样“杀出来”的。40年前，蛇口打响改革开放的“第一炮”，进而成为“特区中的特区”。透过蛇口发展，或许能够找到经济特区成功的“秘钥”。

提起蛇口，许多人自然会想到“时间就是金钱，效率就是生命”。在今天看来，这句讲时效、重实干的口号，不过是稀松平常的一句话。可在1979年，经由蛇口提出，释放出一个强劲的思想冲击波。当是时也，“左”的思想令很多人无所适从，社会上视金钱、效率为禁忌。正因如此，简练、有力的“时间就是金钱，效率就是生命”提出后，时人誉之为“冲破旧观念的一声春雷”“划过长空的第一道闪电”。这句口号是经济特区突破重重阻力、“杀出一条血路”的集中体现，深深镌刻在波澜壮阔的改革开放进程中，至今仍释放着强大的感召力。

提起蛇口，不少人都听过“先有蛇口，后有深圳”的说法。这不仅是说蛇口创办时间早，更意味着很多改革经验、改革办法也先于深圳，是在蛇口先期试行并逐步成熟后才慢慢推广到各个经济特区，进而辐射全国的。的确如此，包括“4分钱惊动中南海”、首次公开招聘人才、推行住房制度改革等，蛇口在企业改革、管理改革上有很多创举，曾经创造了24项全国第一，如今已多数沉淀成为当下中国经济生活的一部分。蛇口“摸着石头过河”，离不开敢闯敢试、敢为人先的改革精神，“别人不敢踩的雷敢踩，别人不敢打破的框框敢打破”。

新加坡前总理李光耀早年间访问深圳时曾说过：“你们社会主义怎么走，没有实验室不行。深圳就是实验室。”如今，深圳又肩负起了中国特色社会主义先行示范区的“实验”重任，不管是蛇口还是深圳，仍须继续用好改革开放关键一招，继续敢闯敢试、敢为人先，担当好“先行示范”的历史使命。

撰稿：辛均庆　丁侃　丁建庭

供图：朱洪波　文建军（部分图片由受访单位提供）

念一份家国情　圆一个南沙梦

打开粤港澳大湾区地图，以南沙为圆心，画一个半径100公里的圆圈——广州、深圳、珠海、香港、澳门五大国际机场，以及14个主要城市，尽在其中。

从南沙大开发，到升格国家级新区、广东自贸试验区南沙新区片区成立，再

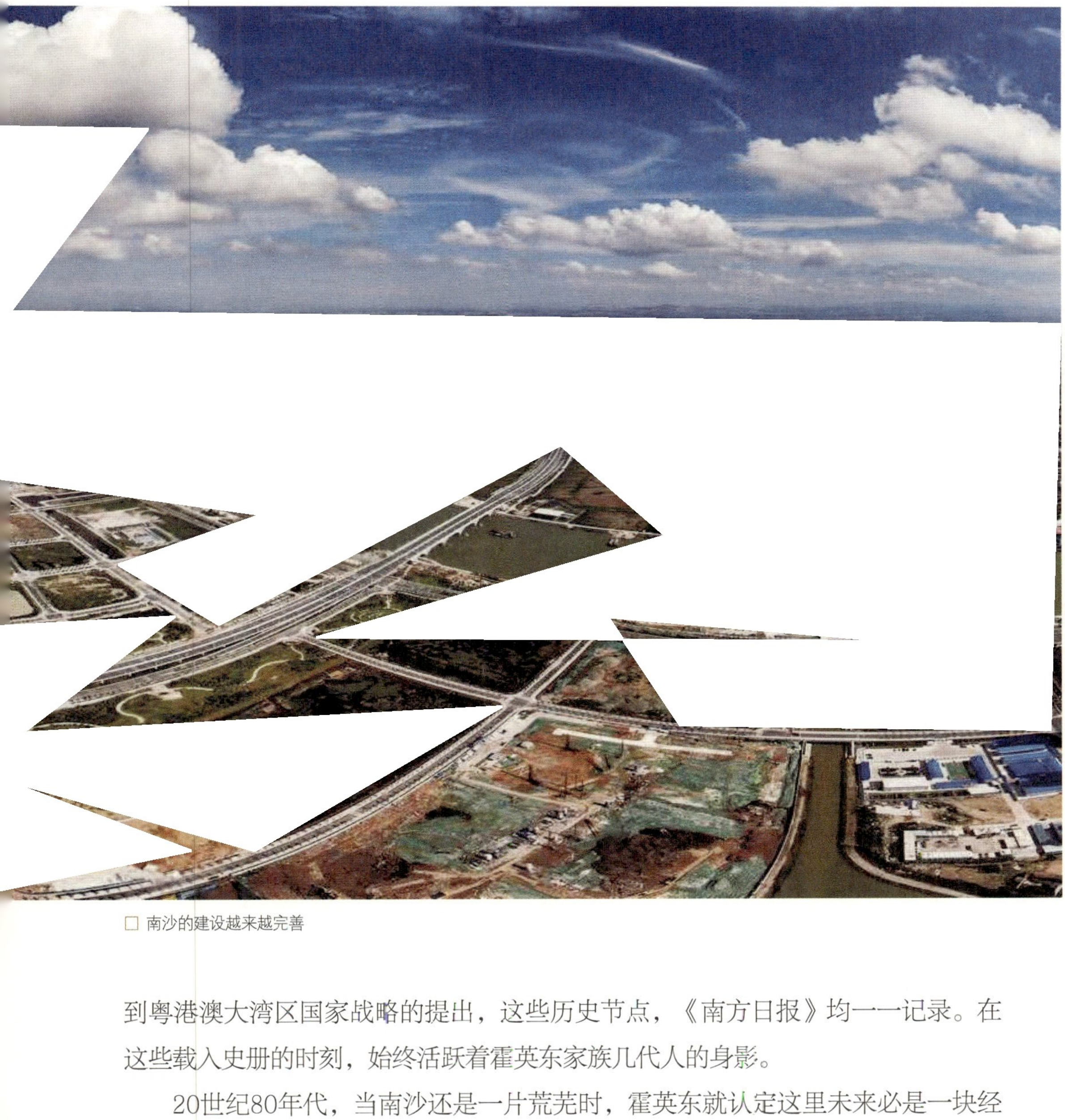

□ 南沙的建设越来越完善

到粤港澳大湾区国家战略的提出，这些历史节点，《南方日报》均一一记录。在这些载入史册的时刻，始终活跃着霍英东家族几代人的身影。

20世纪80年代，当南沙还是一片荒芜时，霍英东就认定这里未来必是一块经济腾飞的热土。他说："南沙是我的一个梦想。"如今，霍英东之子、霍英东集团行政总裁霍震寰说："中国的发展一日千里，粤港澳大湾区带来重大机遇。"

从南沙梦到湾区梦，霍家几代人目睹、感受并参与了南沙翻天覆地的发展历程。霍家的经历、南沙的发展，正是广东经济社会蓬勃发展的一个缩影。

南方见证

爱国者霍英东 传奇一生 A03

“最是梦萦家国，乡土岂可遗忘”

霍英东简历

“他有魄力，他爱中国”

无条件让白天鹅“回归”

“在这里赚钱要转为投资”

盼霍先生入列霍氏大宗祠

• 2006年10月30日，《南方日报》刊发《爱国者霍英东传奇一生》报道

时局 聚焦 A05

广东自贸试验区观察

南沙新区片区

十大新业务创下多个“全国第一”

七大功能区块定位已明确

这里将成“创新创业的热土”

南沙开发建设的历程

专题

支持南沙、横琴自贸区建设

广东地税推出多项税收服务新举措

• 2015年4月22日，《南方日报》报道南沙《十大新业务创下多个“全国第一”》

南方日报

《粤港澳大湾区发展规划纲要》

中共中央国务院印发《粤港澳大湾区发展规划纲要》

携手共建国际一流湾区增进民生福祉

充分把握粤港澳大湾区带来的机遇

把握发展机遇全力参与大湾区建设

抓住大机遇 建好大湾区

程谦青同志遗体在广州火化

以新担当新作为全力做好对口支援工作

研究做好风险防范化解工作

• 《粤港澳大湾区发展规划纲要》印发，《南方日报》于2019年2月19日进行了报道

A05 时局

念一份家国情 圆一个南沙梦

从香港航行至南沙 能快15分钟也好

家国乡土 岂可遗忘？

• 2019年9月2日，本篇报道版面

起步 →
从遍地滩涂到现代化新城

改革开放之初，当许多人对投资百废待兴的内地还存在观望顾虑时，霍英东已经以义无反顾的姿态，毅然决然参与这场变革。

霍震寰回忆道，父亲经常随身携带好几张广东地图，方便查阅地形。搭乘小快艇亲身考察珠江沿岸的水网地带时，霍英东在虎门对岸发现了一条小河道，周围数十里全是滩涂和小山，剩下的就是采石场，举目荒凉。他却精神一振，拿出地图用手一量，此地到广州约50公里，到香港、澳门30多海里，几乎距离相等！这个地方就叫南沙，恰好属于他的祖籍番禺县。

但是，其时的南沙，遍地滩涂，满目荒芜，人烟稀少。当地俗谚："南沙柴，黄阁米，出门靠渡仔，无事莫进来。"

□ 2005年4月28日上午，霍英东出席广州南沙新客运港落成典礼

1989年，南沙开发的重要项目——虎门轮渡码头打下第一条桩，这是中国第一座双层桥式汽车快速轮渡码头，1991年5月建成后，汽车不用绕道广州，珠江三角洲东西两岸路程平均缩短100多公里。随后，南沙港客运码头、大楼相继建成，南沙至香港的航线开通。

此外，霍英东还与当地政府合作修建了洛溪大桥、沙湾大桥、进港大道、番中公路、港前大道等交通基础设施，将南沙乱石横卧、地势低洼的土地垫高，建设护岸工程，然后进行美化绿化工作，将昔日的烂海滩，建成蒲洲国际花园、天后宫、水乡一条街，还建设了南沙会议展览中心、南沙科学展览馆等商贸设施，再后来，又兴建了南沙大酒店、南沙物流中心、新客运码头、珠三角世界贸易中心大厦、南沙香港中华商会大厦、英东中学……“广州番禺的西伯利亚”就这样在短短十几年间，被建设成为初具规模的海滨新城。

2018年10月24日，港珠澳大桥建成通车。2019年4月2日，南沙大桥正式通车。随着更多交通基础设施建成，南沙将构建起以南沙为中心的湾区“半小时交通圈”。

每当坐船从香港前往南沙，霍震寰都会经过深中通道的施工现场。目睹日新月异的建设进展，他意识到，这很快又是一种新的跨境交通方式。

回想当年，他们的汽车第一次驶入南沙时，村里从没见过汽车的小孩尖叫着追在汽车后面跑，霍震寰不禁动容道：“这种变化，真的是翻天覆地。”

探索 →

从国家级新区到自贸片区

回顾30多年开发历程的初期，南沙的发展定位曾多次调整，在休闲区、工业区、生态区、服务区之间“漂移”。

1990年6月，广东省、广州市分别确定南沙为重点对外开放区域和经济开发区。3年之后，国务院批准设立南沙经济技术开发区，揭开南沙大开发的序幕。

2000年南沙跳出番禺，成为广州“南拓”核心，也埋下了“港口战略+工业化+重型化”的种子。

霍震寰回忆道，当年为方便运输煤炭，许多发电厂建在水边，南沙的珠江电厂扩建时，霍英东就坚决反对。“虽然经济发展很重要，但父亲同样重视环境保护，我很佩服他超前的理念，因为当时还不盛行环境保护，导致他被很多人批评，认为扩建不了电厂，会影响发展、增加成本。”

到2009年，《珠江三角洲地区改革发展规划纲要》将广州推上了国家中心城市的战略地位。当年8月，中科炼化一体化项目因生态原因挥别广州，迁址湛江东海岛。南沙进入“后石化时代”。

2012年9月，南沙新区获批成为国家级新区。2015年4月，国务院印发《中国（广东）自由贸易试验区总体方案》，广州南沙新区片区被明确定位为“重点发展航运物流、特色金融、国际商贸、高端制造等产业，建设以生产性服务业为主导的现代产业新高地和具有世界先进水平的综合服务枢纽”。

在这一年年底，霍震寰之子、在霍英东集团担任副总裁的霍启文在广州南沙创办了跨境电商平台“自邮行”。谈及当时的选择，霍启文说，一方面是感受到南沙的营商环境有了明显改善，商业发展有很大的空间潜力，另一方面是受国家大力推动跨境电商发展的政策吸引，南沙作为自贸片区具有先行先试的独特优势，同时也可以兼顾家族在南沙的开发项目。经过两年多的经营，由于团队管理经验不足等原因，“自邮行跨境商城”最终停止运营。但霍启文并不愿把这次遇到困难的创业称之为失败，他更愿意当成“上了宝贵的一课”。

“毕竟我们家族经历了三代人，所以我对南沙的感情真的很深厚。”他回想起小时候跟着爷爷、父亲到南沙参加活动或公司开会的场景，感受到南沙快速发展的蓬勃活力。他笑言，创业是天时地利人和，其中人才是核心，这是南沙创业给他带来的最大收获。

挂牌四年来，南沙自贸片区成绩斐然，2014年至2018年地区生产总值年均增长11%，注册企业增长10多倍，累计引进146个世界500强企业投资项目。2019年上半年，南沙地区生产总值增速与天河并居广州第一。

展望

抓住大湾区机遇让 1+1+1 大于 3

随着粤港澳大湾区战略出台，位于大湾区几何中心的南沙再次被置于聚光灯下。

□ 南沙港码头

今天的南沙，蕉门河岸水清如画，明珠湾区建设热火朝天，道路宽敞笔直，晚上灯火通明。从人工智能、新能源汽车等高科技新兴产业，到依托港口优势蓬勃发展的外贸新业态，现代产业体系构建已现雏形。营商环境不断优化，平均三天一项改革创新，制度创新指数连续两年排名全国前三。当年的偏远小渔村，正努力打造高水平对外开放门户枢纽。

在南沙工作的罗小姐告诉记者，2014年初到南沙时，还跟朋友开玩笑说自己是来“避世修行”。短短几年间，南沙的变化翻天覆地，她的工作越来越忙碌，先生干脆也调到了南沙，后来他们生下了两个可爱的儿子。“南沙的教育和医疗配套已经非常成熟，我们全家人都爱上了在南沙生活。现在偶尔去一趟市中心，都不习惯了呢。”她笑着说，庆幸自己做了一个正确的选择。

霍启文也把家搬到了广州，每周抽一天回香港去看望奶奶。

“真的很方便。广深港高铁47分钟，加上从家到高铁站都很近，一个半小时，我能从香港的家到达广州的房子。”霍启文曾经在高铁上听到乘客议论，从广州回香港，比从香港中环回家还更快。

目前霍启文的主要精力放在两个项目上，一个是番禺南天名苑地产项目，另一个是新创办的“代言甄选”品牌。一个是传承，一个是白手起家；一个是“守业”，一个是永不放弃的“创业”。

霍启文说，爷爷参与改革开放，父亲参与的是几十年经济快速增长的时期，他参与的是国家新的机遇和变化。“如今国家强大，更希望能积极参与其中，作出该有的贡献。这是我们作为年轻一代的使命与远景。”

穿梭粤港两地，霍启文经常鼓励香港年轻人多过来内地看看。“在香港，可能你只能从事金融、地产、旅游业、零售业或航运，但在大湾区，你可以有新的广阔天地。当人才的自由流动能解决不同地区的需求，粤港澳大湾区的力量才能真正发挥。”

霍震寰也感慨道，国家发展离不开人才，每次回到内地，接触到非常优秀的青年人才，他就感受到国家发展的潜力，对未来充满信心。“中国的发展一日千里，粤港澳大湾区带来重大机遇，关键是如何利用好三地优势，发挥大家各自所长，你中有我，我中有你，让三地融合1+1+1大于3。”霍震寰说，南沙处于中心地带，有比较大的空间承接各方面的发展，加上很多重大项目相继落户，未来的变化令人期待。

见证者说

霍英东集团行政总裁霍震寰回忆父亲的决策：
从香港航行至南沙　能快15分钟也好

很少有人注意到，生于1949年的霍震寰，与共和国同龄。1985年，36岁的霍震寰随父亲从香港坐船到澳门，从澳门坐车到广州住一晚，再从广州经过4个渡口来到番禺市桥住一晚，第三天才来到南沙。

当时珠江三角洲很多都是河流地带，交通很不方便，既没有路也没有桥。番禺、南沙都是黄泥路，一下雨，路面坑坑洼洼，开车像坐船一样颠簸。“所以父亲认识到，若是要发展，交通是最重要的，就以此启动了南沙的建设。”

让他多年后一直记忆犹新的故事是，南沙至香港的航线开通后，航程已缩短为1小时30分钟。但霍英东不满意于这个结果。“父亲认为，1小时生活圈，那就越接近1小时越好，即便能快15分钟，那也跟1小时30分钟的概念是不一样的。”霍震寰说。

15分钟不多，动力却要多一倍，费用也高一倍。但买不到这么高速度的新型客船，怎么办？霍英东又做出一个石破天惊的决定：自己投资建造船厂，自己设计、自己研制！

1996年10月16日，由霍英东亲自指挥建造的世界上第一艘四引擎超高速铝合金双体喷射大型客船建成下水试航，轰动海内外。

为提速15分钟，不惜投巨资兴建一家现代化的新技船厂，研制最新最快最大的客船。在霍震寰看来，父亲其实是憋足了一股劲，就是要为中国人争口气。

“改革开放初期，困难重重，有西方经济学家说，中国不可能跨越过来。但事实证明，我们挺过来了。”霍震寰说，很多人意识到抓住改革开放的机遇很重要，但也一定要坚持做下去才能有成效。霍英东晚年的全部心血都投在了南沙，因为他认定了南沙是一个非常理想的发展地方，那就一定要做好规划，然后坚持投入。

近几年来，随着港珠澳大桥、南沙大桥相继建成，广深港高铁全线开通，深中通道加快建设，霍震寰深切感受到了粤港澳大湾区带来的交通便捷。“交通便利化，可以让粤港澳三地连接更紧密，交流更方便。”霍震寰动情地呼吁，希望更多青年人能意识到祖国走到今天的不易，看到今天所取得的不可思议的成就。

霍英东对体育与教育的重视是众人皆知的，对内地教育和体育事业的贡献更是难以计数。霍震寰说，父亲自己热爱运动，他认为身体健康要靠体育锻炼，但精神健康、人才培养也很重要，所以设立各种基金会支持教育，捐资建设各种教学设施。

霍震寰去过大湾区很多优秀的科技企业，看到成千上万的年轻人朝气勃勃，他很欣慰：“在他们身上，我看到了国家的发展和未来。”

叮咚快评

家国乡土　岂可遗忘?

“南沙是我的一个梦想。”霍英东先生的梦想，如今正一步步变为现实。

霍英东出生在香港，籍贯在广东番禺。先生一生爱国，投入了大量财富、心血和精力，鼎力支持祖国的建设，带头投资内地，积极推动改革开放事业，堪称爱国爱港爱乡的典范。斯言有证：“我虽然生活在香港，但我爱我的祖国，爱我的家乡，能为祖国和家乡的建设事业作一点贡献，就是我生平的夙愿。”

1987年底，霍英东正式提出开发南沙的设想。在他生命的最后十多年间，他抱恙坚持每周从香港坐船到南沙视察，看图纸、下工地、与工作人员交谈，身体力行推动项目的发展，见证南沙的日进日新。他先后投资了几十亿元在南沙，助力南沙从一个边陲小镇发展成为现代化海滨新城，有力促进了珠江三角洲与广东经济社会的发展以及粤港澳的经济技术合作，充分体现了他的拳拳赤子之心。

当初本可以选择回报容易的大城市，为什么选择了南沙？诚如霍英东儿子霍震寰所言：“他争的不是饮‘头啖汤’，是要只争朝夕把南沙建起来，以带动邻近地区经济的发展。”这既是先生情系桑梓，也是他远见卓识的体现。南沙港是天然的深水港，是整条珠江最佳的水道；南沙地处珠江三角洲与港澳的几何中心，海陆空交通枢纽地位特别优越。开发南沙，不仅可以贯通珠江东西两岸，促进区域协调发展，还可以联结港澳经济区，推动“大三角”的经济繁荣。

放在粤港澳大湾区建设的宏大背景中思考，当初的“大三角”概念，不正是今天的大湾区吗？当年提出的“1小时生活圈”设想，不正是今天大湾区基础设施互联互通的目标吗？当时已经重视保护环境，执意反对电厂扩建，不正是大湾区建设所遵循的绿色发展理念吗？筑梦南沙，霍英东不求投资项目的高回报率，更多把目光投向项目引致的深远经济社会影响和发展理念的革新上。这不仅展现了先生超前的预见性和判断力，更诠释了先生爱国爱港爱乡的品格。

开发南沙，不单是霍英东一个人的梦想，还早已成为霍氏家族薪火相传的志业。霍家第三代霍启文，2018年5月已经把家搬到广州，要“像爷爷一样开辟自己的一番事业”。其实，看好南沙的不止霍家，由于地缘相近、语言相通、文化同源，很多香港青年选择来南沙创业。统计显示，2018年南沙新设港澳企业1504家，累计达2872家，投资累计达804亿美元；在青年创新创业方面，粤港澳（国际）青年创新工场等平台已经入驻83个港澳青创团队。

“最是梦萦家国，乡土岂可遗忘？长江黄河富饶大地，五千年文化源远流长；中华有过光辉岁月，也曾经历苦难创伤。道路从来是迂回曲折，是非荣辱使人明确方向。祖国富强是众所依归，为安定繁荣各尽所长。”这是霍英东时常吟唱的一首歌。爱国爱港爱乡，致力安定繁荣，梦想才能成真。今天依然如此！

撰稿：吴哲　丁建庭　陈茵　张溶珺　刘美琳

供图：梁文祥（部分图片由受访单位提供）

1

2

广东乐坛七十年唱响“春天的故事”

“带走一盏渔火/让它温暖我的双眼/留下一段真情/让它停泊在枫桥边……”2016年11月25日晚，广州白云国际会议中心的舞台上，当《涛声依旧》那段脍炙人口的旋律响起，台上台下汇成了一场温暖人心的大合唱……

翻开当天的《南方日报》，《涛声依旧》的词曲作者陈小奇回忆起那动人的一幕，感触良多。

在这场由中共广东省委宣传部等主办、南方报业传媒集团等单位协办的首届南国音乐花会上，《赛龙夺锦》《思乡曲》《我爱你，中国》《春天的故事》

1 青少年乐团的小提琴手

2 李海鹰指挥演出

3 2016年11月，首届南国音乐花会举行，众多广东经典音乐轮番唱响

4 星海音乐厅与冼星海铜像

《弯弯的月亮》等广东音乐经典名曲轮番奏响，交响乐、流行乐、民乐、合唱等百花齐放，老中青三代音乐人同台献艺，跨界新作层出不穷，向外界展示着广东音乐的百年底蕴与创新活力。

从最早形成以省份命名的音乐流派“广东音乐”，到改革开放后引领中国流行音乐的辉煌，再到互联网时代全国领先的音乐产业大省……新中国成立70年来，广东音乐发展每一次重要的迈步，都被生动地记录在那一沓沓泛黄的《南方日报》上。

文变染乎世情，兴废系乎时序。“与时代同步的广东乐坛正踏上更高的台阶。”陈小奇坚信，在这片敢为人先、名家辈出的热土上，广东音乐的未来“涛声依旧”。

南方见证

南方日报
NANFANG RIBAO
抓紧财政收支 严肃财经纪律
省府决定开展财经纪律大检查
我省轻纺工业要解决"五老"问题
广州乐坛歌手云集各显才华

• 1980年12月1日，《南方日报》头版报道第二届羊城音乐花会开幕的消息

南方日报
NANFANG RIBAO
以邓小平理论为指导，为实现十五大提出的宏伟目标开拓前进
全国政协九届一次会议在京开幕
黄钟大吕追思一代伟人
广东扩大外商投资领域
广东香港两代表团在京成立
外国记者看"两会"
联合国安理会通过决议 同意安南与伊谅解备忘录
车轮爆胎翻车 八吨盐酸落地

• 1998年3月4日，《南方日报》头版图文报道星海音乐厅落成后举行的首场演出

粤乐缭绕 声生不息
南方日报 A16
重温四首广东音乐经典之作创作经历
真情实意谱新曲 厚积薄发铸经典

• 2016年11月24日，《南方日报》推出首届南国音乐花会特别报道

A05 时局
壮丽70年·奋斗新时代
南方日报
广东乐坛七十年唱响"春天的故事"
"敢为人先"精神支撑广东乐坛永葆活力
歌以咏志 乐以抒怀

• 2019年9月6日，本篇报道版面

新中国成立后百废待兴 ➔
首届羊城音乐花会观众达 14 万人次

新学期刚至，星海音乐学院的教学楼里又热闹了起来：钢琴声、古筝声、二胡声、笛子声、鼓声等争相“乱入”，碰撞出一曲奇妙的夏日交响乐。踏着节拍，伴着音乐，穿过挂有杰出音乐家画像的走廊，余乐夫走进了国乐系教师办公室。

书柜里，2014年10月18日《南方日报》文化副刊上刊发的一张老照片，勾起了他的青春回忆——照片上，一老一少两位手持高胡的演奏家相互对视，正合奏演绎……“这是我父亲，这是我，那时我还年轻。”余乐夫指着照片笑了。

余乐夫生于一个民乐世家，他的父亲正是“广东音乐第三代代表人物”、著名高胡演奏家余其伟。

1953年，余其伟出生于侨乡开平的一个普通农户。在那个百废待兴的年代，广东这片曾孕育出萧友梅、吕文成、冼星海、马思聪等众多杰出音乐家和经典名作的热土上，民族音乐的传承从未停歇。

“我的家乡有一个传统风俗，每条村都有一群唱粤剧、玩民乐的票友，每晚在祠堂前给村民演奏。”当年村子里能奏能唱的民间高手成了余其伟的启蒙老师。直到1972年考入广东人民艺术学院音乐系（星海音乐学院前身），余其伟才走上了高胡演奏的专业道路。

1962年，广东的音乐界迎来了一件大事——第一届羊城音乐花会首次亮相，当时以51场演出、250多项节目、400多个曲目、观众14万人次的盛大规模影响全国，曾有“南有羊城花会，北有哈尔滨之春”的美称。历经时局动荡，羊城音乐花会一度中断18年之久，直到被改革开放的春风焕发生机——1980年12月，第二届羊城音乐花会的举行轰动全国。

当年已分配到歌舞团工作的余其伟正是众多报名的参赛者之一。“当年有不少人参赛，分成年组、少年组等，评委里还有著名高胡和古筝演奏家刘天一。”

在那场具有里程碑意义的比赛中，余其伟演绎的一曲《珠江之恋》惊艳全城。这是由著名作曲家乔飞创作的新作品，该曲大胆启用广州交响乐团与高胡协奏，“那个年代民族乐器独奏与交响乐团协奏是很少见的，这首曲子本身有着很强烈的时代精神，表达了南粤儿女对珠江这条母亲河的依恋。”余其伟的一炮而红，让外界再次领略到高胡这个广东音乐代表性乐器的魅力。

也是在那一年，余其伟的儿子余乐夫出生了。作为成长于大城市里的“80后”，余乐夫的音乐之路烙下了“改革开放新生代”的印记。

余乐夫15岁时接触了吉他，便一发不可收地迷恋上了Beyond和摇滚。1998年，余乐夫考入广州星海音乐学院，师从高胡演奏家陈国产。学国乐的他却在1999年底加入了“吹波糖”乐队。

不同于父辈，余乐夫的高胡演奏既承传了中国古典艺术的技法与精神，又融入了西方摇滚乐自由时尚的先锋理念，这种跨界的思维给了余乐夫艺术创作更广阔的空间：曾获中国第四届“文华奖”最高奖项“演奏奖”等众多顶级奖项的余乐夫活跃在国内外舞台，被誉为“新一代广东音乐继承者”。

如今，父子两人分处香港演艺学院和星海音乐学院两地任教，两代“高胡大师”致力于将各自对广东音乐的独到理解传授给下一代。

改革开放春风吹来 ➔
广东流行音乐创下多个“第一”

“广州东方宾馆在新改建的明珠厅举办音乐茶座，今天起由广州民间乐团为客人演出。明珠厅音乐茶座，可容纳五百多位客人就座。舞台四角有喷泉，设计新颖独特。茶座除供应饮料外，游客在这里还可欣赏到由文艺团体演出的文艺节目……”

1981年8月1日，《南方日报》记录下了全国第一个音乐茶座开办的盛况。“音乐茶座”这个随改革开放而至的新产物，拉开了广东流行音乐发展的序幕。

1953年出生于广州的著名作曲家李海鹰，是中国流行音乐发展的见证者和重要推动者。李海鹰16岁就进入广州粤剧团，当上小提琴手兼创作员。1983年，他进入了全国第一家唱片公司——广州太平洋影音公司做配曲。

“音乐茶座的盛行与录音技术的升级都为‘流行音乐热’添了一把火。”李海鹰回忆，太平洋影音公司在20世纪70年代末最先引进了24轨调音台，引领了全国的潮流。“引进24轨的录音设备以后，每个乐器和歌手可以在不同时段不同地方录音，从单声道变成立体声，编曲的丰富程度一下子提高了。”在李海鹰看来，这次录音技术上的革命，打开了中国音乐发展的新局面。

回顾当时广州唱片业的发展，李海鹰用“非常繁荣”来形容。“当时的广州太平洋影音公司、中唱广州公司以及后来的新时代影音公司，做一个盒带可以卖上百万盒，影响力巨大。在20世纪80年代初，太平洋影音公司一年的营业额就有2000多万元，超过当时广州最大的百货公司营业额。”

那段在唱片公司“扒带子”编配外国和港台流行歌的日子，让李海鹰吸收了各地音乐精粹，逐步走上了原创之路。1985年“红棉杯85羊城新歌新风新人大奖赛”的举办，正好给李海鹰等众多音乐人一个展示才华的机会。这个由广州市文化局和广州市文化记者联谊会共同创办的大赛首次推出了“十大歌星”“十大金曲”两个新概念。在这届比赛中脱颖而出的李海鹰、陈小奇、解承强等年轻人，后来成了广东乐坛的中坚力量。

不过，李海鹰这个名字为全国乐迷熟知，还是在4年后——1989年，由他作词作曲的《弯弯的月亮》红遍大江南北。“遥远的夜空/有一个弯弯的月亮/弯弯的月亮下面/是那弯弯的小桥……”这首温婉柔美的思乡曲朗朗上口，词曲间散发着独特的岭南气质，给广大听众带来了扑面而来的清新感。

“《弯弯的月亮》创作的初衷完全就是描绘一个美丽的珠江三角洲，我的祖籍是中山，家乡一望无际的稻田以及非常绵密的小溪小河在我的印象里面都是很深的。”从小在水边长大的李海鹰说，歌曲里的“阿娇”和船其实就是疍家人的形象。

这些刻在记忆深处的印象和情感，让李海鹰灵感迸发。当年他在家只花了半小时，就完成了《弯弯的月亮》的词曲创作。这首歌后来不仅成了卡拉OK歌库里的热门金曲，还让刘欢、孙楠以及香港歌手吕方等翻唱者人气急升。

随后几年，高产的李海鹰陆续创作出《走四方》《我不想说》（李海鹰作曲，并与陈小奇共同作词）等多首脍炙人口的新作品。同时期，陈小奇的《涛声依旧》《高原红》，解承强的《信天游》《一个真实的故事》等一大批新作影响全国。“敢为人先的广东精神，造就了广东乐坛的黄金时期。”

不曾停步的李海鹰近十年致力于跨界创新，探索流行音乐“交响化”。“广东音乐应该从更广的视角来发展，无论是流行、民族还是交响乐，都可以联系起来看。随着新媒体的出现，流行音乐也遍地开花，广东也应该开辟一条新路了。”如今，作为星海音乐学院流行音乐学院院长的李海鹰，对广东新一代音乐人才的培养又有了更多的思考与规划。

千禧年迎来新发展→
广交从“接轨国际”到“对标国际”

1998年3月4日，《南方日报》头版刊发的一则消息《刚落成的星海音乐厅萦绕着纪念百年恩来的动人乐章》让无数读者振奋。当年落成的老照片中，一座造型奇特的现代化建筑，犹如一只欲飞的天鹅，又如撑起盖面的巨大钢琴，与蓝天碧水浑然一体……

这座占地1.4万平方米、总投资达2.5亿元的星海音乐厅，是当时中国规模最大、设备最先进、具有国际水平的专业音乐厅。它与栩栩如生的冼星海铜像一同矗立于广州二沙岛珠江边，见证着广东音乐走向一个崭新的时代。

“当年星海音乐厅落成非常轰动，很多市民那段时间都慕名而来，虽然刚落成时音乐厅的声场效果还远没有调试到今天的水平，但当时它已被业内公认为‘中国声场效果最好的音乐厅’。”广州交响乐团团长陈擎记得，1998年3月星海音乐厅落成的首场演出，不到30岁的他承担了当晚唯一的西洋器乐独奏——为纪念周恩来同志100周年诞辰用双簧管演奏了一曲《清明献花》。

就在此前一年，广州交响乐团也发生了一件具有里程碑意义的大事。1997年，建团40年的广州乐团改制扩编，更名为广州交响乐团。作为广东省文化厅直属艺术表演团体深化改革的先行点，时任广交团长的余其铿在改制后做了一次大胆的决定：广交所有现职人员与新报考的各国留学生合共90多人一同参加“拉幕考核”——在专业考官团与考生间拉起一道白幕，互不见面，只闻琴声，考试成绩作为招聘的重要依据，打破了以往论资排辈的“老机制”。

第一次拉幕考核后，许多年轻人凭实力走上重要岗位，让广交焕发新活力。

1998年，广交在全国率先启动首个音乐季，同年赴北京首次演出歌剧《波西米亚人》在国内一炮而红，被媒体形容为“一匹脱颖而出的黑马”。3年后，这匹“黑马”首次奔赴欧洲巡演，第一站就登上令无数音乐家向往的维也纳金色大厅。陈擎记得，那场演出结束后全场爆发出雷动的掌声，这个来自南中国的乐团从此在国外名声大噪。

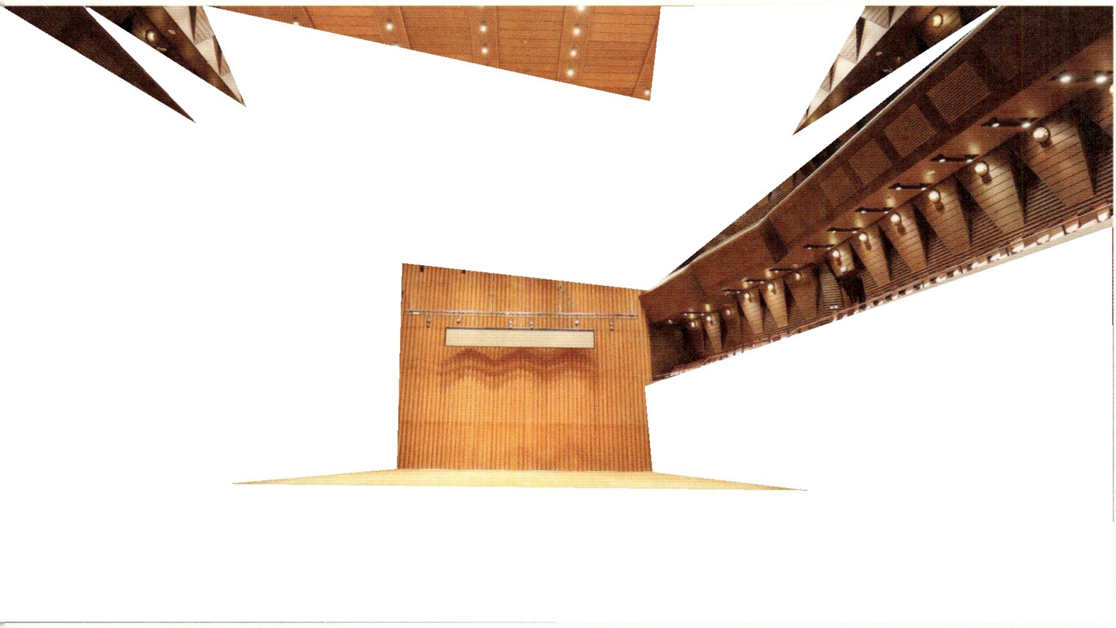

□ 星海音乐厅

2003年，著名指挥家余隆受聘为广交音乐总监后，乐团国际化的步子越来越大。到了2005年，广交巡演的足迹已踏遍世界五大洲，至今仍是唯一一个在世界五大洲进行过巡演的中国乐团，也是中国内地音乐季数量最多的乐团。

“从接轨国际到对标国际，这恰恰是中国交响乐发展的写照，用交响乐讲好中国故事。”陈擎认为，接轨是按照国际通行的艺术规律去发展，对标则指我们有自己的文化自信，能跟世界一流乐团一争短长。

从1998年广州交响乐团“移师”至星海音乐厅至今，得益于“厅团合一”的合作模式，越来越多的国内外顶尖乐团、艺术大咖争相来广州。据统计，从星海音乐厅开幕音乐会至2019年，21年来广州交响乐团在星海音乐厅演出的音乐会场次近1000场次，广州市民在“家门口”就能欣赏到世界一流的演出。

如今，星海音乐厅与广交共同主办的“广州新年音乐会”“周日音乐下午茶”“走进交响乐·相约音乐厅”等音乐会品牌家喻户晓、一票难求。“提前一年卖票，两天时间就卖出了全年八成的票，这说明，欣赏音乐会已经融入了市民的文化生活。”在陈擎看来，交响乐为城市文化增添了温度；而广交21年奏响的前进曲，正是给新中国成立70周年最好的赞歌。

见证者说

广东省音乐家协会主席唐永葆：
“敢为人先”精神支撑广东乐坛永葆活力

广东音乐的发展成就，与广东人“敢喝头啖汤”的传统一脉相承。无论是流行音乐、广东民乐、交响乐，还是音乐产业，都曾引领风气之先，开时代之先河。

“20世纪80年代，广东流行音乐领域充满激情，极具活力，创造了很多个第一。”广东省音乐家协会主席唐永葆对当年的盛况记忆犹新。1987年广东电台设立全国第一个原创歌曲排行榜，1991年广东流行音乐创作协会成立，广州唱片业先后涌现太平洋、中唱、新时代等公司，“签约歌手”“为歌手量身定做原创歌曲”“包装歌星”等产业化的操作方式，他们是最早的实践者。

流行音乐浪潮的出现，印证了广东在音乐艺术养分上有深厚的底蕴，在产业体系上有良好的基础。著名词曲作家陈小奇曾评论：“那是广东音乐人、歌手、唱片公司以及媒体通力合作、能量长期积累的一次总爆发”。

广东有着一批优质的音乐资源。唐永葆自1988年来到星海音乐学院任教，见证了广东高水平的专业院校、乐团不断发展壮大的过程。“星海音乐学院、广州交响乐团、深圳交响乐团、广东民族乐团等，都在各自领域获得很高的声誉。”

2016年12月，唐永葆作为十位音乐家导师之一，举荐青年英才参加南国新声——广东音乐“一荐一”名家荐才行动成果展演。这是广东省委宣传部、广东省文联创新形式、引领艺术传承人才培养计划的重要举措。省内10位知名音乐家，通过“伯乐式”眼光，实名举荐1名无师承关系、有发展潜力的青年英才结对培养，向社会全面展示了广东音乐未来的蓬勃生机。

迈入千禧之年，唐永葆深刻感受到，随着互联网时代的到来，音乐与科技、互联网的深度融合带来了新机遇。“网络音乐等新兴文化业态的异军突起，成为广东音乐产业新引擎。”

据统计，广东网络音乐产值占全国近八成，全国APP总榜安装量前三名微信、QQ、酷狗音乐均为广东企业。扎根国家文化出口基地——广州市天河区的酷狗音乐，陆续推出了行业首创的3D音效、5.1全景音效、黑胶唱片音效等多种特色音效，受到超过3.7亿用户喜爱。“广东音乐产业已具备诸多有利条件，加之良好的基础，完全可以形成与北京、上海三足鼎立的局面。”唐永葆说。

“面对未来，广东音乐界要以敢为人先的精神，在新的起点上再出发。但也要清醒看到，音乐产业的核心还是‘内容为王’。”唐永葆期待，广东音乐产业不断做优、做精、做大、做强，推动岭南文艺由“高原”迈向“高峰”。

叮咚快评

歌以咏志　乐以抒怀

广东音乐有着辉煌的历史，是中华民族音乐殿堂里的亮丽瑰宝。新中国成立70年特别是改革开放以来，广东无论是流行音乐还是粤语歌曲，都曾领风气之先，风靡大江南北，诞生了一位又一位大师，留下了一个又一个经典。

衡量文艺成就最终要靠作品说话。《我爱你，中国》《春天的故事》《弯弯的月亮》《涛声依旧》……广东音乐拥有大量脍炙人口的优秀作品，它们独具特色，声名远播，共同筑就了广东音乐高地。但也要看到，近年来广东音乐高地正在面临严峻挑战，一些昔日享有的、得天独厚的发展优势正在丧失，过去人才蜂拥南下闯广东，现在音乐领域人才“北飞”现象突出；音乐的创新开拓意识较改革开放之初有所弱化，缺乏能在全国乃至世界产生影响的经典音乐作品。

广东音乐既有深厚底蕴，又有创新活力，有实力也有条件再创辉煌，由“高原”迈向“高峰”。这需要集中力量和资源，大力实施原创音乐精品工程，努力生产出更多的具有中国风骨、岭南风格、世界风尚的原创音乐精品力作。

精品之所以“精”，就在于其思想精深、艺术精湛、制作精良。正所谓：“充实之谓美，充实而有光辉之谓大。”古往今来，文艺巨制无不是厚积薄发的结晶，文艺魅力无不是内在充实的显现。打造更多广东音乐精品，广大音乐工作者要与时代同频共振，扎根人民、贴近生活，笃定恒心、倾注心血，创作更多思想性和艺术性兼具，有影响、传得开、能流行的主旋律歌曲，让老百姓从音乐中听到自己的心声，让人们的灵魂经受洗礼，让作品在群众交口传唱中沉淀为时代经典。

“诗文随世运，无日不趋新。”创新是文艺的生命，是打造广东音乐精品的动力源泉。许多时候，音乐创作中出现的问题，都与创新能力不足有关。只有尊重音乐艺术发展规律，积极适应互联网时代文艺形态和类型的新变化，才能不断推进音乐观念、内容、风格、手段的创新，提高原创能力，不断开拓艺术新境界。同时，还要积极推进音乐与其他艺术门类融合发展，精心推动中华经典名曲的创作创新，持续推进粤语歌曲的创作翻新，大力支持广东民间音乐创作。

“盖有非常之功，必待非常之人。”音乐的繁荣发展离不开人才的支撑。集聚八方英才，加大对优秀音乐人才的奖励力度，为他们提供施展才华的舞台，把广东打造成精英荟萃、人才辈出的全国音乐人才洼地，才能充分调动人才创新创作的积极性，造就一批有影响的音乐领军人物，建设一支宏大的音乐人才队伍。

歌以咏志，乐以抒怀。从辉煌中走来的广东音乐，期待它用优美旋律为时代放歌、为人民抒怀，在新时代的新征程上再创辉煌！

撰稿：毕嘉琪　徐子茗　丁建庭　罗曼
供图：李细华　朱洪波　叶志文

潮州工夫茶：从南粤走向世界的“文化自信”

2019年8月初的一个上午，在潮州市文化艺术中心，深潜英雄——国家海洋局“蛟龙”号载人潜水器7000米级潜航员付文韬从师傅叶汉钟手里接过潮州工夫茶艺师资班的结业证书，并多次与师傅合影。叶汉钟是国家级非遗潮州工夫茶艺省级传承人、广东省非遗潮州单丛茶制作技艺市级传承人。

这是一场特殊的结业典礼。2年前，经过精挑细选入班，来自全国各地的18名

1 茶叶晒青

2 叶汉钟展示工夫茶艺

学员跟随叶汉钟习茶艺，从理论到实操，从深入茶区到各地文化交流，经过约2年的综合学习后，方得以结业。这些学员均在30岁以上，大学本科及以上学历，且为所在行业的精英骨干。

潮州市文化广电旅游体育局非遗科科长陈育斌说，在潮州诸多非遗项目中，首次有非遗项目系统化地进行师资培训并开展异地传承。

如今已56岁的叶汉钟，在年轻时并不曾想到，潮人习以为常的潮州工夫茶会成为国家级的非物质文化遗产，还成了国家对外交流的文化名片。

南方见证

调查

广东茶叶浴火重生

• 2002年，《南方日报》刊发《广东茶叶浴火重生》的调查报道

广东新闻

2008年广州国际龙舟邀请赛昨举行

争渡！争渡！百龙逐浪雨歌处

万木草堂重新开放

国家第二批非物质文化遗产名录出炉

潮州工夫茶艺等29项上榜

• 2008年，潮州工夫茶艺成国家级非遗，《南方日报》刊发了消息

A08

岭南记忆

走进广东非物质文化遗产

潮州工夫茶艺

小小茶杯有乾坤

• 2009年10月22日，《南方日报》整版报道岭南非遗系列的潮州工夫茶艺

A03 时局

壮丽70年·奋斗新时代

潮州工夫茶：从南粤走向世界的“文化自信”

香港回归时赚到第一桶金

工夫在心 茶和天下

• 2019年9月9日，本篇报道版面

是记忆更是当下生活 ➔
从没钱喝茶到家家户户有茶具

潮州人喝茶，是天下闻名的。1994年12月9日的《南方日报》曾这样说：“一把小小的茶壶，三只小小的茶杯，在潮州人手里，就冲出了风味独绝的潮州工夫茶……在潮州，你可以做到一辈子不抽烟，不喝酒，却做不到不喝工夫茶。”

2009年10月22日，《南方日报》以《小小茶杯有乾坤》为题，用一个整版的规模介绍了岭南非遗系列的潮州工夫茶艺。其中说：天光开门七件事，柴米油盐酱醋茶，是古人对日常生活的形象描绘。潮汕的“老茶客”，会毫不犹豫地把原本列为末位的茶“晋升”到第一位。从每天早起到午、晚饭后，从悠然闲聊到劳作间隙，是贫是富，饮上两杯工夫茶，一天的劳碌生活也变得有滋有味。

1938年出生的陈香白亦是潮州工夫茶艺的非遗传承人。在他的回忆中，20世纪四五十年代，潮州的大街（如今的牌坊街）上，商铺铺主们纷纷将工夫茶具摆在骑楼下的长廊上，无论认识与否，路过者皆可坐下来饮茶。那一长排的工夫茶座里，是人情，是生意，也是生活。

彼时，工夫茶更多是一种讲究的生活，普通人家并未能如此饮茶。有重要客人来了，才去借套茶具，买一泡茶来冲。陈香白拿出一包用白纸包得四四方方的一小泡茶，正面茶叶形的印章上写着“集泉茶庄”。这一张白纸不仅可以托着茶叶在炭炉上烤炙，还作纳茶之用。这也是如今工夫茶21式中的两个程式——“炙茶”“纳茶”。小小的白色茶包是那个时代的印记，陈香白至今不舍得喝。

历史的起伏也在一杯茶中显现。20世纪60年代，人们生活困苦，饱腹成了第一要务。没钱买茶，加之喝工夫茶被批判为“资产阶级生活方式”，潮人所热衷的工夫茶一度差点销声匿迹。即便如此，也未能真正打翻老茶客心中的那杯茶。“将地瓜叶炒熟烘干，工夫茶具一冲泡，也能过茶瘾。”叶汉钟依然记得老一辈人苦中作乐的故事。

在计划经济年代，茶叶还是国家计划生产和销售管理的二类农副产品，必须凭票购买。1986年进入茶叶公司的叶汉钟记得有这么一句话：“部长浪（菜）半斤，干事（茶）头四两。”指的是，当地部长级才能配得浪菜（茶的一种等级）半斤指标供其购买，而普通干事则只能有四两茶头的配额。

随着改革开放的推进，茶叶成为可自由交易的产品。人们生活水平逐渐提高，叶汉钟说，在潮汕地区，出现了排队买茶的场景。看准了工夫茶艺所包含的茶叶、茶具等商品的市场前景，叶汉钟早在1993年便在潮州古城边开设了第一家以“茶艺”为招牌的店面。

随着经济社会的发展、人们生活的日益美好，潮州工夫茶走进了更多普通人的生活中。如今，工夫茶已然成为潮州的一张名片，家家户户都有一套甚至几套工夫茶具。

潮汕人喜欢说：茶铺多过米铺。这并非夸张，长约2公里的牌坊街是潮州的旅游地标，这里便有20家与茶相关的商店。潮州古城里各式各样的茶馆，成了游人到潮州的经典目的地之一。

是乡愁更是文化自信 →
从市井民俗到“一带一路”文化载体

2008年6月15日，《南方日报》报道了这样一则消息：《国家第二批非物质文化遗产名录出炉　潮州工夫茶艺等29项上榜》。至此，潮州这一古老的茶艺被列为国家级非遗的消息，正式广而告之。

对于许多海内外的潮人而言，一杯浓酽顺滑的工夫茶，是生活，更是精神的寄托。年过百岁的爱国实业家陈伟南先生是一位“老茶客”，他说，自己每天早晨都少不了一杯工夫茶。

这杯工夫茶寄托了很多潮人的乡愁，承载着以“和”为核心的中国传统文化。陈香白记得，2002年9月在马来西亚的国际茶会上，他受邀讲解并演示潮州工夫茶艺，其间，一名90多岁的潮籍老华侨不请自上台来，指着茶动情地说，“陈老，这不只是一杯工夫茶，看到这杯茶，我就想起我的家乡，想起在家乡喝茶的味道。”随后老华侨热泪盈眶，说不出话来。

这样的乡愁，流淌在许多海外潮籍华人的茶杯里。马来西亚槟州茶艺文化协会创会人孔振武说，从辛亥革命后开始移居到马来西亚的潮籍人士，非常注重工夫茶俗的传承。

孔振武说，在马来西亚，潮州工夫茶虽未达至百家齐放，但亦不远矣。他说，因现时代的资讯方便，潮州工夫茶已快速地影响或推广至马来西亚各州各地，常有茶界单位主办一些工夫茶品尝会、交流会之类的活动，每每座无虚席，场面热闹。“最令我安慰的现象就是，越来越多年轻茶人对工夫茶产生了兴趣，他们对潮州工夫茶的人文、历史、理念、泡法、茶汤都着迷不已。”他建议，让新一代的海外潮州子弟，回潮州交流学习，“毕竟工夫茶根在潮州”。他的儿子，1991年出生的孔信逸飞回潮州，跟随叶汉钟学习茶艺。

让叶汉钟同样感到欣慰的是，女儿叶青青在浙江农林大学本科和研究生阶段所学的都与茶相关。在上学期间，叶青青便已代表学校到塞尔维亚、美国等地进行潮州工夫茶艺演绎和茶文化交流。如今，已毕业的她回到父亲身边，希望用自己所学，以“好看好玩”的方式通过互联网将潮州工夫茶带给更多的年轻人。

潮州工夫茶的传承确实在影响着越来越多的年轻人，而且不限于潮籍。叶汉钟潮州工夫茶艺师资班结业典礼便是一个例证。18名学员中有15名来自潮州以外的地区。

1982年出生的付文韬是湖南人。这位深潜英雄喜欢传统文化，他说，潮州工夫茶蕴含着待客礼仪等丰富的文化内涵。冲泡潮州工夫茶，让他原本有点急躁的性格变得更沉稳更专注，喝茶时可以安静地思考，是“一个人的热闹”。

“文化是流动的，传承需要活力。”江西省社会科学院首席研究员、《茶艺师国家职业标准》总主笔余悦表示，潮州工夫茶艺的异地传承是潮州在非遗传承上的一种有益的探索，也是一种开放心态的体现，有助于“文化走出去”。

潮州工夫茶不仅是潮人生活的必需品，也是潮文化的载体，近年来更是成为南粤“文化走出去”的重要载体。叶汉钟经常带着潮州茶亮相在世界舞台之上。

2015年8月6日的《南方日报》在头版以《潮州工夫茶艺惊艳世博会》为题，

报道了叶汉钟在海外传播潮州工夫茶艺之事。“当地时间8月3日至9日，中国茶文化周在2015年米兰世博会中国馆举行。连日来，富有潮州元素的器皿，优雅实用的潮州工夫茶艺标准21式……中国国家级非物质文化遗产潮州工夫茶艺亮相米兰，引来世界各国的游客惊奇的目光。

多年前，潮州工夫茶便已成“一带一路”文化传播的一张名片。2014年11月，应中国驻悉尼总领事的邀请，17个国家驻悉尼领团团长及其配偶出席了在悉尼中国文化中心举办的“中国民乐、茶艺和服饰沙龙”。叶汉钟在交流活动中演绎潮州工夫茶艺的魅力。

“潮州工夫茶融入礼仪和尊重，体现了人与人之间的沟通、理解、秩序等，展现了泡茶之人的责任，也表达了对他人的关爱。”韩国茶人联合会如实茶院院长李穆子曾这样赞叹。

潮州工夫茶，从南粤之地，日渐走向世界，在陈香白这位既是茶艺传承人，又是茶文化研究者看来，这是中国传统文化的复兴，是“文化自信”。

□ 米兰世博会现场，中国茶馆潮州工夫茶艺展示

是技艺更是行业前景
从联盟标准到人社部培训教材

专指品饮的“工夫茶”的最早文字记载，见于清代俞蛟《梦厂杂著·潮嘉风月》：“工夫茶，烹治之法，本诸陆羽《茶经》，而器具更为精致。”

此后的爱茶人，不断地丰富着工夫茶的内涵。

感受潮州工夫茶的味道需要21道工序。2015年4月，由潮州菜标准联盟制定的《潮州工夫茶艺冲泡技术规程》正式发布，为“潮州工夫茶艺”这一传统饮食文化的传承和传播提供了标准支持，也填补国内潮州工夫茶茶艺标准空白。

标准中包括备器、生火、温壶、纳茶、点茶、请茶、闻香等步骤，这便是后来广泛流传的“工夫茶21式”。叶汉钟是该标准的主要起草人。

标准的制定并非结束，潮州工夫茶艺还将进一步走出潮州，进入全国视野。2018年2月7日，《南方日报》深读版面刊载了这样一件事：1月28日，中国首部由人社部组织编写的工夫茶艺职业技能培训鉴定教材——《中国（潮州）工夫茶艺师》在北京首发。这意味着潮州工夫茶艺将成为全国工夫茶艺培训的蓝本。该书主要编著者系叶汉钟。

中国农业科学院茶叶研究所研究员、浙江农林大学茶文化学院副院长姚国坤在该书序言中写道，《中国（潮州）工夫茶艺师》教材从潮州工夫茶文化体系方面进行总结研究，可作为中国（潮州）工夫茶艺师培训、考核的标准教材。

让叶汉钟更高兴的是，2019年5月，中国茶叶学会通过了团体标准《潮州工夫茶冲泡技术规程》立项申请，已经进入专家评审阶段。此外，2019年1月，人社部颁布了《国家职业技能标准——茶艺师》新标准，目前中国茶叶学会正组织全国涉茶领域的专家们共同编写新版《茶艺培训教材》与之相匹配。在叶汉钟看来，这两件事的推进，将让潮州工夫茶在全国再次引领风尚。

茶艺与茶相辅相成。伴随着潮州工夫茶从潮州走向全国乃至全世界的舞台，潮州单丛茶也声名鹊起。

1951年出生的林伟周是广东省非物质文化遗产项目潮州单丛茶制作技艺代表性传承人、潮安区茶叶协会会长。在他的记忆里，20世纪70年代，茶园还是集体生产的模式，每个劳动力按工分算薪酬。“那时候产量很少，都是很传统的手工生产。每个茶场一年只能生产几百斤的凤凰茶。”林伟周还记得，当年的凤凰茶只有“浪菜”“水仙”两个品种，收购价普通的才2元/斤，特级的茶叶才7元/斤。

而今，潮州茶的产量早已扶摇直上。据潮州市农业农村局统计，至2018年底，潮州茶叶保存面积达19.4万亩，产量约2.4万吨，第一产值达35亿元。顶级的单丛茶则一两难求，价格可达数万元。

除了产量大幅提升，茶叶质量也步步升。早在2010年，潮州凤凰单丛茶已获国家地理标志产品保护。次年，饶平岭头单丛也成为农业部的农产品地理标志登记产品。

叶汉钟和林伟周常将单丛茶的种植和制作技艺带到一些贫困地区，原本荒凉的山地长出了翠绿的凤凰茶叶，原本贫困的农民在他们的带动下，有了新的经济收入来源。

这两年，叶汉钟远赴贵州榕江县乐里镇本里村实施技术扶贫，教授当地茶农精制茶叶，让侗寨里飞出“金凤凰”。他给自己定下了目标：在帮扶后，当地的茶能评上国家级金奖。

一杯工夫茶，见证了历史，滋养了生活，承载着乡愁，融入了文化，寄托着希望，最后成了金灿灿的国家名片。

见证者说

“双料”非遗传承人叶汉钟：香港回归时赚到第一桶金

“我的人生有幸搭上了改革开放的快车，一路走来，有跌宕起伏，有艰难险阻，就像一泡茶，有苦涩，也有回甘，但从来没有迷失与沉沦。”作为国内少有的“双料”非遗传承人，叶汉钟感慨历史的因缘际会，更感恩于改革开放带来的美好生活。

1986年进入茶叶公司后，他跟随黄瑞光、廖根涛等德高望重的老师傅学习，从种植、采摘、制作、包装、储存等方方面面掌握茶叶背后的乾坤。但随着改革开放的深入，公司解体了，为了生存，1993年，叶汉钟承包了茶叶公司的营业部。

20世纪90年代，单丛茶市场还很低迷，为了争取多一点营业额，叶汉钟每天晚上要熬到两点多才打烊，睡在摆放茶叶的走道里，密集的蚊子围绕在身边嗡嗡作响，白天则经常骑着柴油摩托车，来回200公里，在潮汕周边推销茶叶，最困难的时候，靠举债度日。尽管在商海里呛水、沉浮，但他坚信绝不能放弃，“爱拼才会赢”。

1997年香港回归，大批的香港游客涌入潮州。叶汉钟的茶大受欢迎，这让他赚到了第一桶金，更主要的是，给他带来了对未来更大市场的希望。

1998年，参加首届杭州茶叶博览会的叶汉钟，偶然得知浙江大学茶学专业研究生课程班招生，便欣然报名就读。有老师傅的实践经验传授，又获得了大学专业理论的熏陶，这为叶汉钟之后的茶叶产品研究开发，制茶工艺及设备设计、改良等，打下了坚实的基础。

杭州求学归来不久，正当叶汉钟踌躇满志的时候，改革开放的又一个新浪潮，将他带向互联网的广阔天地。在网上，叶汉钟与人斗茶交流，一时成了茶界红人。

借着这股力量，叶汉钟先后编著了《凤凰单丛》《潮州工夫茶话》等书，主持起草了《潮州工夫茶冲泡技术规程》，主编教材《中国（潮州）工夫茶艺师》等。同时，通过各种媒介推广潮州工夫茶，包括中央电视台《茶，一片树叶的故事》，肯尼索州立大学与佐治亚公共电视台合拍的《中国茶，东方的万能药》纪录片。他还随团出访，在澳大利亚参加悉尼中国文化中心举办的文化活动，到韩国讲授潮州工夫茶文化等。2015年，叶汉钟将凤凰单丛茶带到意大利米兰世博会，捧回了金骆驼奖，这是凤凰单丛获得的最高奖项。

几十年来，叶汉钟一心想要推广潮州茶文化。马来西亚、中国香港、韩国、澳大利亚、意大利、法国等国家和地区都能见到叶汉钟展示潮州工夫茶艺的身影。

“我本是一个普通的茶人，是改革开放，一次次改变了我的命运，我是改革开放的体验者、受益者。”叶汉钟说，搭乘着改革开放的快车，他执着地认准今生今世只做好一件事情，那就是，做好潮州工夫茶文化的守望者。

叮咚快评

工夫在心　茶和天下

“潮人无贵贱，嗜茶辄成癖。和、爱、精、洁、思，茶道无与敌。水、火、器、烹、饮，茶气极精辟。”潮州工夫茶历史悠久，蜚声四海，是国家级非物质文化遗产，是中国茶道的代表。

据说潮汕人“宁可三日无米，不可一日无茶”，于外地人看来，或许有些夸张，但实际上并不夸张。潮汕人爱喝茶，几乎家家都摆设有一套工夫茶具，无论是家居自饮、客来礼敬、拜祖祭神，还是婚丧嫁娶，处处可以看见茶的踪迹。即使是侨居外地或移民海外的潮汕人，也仍然保存着品工夫茶的习俗。可以说，工夫茶已经成为潮汕人身上的一个标签，也是潮汕文化极其重要的组成部分。

中国茶文化源远流长，是中华传统文化的重要代表，已深深融进国人的生活之中。而品茶向来也不是单纯为了解渴，更多是为了联络感情、互通信息、闲聊消遣、洽谈往来等，蕴含着丰富的文化内容。正所谓：“壶小乾坤大，茶薄人情厚。”潮州工夫茶堪称中国茶文化的一绝，既明伦序、尽礼仪，又有优美的茶器及茶艺方式的高雅格调，体现了“和、敬、精、乐”的茶道精髓，同时还饱含着“小中见大、外巧中拙、虚实盈亏”的哲理，代表着一种积极的生活方式。

在潮汕话中，“工夫”是考究、讲究的意思。顾名思义，工夫茶费工费时，讲究礼法，要求用心事茶，不吝时间，不吝精力。诚如苏辙诗曰：“闽中茶品天下高，倾身事茶不知劳。”潮州工夫茶茶艺标准，包括了备器、生火、温壶、纳茶、点茶、请茶、闻香等21道工序。烦琐的工序，既代表着饮茶艺术，也是工夫在心的体现。喝一杯潮州工夫茶，感受茶外人情冷暖，令人回味无穷。

时代发展日新月异，许多非物质文化遗产虽经多番努力保护，仍无法阻止其衰败之势，但潮州工夫茶绝不会绝迹。因为它既是可登大雅之堂的饮茶艺术，又是跳出了狭隘的文人圈、扎根于大众沃壤的民俗。雅中有俗，俗中有雅，雅俗共赏，大雅而大俗，这正是潮州工夫茶的魅力与生命力之所在。

从历史上看，中国茶曾为“世界所爱”，是古丝绸之路的核心交易物。茶一旦成为生活习惯，是会跨越时间、跨越空间的。如今，潮州工夫茶已渗透到社会生活的各个角落，成为一张响当当的广东名片，并且沿着“一带一路”，活跃在世界舞台上，默默地起着沟通情谊、交流往来的纽带作用。

林语堂说过：“无论到哪里，只要有一杯茶，中国人都是快乐的。”浓浓的茶香，不仅滋润和安抚着人们的心灵，也展现着茶和天下的中国文化。

撰稿：苏仕日　纪金娜　达海军　丁建庭

供图：苏仕日　黄庆明

建陶风云：一条生产线背后的工业变迁

在印度尼西亚第二大城市泗水，由广东科达洁能股份有限公司（下称“科达”）为当地最大陶企——Mulia集团承建的整厂整线工程，在2019年7月底顺利投产。继在非洲肯尼亚、加纳等地连建四厂后，作为国内陶机大王的科达正把越来越多的建陶生产线出口到国外。

此时距广东佛陶集团股份有限公司（下称“佛陶集团”）开行业先河，从国外引入首条彩釉砖生产线已过去35年。而科达的两任董事长从最初的卢勤到如今的边程，也正是出自“佛陶系”。

① 大批佛山陶瓷企业注重自主研发，加快转型步伐
② 一鼎科技的智能储坯系统实现了砖坯智能分类存储、按需生产
③ 作为国内陶机大王，科达正把越来越多生产线出口到国外

20世纪80年代，一群佛山建陶人远渡重洋，引进行业首条国外自动化生产线，为佛陶集团的蓬勃发展奠定基础，也拉开了佛山乃至中国建陶腾飞的序幕。1985年1月16日，《南方日报》头版以《佛山陶瓷工业开始起飞》一文记录了这段峥嵘岁月。

如今，在全球，每生产10块瓷砖就有6块来自中国。在中国，每年七成建陶销售额来自佛山。佛山乃至广东建陶现在的江湖地位，离不开当初以佛陶集团为代表的一批敢于开眼看世界、拥抱当时最前沿技术的企业。

这类企业也成了行业的“黄埔军校”。即使佛陶集团在后来已衰落，但大批“佛陶人”继续带领行业征战全球市场。实现从“引进来”到“走出去”，从“跟跑”“并跑”再到“领跑”的跨越，推动广东制造迈向世界一流。

南方见证

南方日报
NANFANG RIBAO
六届全国人大常委会第九次会议举行全体会议
佛山陶瓷工业开始起飞
实事求是 无往不胜
纪念原珠江纵队成立四十周年

• 1985年1月16日，《南方日报》头版以《佛山陶瓷工业开始起飞》一文，记录当时峥嵘岁月

南方日报
NANFANG RIBAO
全省狠刹乱收费歪风
千帆竞发 各显风流
——佛陶集团股份有限公司纪事
非中共人士任政府实职
广东初步形成梯队结构
不怕竞争
外来人口急剧增加
管理工作亟待加强

• 1993年11月14日，《南方日报》头版刊发佛陶集团发展纪事《千帆竞发 各显风流》

南方日报
日方宣布放还我被扣船长
陶都南庄变身生态城
质：涌现行业龙头
量：实现两个45%
省政府增派工作组赴茂名灾区
珠海特区30年：新起点新探索
广州战略规划获国际杰出范例奖

• 2010年9月25日，《南方日报》头版聚焦建陶产业转型之路，推出《陶都南庄变身生态城》报道

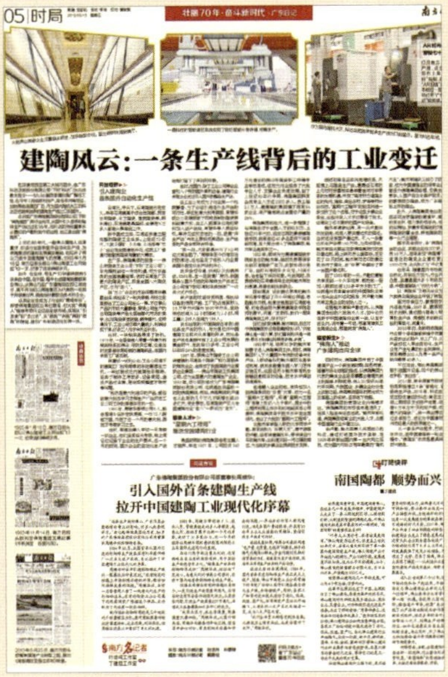
05 时局
建陶风云：一条生产线背后的工业变迁
引入国外首条建陶生产线
拉开中国建陶工业现代化序幕
南国陶都 顺势而兴

• 2019年9月13日，本篇报道版面

开放视野 ➔

引入建陶业首条国外自动化生产线

石湾瓦，甲天下。石湾陶瓷历史悠久，早年石湾镇属于综合性陶都，拥有日用陶瓷、化工陶瓷、建筑陶瓷等。明末清初，石湾镇最鼎盛时，全镇有5万多人都是从事陶瓷工作。

新中国成立后，石湾逐步建立起完整的陶瓷工业体系。20世纪70年代，大批小煤矿、小火电、小冶炼等“五小”企业在全国遍地开花，这类工厂普遍对耐酸类陶瓷有着较大需求。

在广东，佛陶集团的前身——佛山市陶瓷工业公司（下称“工业公司”）率先捕捉到这一市场机遇，成为该品类的全国销量冠军。彼时石湾是广东最大的陶瓷产区，跻身全国八大陶瓷产区，位列“老八”。

但“五小”企业的污染问题很快暴露出来，并迎来了一轮关停潮。市场之变直接给了工业公司当头一棒，不仅拳头产品的市场大量萎缩，原来公司生产的日用陶瓷等产品也面临替代市场的竞争，比如陶瓷茶壶被铝壶、铜壶等替代。这种情况下，工业公司订单大量减少，利润出现下滑，许多工人处于半失业状态。

这时，一块舶来品带来了转机。1979年，一名香港商人带着一块意大利釉面砖来到佛山，寻找供应商。这是当时在香港非常畅销的建陶新品，但国内未有工厂能自制。

抱着试一试的心态，工业公司旗下的建陶工厂利用简单的手动磨擦压力机，一举试制成功内地首批彩釉砖，但由于制作工序较多，设备简陋，造成产品成本高，易出现规整度不稳定等问题。

“既然是意大利进口的产品，能否到意大利去学习怎样生产？”当时在工业公司工作的周棣华灵机一动。

1981年，周棣华带领公司8人，联合香港5名补偿贸易商，一行14人跨越万里，开启了近一个月的意大利、西班牙考察学习之旅。

当时，周棣华等人平均一天考察一家企业，他们经常白天考察，晚上凭记忆

□ 中国引进的第一条建筑材料自动生产线

记录下企业的生产要点。近一个月的时间，国外企业的自动化生产线给他们留下了深刻的印象。

当时，在国内，除了工业公司等企业曾引入个别的国外单机设备，建陶行业未有企业试过引入国外的整条生产线。

但工业公司成了行业第一个吃螃蟹者。为了论证引进海外生产线的可行性，早在赴意大利考察前，周棣华就让公司提前寄了两吨自制的陶瓷原料到意大利，当工人把漂洋过海的原料加入到产线后，周棣华等人屏住呼吸，等待见证历史性的一刻。结果“洋生产线”与本土原料完美结合，生产出来的产品全部符合标准。

“那一刻，大家都高兴坏了！公司这次有出路了。”周棣华至今仍难忘当时的激动，这也坚定了他引入行业首条国外自动化生产线的决心。

此后经过沟通、谈判以及安装测试，1984年，在一座新建厂房内，中国首条从国外引进的彩釉砖生产线在工业公司旗下的石湾利华装饰砖厂一次点火试产成功。

新产线的效益非常明显，相比旧设备的相同产能，工厂的占地面积从1.5万平方米降为3000平方米，瓷砖烧成时间从32小时缩减为1小时，用工量从295人压缩为195人。

2014年出版的《中国陶瓷百年史（1911—2010）》把这条生产线的引入，称为是拉开中国建陶工业现代化序幕的标志。而这条生产线也直接开启了工业公司发展的黄金时代，在此后10多年，工业公司以年均29%的速度发展。

1987年，原佛山市陶瓷工业公司将管辖的石湾各个陶瓷厂和为其服务的相关企业，合并成了中国陶瓷行业首家企业集团——佛山市陶瓷工贸集团公司，该公司成为全国最大的建陶生产企业。1993年，该公司改组成为广东佛陶集团股份有限公司，这就是此后盛极一时的佛陶集团。而后，佛陶集团的产值也从此前的几千万元不断增长到20多亿元。受此带动，石湾陶瓷产区从全国建陶行业“老八”一跃成为“老大”。

输送人才 ➔
“星期六工程师”燎原全国建陶行业

鼎盛时期的佛陶集团非常注重人才培养。早在1987年，公司投资340万元建设的佛山市陶瓷职工中等专业学校落成。该校为行业培养了大批专业人才，支撑企业快速发展。到了20世纪90年代中期，佛陶集团拥有各类专业人才达2300多人，员工超2.1万人，最高峰时集团旗下拥有54家企业，年产墙地砖占全国总产量的25%。

佛陶集团的壮大，进一步增强了石湾陶瓷对于全国人才的吸引力。20世纪90年代初，远在江西的景德镇陶瓷学院，就有接近40名老师下海来到石湾，且大部分进入了佛陶集团，鲍杰军正是其中之一。

1992年，即将升为景德镇陶瓷学院系主任的鲍杰军，临时负责带领学生到石湾陶瓷厂实习。此前他很少来广东，当时石湾的车水马龙，川流不息，给他留下深刻印象。与此同时，负责接待的石湾镇领导主动向鲍杰军发出邀请，希望他到当地就业。

回到酒店，站在窗边思考的鲍杰军无意中看到了邓小平南方谈话的报道，思路豁然开朗，他激动地跑到石湾邮电局，打电话给同为景德镇陶瓷学院老师的妻子，问道：“王老师，我们一起来佛陶集团工作，好不好？”

回忆起当时的情景，鲍杰军说，自己对于佛陶集团并没有很清晰的认识。“只觉得这是一座大厦，我们看到的只是一间房，根本不知道这栋楼有多高、多宽。”

1992年7月，刚满30岁的鲍杰军和妻子进入佛陶集团工作。那时，佛陶集团引入了大量国外先进的设备与生产线。入职设备科的鲍杰军因本身学过机械，被派去跟着外国人学习怎样安装压机。这段经历令鲍杰军有机会接触到最前沿的设备，技术水平得到迅速提升。

迅速融入企业的他，很快也加入到佛陶集团的“炒更”大军，成为一名“星期六工程师”。所谓“星期六工程师”是指20世纪八九十年代，国企中利用工作外的时间到其他公司兼职的工程师。佛陶集团由于技术水平在全国领先，走出了大批的“星期六工程师”。

比鲍杰军早些入职的大学同学卢勤，甚至被称为“炒更大王”。善于接单的卢勤，经常骑着摩托车，带领骑自行车的鲍杰军，坐轮渡来到一河之隔的南庄，为当地的乡镇企业提供技术支持。

彼时的南庄正依托地理优势，大规模上马陶瓷生产线。最靠近石湾的上元村

□ 佛山陶谷小镇

村民霍根华最早看准河对岸带来的发展机遇，开启了南庄村办建陶企业的先河。随后，南庄东村、罗南等村纷纷效仿。“星期六工程师”的到来则进一步加快了这个进程，对于这些乡镇企业来说，这些外来人才不仅带来了技术，还带来了成本更低的国产化设备。

鲍杰军清晰记得，有一天卢勤突然找到他，说有人要买磨边机的图纸。当时还没有国产磨边机，引入一条磨边机生产线要150万元。为完成图纸，鲍杰军白天抽空观察佛陶集团内的进口磨边机，晚上研究怎么画图纸。足足花了28天时间，鲍杰军对进口的磨边机进行了简化，在“炒更”中画出了第一台国产磨边机。

到了1993年的一天，卢勤拉着鲍杰军来到一个火车站旁，鼓励他一起加入眼前这座100多平方米的工厂。这就是日后享誉全球的中国陶机业第一龙头企业科达的前身，卢勤与鲍杰军正是企业的创始人之一。

包括鲍杰军和卢勤在内，从佛陶集团走出的大批技术人才，如今依然活跃于中国建陶行业第一线，以至于在业内，流传着一句话：哪里有建筑卫生陶瓷企业，哪里就有“佛陶人”。

蝶变新生 ➔
“佛陶人”推动广东建陶走向全球

因时而兴，佛陶集团开启了中国建陶产业一个新发展时期；因势而衰，随着市场化进程的推进，以佛陶集团为代表的集体企业逐渐暴露出管理机制上的弊端。时移势易，进入20世纪90年代中后期，大批国企、乡镇企业纷纷走上改制之路，佛陶集团昔日的荣光成为改革路上的包袱，逐渐走下坡路。

佛陶集团的衰落让业内唏嘘不已。“佛陶集团的市场生命是消失了，但其人格生命还在延续。”鲍杰军感叹道。佛陶集团培育出的大批人才，占据中国建陶行业半壁江山。

由卢勤、鲍杰军等人共同创办的科达，通过打破国外技术垄断，在1998年研制出国内第一台大吨位压机，成为国内市场占有率最高的“陶机大王”；鲍杰军随后又创办了欧神诺陶瓷，成为中国建陶业的领军企业之一；曾经为佛陶集团修理、安装生产线的萧华，从国产自动化窑炉起步，打造出的蒙娜丽莎陶瓷，成为广东首家在A股上市的陶企。

此外，从佛陶集团走出来的还包括马可波罗陶瓷的黄建平、简一陶瓷的李志林、恒力泰的杨学先、宏宇陶瓷的梁桐灿、罗曼蒂克陶瓷的刘胜鸿、红狮陶瓷的霍全波、特地陶瓷的冯红健等一众行业翘楚。

据不完全统计，由“佛陶系”衍生出的企业、关联企业近300家，从业人员10万人。每年参加“佛陶情”新年联谊活动的陶瓷企业营收更是高达1000亿元，业内称之为“千亿聚会”。

近年来，随着国内市场竞争日渐白热化，环保压力加大，行业产能过剩凸显，且遭遇国外多个市场反倾销围堵，中国建陶陷入“内忧外患”。

以“佛陶系”及相关企业为代表的大批佛山陶瓷企业开启了转型之路。

面对环保压力，蒙娜丽莎成为业内绿色先锋。2007年，蒙娜丽莎通过技术创新，建成国内首条大规格陶瓷薄板生产线，凭借技术创新实现了产品的薄型化、减量化。

2018年初，由新明珠陶瓷打造的行业首个绿色智能制造示范基地在肇庆禄步正式投产。该工厂内，从原料到产品打包入库全自动化，生产全流程没有产生呛鼻的粉尘和异味，工厂从原来需要200人负责一条产线，减少到只需要40多人。

不仅如此，相比佛陶集团当初大胆引进国外设备，如今的佛山陶瓷也在积极“走出去”。

2017年，新中源宣布在乌兹别克斯坦投资建立8条“智能化、自动化”瓷砖生产线。2018年，科达在非洲肯尼亚投资建设的科达（肯尼亚）有限公司二期项目正式投产运营，该公司凭借6万平方米/天的总产能，成为东非最大的陶瓷厂。另一佛企博达集团经过多年努力，成长为中国建材出口非洲市场最大的贸易商之一。

从一条生产线起步，历经近数十年风云，在中国建陶新一轮全球化征程中，“佛陶系”依然是最具辨识度的时代底色。

见证者说

广东佛陶集团股份有限公司原董事长周棣华：
引入国外首条建陶生产线　拉开中国建陶工业现代化序幕

“这条生产线对佛山、广东乃至全国都有非常大的影响，好多人来参观学习。”回忆起佛陶集团的历史，84岁的广东佛陶集团股份有限公司原董事长周棣华依然难掩自豪。

1984年10月，中国首条从国外引进的彩釉砖生产线在石湾利华装饰砖厂一次点火试产成功，自此拉开了中国建陶工业现代化的序幕。

周棣华对当年引进彩釉砖生产线的一幕幕依然印象深刻。“石湾陶瓷刚好遇上市场环境不好的时候，面临如何维持发展的难题。”周棣华说，当时一名香港商人拿了一块意大利生产的彩釉砖过来，石湾的陶瓷工业公司属下的两家陶瓷厂根据这个样品，成功制出了内地第一批彩釉砖。

制作这批彩釉砖用的是几十吨级的手动磨擦压力机，要用匣钵装着砖坯放进窑里烧制，成本很高，利润很低。但周棣华还是从中看到了巨大的机遇。

1981年，周棣华带领由工人、技术人员、管理层组成的多人考察团，赴意大利、西班牙展开为期一个月的考察，走访了30多家企业。这一个月的经历让周棣华深刻意识到国内陶瓷工业与国际先进同行的差距。

与他们同步抵达意大利的，还有两吨来自石湾的陶瓷原料，用于实验生产线能否本土化。“结果生产出来的彩釉砖很成功！”周棣华说，这让他下定决心，与意大利的唯高公司签约，引进中国内地首条彩釉砖自动生产线。

但摆在周棣华面前的难题还有两个：一是引进生产线需要用煤气，石湾当时没有符合条件的煤气供应；二是资金问题，引进生产线需要207万美元，石湾也不具备筹集如此多外汇的能力。

“我很大压力，我也很慎重，既要慎重又要积极。”周棣华说。从国外回来后，周棣华向镇委领导做汇报，随后召开会议讨论。考虑到相关设备和资金的问题，一开始并非所有人都同意引进。但是在国外看过现场，并且有10余年工业从业经验的周棣华，坚信引进生产线是可行的。

经过反复协商，唯高公司最终同意“包产量、包质量、包能源”的要求，棘手的煤气问题得以解决。资金问题则采取补偿贸易的方式，由港商为生产线付钱，然后用石湾生产出来的产品还债。

经过此后的安装调试，1984年，国内首条引进彩釉砖生产线正式点火投产。随后，佛山市陶瓷工业公司管辖下的陶瓷厂纷纷从国外引进各类自动化生产线，并陆续投产。同时，各家工厂加紧对进口技术进行了消化、吸收、改造、国产化，石湾陶瓷产区由此开始腾飞，从原来的八大产区之末摇身一变，成为八大产区之首。

“我们全体员工都感觉到很自豪，从建筑卫生陶瓷来说，也是全国开了先河。”周棣华说。

叮咚快评

南国陶都　顺势而兴

世界建陶看中国，中国建陶看佛山。在过去几十年发展历程中，中国建陶产业走出了一条从跟随到引领、从模仿到创新、从制造到智造的跨越之路，而佛山建陶无疑是其中最亮丽的一颗明珠，“南国陶都”的美誉实至名归！

“巧夺天工凭妙手，石湾该是美陶湾。”佛山陶瓷源远流长，但直至20世纪80年代中，石湾从意大利引进了第一条国外建筑陶瓷生产线，佛山陶瓷产业才开始进入规模化、产业化的阶段，发展速度不断加快，技术水平不断提高。如今，佛山建陶的销售额占全国七成，出口占比近半，产值超过500亿元。

回顾佛山建陶近几十年的发展，可以用4个字总结：顺势而兴。

改革开放深刻改变了中国，也深刻改变了佛山建陶。乘着改革开放的东风，佛山建陶对内积极发展乡镇企业、集体企业、民营企业，对外积极引进先进生产设备。正应了那句老话："有条件要上，没有条件创造条件也要上。"受市场需求的拉动，佛山建陶企业如雨后春笋般出现，各家工厂纷纷对进口技术进行了消化、吸收、改造、国产化，由此佛山建陶行业开始腾飞。在这一阶段，新中源、新明珠、鹰牌、东鹏、金舵、蒙娜丽莎等佛山建陶行业的主要参与者悉数登场，在星火燎原的黄金时代之后，等待它们的是又一场关乎未来的深刻变革。

伴随佛山建陶行业腾飞的，是不堪重负的环境压力。当两者之间的矛盾不可调和时，势必要做出改变——推动产业转型升级，为被破坏的环境减压。这是一次发展理念的革故鼎新，也是不可逆转的时代大势。2007年，佛山建陶产业开启了壮士断腕般的转型升级，一批建陶企业走上了绿色发展之路，同时还有大批企业到全国各地设厂，在土地价格的低位买了大片工业用地，为后续的发展提供了充足土地储备。正是因为顺应了大势，忍住了阵痛，佛山建陶产业实现了蝶变——从制造加工基地迈向国际建陶产品采购基地、陶瓷总部经济聚集区。

迈入21世纪第二个10年，随着国内市场的饱和和产能过剩，开拓海外市场成为佛山建陶企业新的大势。在这个过程中，佛山建陶企业紧紧抓住"一带一路"机遇，将视野从国内转向国际，瞄准海外市场，抱团"走出去"，实现了从产品输出到技术合作再到资本输出的跃升。经过多年的海外拓展，以往帮他人代工、贴牌生产的佛山建陶行业，如今已逆袭成为自主品牌的全球输出者。与此同时，不少佛山建陶企业积极整合海外资源提高创新能力，增强市场竞争力。

时移势易。当前，全国建陶行业正在面临新一轮洗牌，行业整体利润下滑趋势明显，"南国陶都"能否继续执行业牛耳，关键还看能否察势、顺势。

撰稿：叶洁纯　孙景锋　丁建庭

供图：戴嘉信（部分图片由受访单位提供）

深圳南岭村：从贫困村到人均年分红15万元

在深圳改革开放展览馆的“大潮起珠江——广东改革开放40周年展览”中，一张数百人的大合照常吸引不少参观者驻足。照片拍摄于1997年的深圳市龙岗区南岭村，红白相间的村广场大楼下，数百名村民穿着鲜艳的衣服，脸上都挂着笑

□ 深圳南岭村鸟瞰

容，此时它刚获评“全国精神文明创建活动示范点”。

“改革开放前，南岭村非常贫穷，全村集体收入仅7000元，村民靠借贷买番薯维持生计。改革开放后，这里走上以发展工业为主导，工、农、商、旅游业协调发展的道路，变身全国知名的富裕村。如今，这里已成长为集体固定资产达35亿元、村民人均年分红达15万元的现代化经济体……”在讲解员的介绍下，参观者们感受着南岭村的历史变迁。

深圳从一个仅有3万多人口、两三条小街的边陲小镇，发展成为拥有上千万人口的现代化国际都市。作为深圳600多个社区中的一员，南岭村的发展史，可谓是深圳农村在改革开放大潮中巨变的缩影。

南方见证

南方日报
NANFANG RIBAO
APECA
广交会隆重开幕 台商洽谈圆满成功
村庄里的城市
——记调步迈向现代化的南岭村
稳定农村政策 完善双层经营
支持企业提高经济效益
南粤百岁寿星多
功劳莫糊涂

• 1991年，《南方日报》刊发报道《村庄里的城市》

NANFANG 专题新闻 RIBAO A3
特区20年
光辉的历程 伟大的实践
珠海
闯出协调发展新路
"侨"字文章竞风流
汕头
特区成立的前前后后
珠海纪念特区成立二十周年
中国旅游业明星——深圳华侨城
南岭村的20年
特区之最

• 2000年8月26日，《南方日报》刊发的《特区20年》专题中，专门报道了南岭村的发展

党的十九大特别报道
A08
不忘初心再出发 牢记使命立潮头
广东各界干部群众收看党的十九大开幕直播，十九大报告引起强烈反响
十九大时光
深圳南岭村：
再造一个绿色现代化新型社区
揭西县山湖村：
抓好转移就业 多措并举促脱贫

• 2017年10月19日，《南方日报》在"十九大时光"栏目中报道南岭村近年的目标：《再造一个绿色现代化新型社区》

A08 时局
壮丽70年·奋斗新时代
深圳南岭村：从贫困村到人均年分红15万元
收回低端产业用地，曾一次牺牲2000万租金
关键少数 关键作为

• 2019年9月17日，本篇报道版面

从昔日“鸭屎围”变身富裕村

40多年前的南岭村，因为穷和脏，被人称为“鸭屎围”，仅有百余户，村民年均收入不足100元，生产靠贷款，吃粮靠返销，是远近闻名的贫困村。

时任南岭村第一生产队队长的张伟基回忆：“那时因为太穷，连稀饭都很难喝上，村里靠贷款，去别处购买红薯才能勉强充饥，衣服上也是打满补丁。”

1979年，村民们落实“分田到户”，生产效率、粮食产量都大幅提高。解放出来的富余劳动力有的开荒种果，兴办养猪场、养鸡场；有的进行改种改养，把低洼田改为鱼塘养鱼；有的则趁着深圳经济特区初办、交通设施落后，去罗湖火车站用单车接送来谈生意的客商，每天收入少则几十元，多则一百多元。

1980年，第五届全国人民代表大会常务委员会第十五次会议决定，批准《广东省经济特区条例》，深圳经济特区建设启动，南岭村人也看到了改写命运的机会。当时鼓励实施“外引内联”，张伟基瞅准机会，很快引进了深圳最早的一批内联企业——南和电子厂和华南电子厂，解决了村里不少劳动力的就业问题。

当时，不少客商到深圳寻找商机，一般会住在新安酒家。张伟基带领几个村干部经常蹲守在酒店外，一看到客商就上前邀请他们去村里考察，投资办厂。“当时大家都急于改变贫穷落后的面貌，几乎每个村都在想尽办法招商引资，竞争特别激烈。”张伟基回忆，为吸引投资，南岭村进行村容村貌提升工程，效果明显。一些前来考察的商人觉得这里虽然穷，但干净整洁。最终，一家松果丝花厂落户南岭，之后外商纷至沓来。

伴随改革开放的春风，深圳不少村集体经济凭借引进“三来一补”企业致富，南岭村也不例外。到了1986年，南岭村建起了第一个工业区，外引内联企业14家，大部分村民进厂务工，也实现了从农业经济到工业经济的转型。20世纪90年代，这里已经办起20多间工厂，生产电子、电器、五金、皮革、玩具、丝花等10多种产品。昔日贫穷落后的南岭村，也迅速变成一个欣欣向荣、物质文明与精神文明双飞跃的社会主义新农村。

□ 改革开放初期的南岭村

据《南方日报》1991年10月15日《村庄里的城市》一文报道：1984年，南岭村获得政府补偿的200万元特区征地费，当时有些村民想把它分掉，但村党支部组织村民认真讨论，让大家意识到，要建设文明富裕的南岭，归根到底要靠集体的力量，最终，村里把这笔钱集中起来，用于发展生产。迈开致富步伐后，南岭村还通水通电,建起医院、学校、邮电所、农贸市场，兴办文化事业、完善投资环境。村里的儿童免费入园入学，各种文娱活动也丰富无比。

“20世纪八九十年代，深圳的农村集体经济非常活跃，可以说当年的‘三来一补’就是通过他们发展起来，他们也承担了部分公共服务职能。”深圳大学中国经济特区研究中心副主任袁易明认为，深圳的农村集体经济对于深圳从农业化快速进入到工业化时代，起着重要的推动作用。

从引进“三来一补”迈向“全面开花”

1986年2月，深圳市宝安县委、县政府发出《关于学习南岭村的决定》。“南岭村是因为紧抓改革开放的机遇，坚持走共同富裕的道路，才发展迅速。”张伟基说。富裕起来的村民告诉张伟基，“做梦也没有想到能过上这么好的日子”，但同时村民们也心存担忧：“不知道政策是否会变？”

邓小平两次视察广东让南国的春天更加明媚。以南岭村为代表的深圳农村集体经济也在改革开放的春风下迎来变化。深圳市2004年开始推进农村城市化，村改制为社区，南岭村成立了社区股份合作公司。2006年这里成立了社区党委，是深圳首个“村改居”社区党委。

“南岭村和深圳的许多社区一样，靠传统出租厂房、物业，获得了发展，但这个模式难以为继，必须要改变。”2001年，张伟基之子张育彪成为南岭村新“带头人”，他要做的是依托社区土地等资源，培养“会下金蛋的母鸡”。

进入21世纪后，南岭村积极转型，经济发展模式由“物业型”向“实业型”转变，实现了从工业经济到全面发展的第二次转型升级：大力发展第三产业、现代服务业，开办起深圳首家村办五星级酒店——求水山酒店，年利润达1500多万元；大力发展商业，新增大型商业广场和商业街数十万平方米；大力发展文化产业，通过对旧工业区改造升级，建设中国丝绸文化产业创意园……

南岭村村民李文京说，多元化发展不仅让村民们有了更多的就业机会，增加了收入，也让他们可以更多地接触“外面的世界”。数据显示，2014年，南岭村社区集体经济总收入达3亿元，税收2亿元。

“20世纪90年代后期到2000年左右，传统的‘三来一补’产业受到新兴产业的冲击，同时国家、深圳发展战略的调整，再加上一些企业自身经营、技术水平的限制，盛极一时的‘三来一补’企业或关闭，或迁移，或转型，这也迫使深圳社区经济面临转型。”袁易明说，彼时，深圳一些社区意识到“租赁经济”的单一性，开始探索多元化的发展道路，社区集体经济也逐渐出现分化现象。南岭村就是这期间转型较为成功的典型之一。

实践“创投+孵化器”模式

如果为落后产能当“房东”，还能富多久？社区经济如何与特区经济发展“同频共振”？这是新时代下，深圳社区经济普遍面临的难题。近年来，以南岭村为代表的部分社区，也正在转型突围。

“这些年，我们不停地思考、摸索，除了房地产、工业园、酒店旅游等传统

□ 南岭村社区党群服务中心

产业，深圳的社区集体经济还能做什么？”张育彪说。为实现更高质量发展，从2014年开始，南岭村又开始转型。

从那时起，南岭村开始拒绝一些工厂的续租申请，当时布沙路边一处7000平方米的厂房，和企业解除租赁合同后，空了大半年，虽然频频有人来询租，但南岭村就是不愿放租。经过考察，他们决定联手清华大学旗下的启迪控股，联合打造一个主题科技园，引进科技型创业企业。南岭村以物业入股，前4年免租，同时占科技企业孵化投资基金50%股份。在此前的2016年1月，南岭村已斥资收购深圳一家老牌创投企业，全面进军股权投资，以创新驱动带动环境升级和人才集聚。

2018年，南岭村成立深圳首只社区集体经济产业投资基金，此后还组建起一支专业管理团队，瞄准新一轮科技革命和产业变革方向，锁定人工智能、智能制造、5G应用、生命健康、新能源、新材料等核心板块投资布局，寻求新的经济增长极。

2019年初，一家名叫深知未来的初创公司获得南岭村旗下创投公司“南岭基金”的数百万元投资，该公司致力于人工智能与计算机视觉技术的商业落地，其技术目前已在工业自动化、智慧零售、城市安防、高端手机等领域广泛应用。“南岭村人务实的精神、宽阔的视野和对未来的远见与我们吻合，所以才有了合作。”深知未来CEO张齐宁说。

南岭基金管理合伙人侯雪锋介绍，2019年他们从近300个项目中挑选出3个进行投资，目前这些项目估值均翻了一倍。除了深知未来外，另一家有色金属交易平台，已进入中国产业互联网工业类100强。

“创投+孵化器”模式在南岭村实践。2019年底，深知未来有望进驻南岭村打造的综合性创意产业集聚区——1983小镇，而此前这里已集聚生命健康、电子商务等领域的一批创新项目。

数据显示，2017年，南岭村社区集体经济总收入3亿元，村民人均年分红达15万元，集体固定资产达35亿元。

“南岭村的梦想是孵化培育一批高科技企业，变成一个现代化、多元化的产业集团。我也希望有一天能带领村民去敲钟上市。”张育彪说。

近些年，深圳一些社区经济也尝试转型，打破过度依赖物业租金的局面。如宝安怀德社区自建城市综合体；甘坑联合社会资本建设甘坑客家小镇，建成深圳唯一的传统客家民俗文化体验基地；红荷结合国有资本打造大运软件小镇，成为深圳市产业转型的一个标志性载体……深圳社区经济转型已逐渐形成百花齐放的态势。袁易明指出，深圳社区经济深度转型，向现代化的产业集团迈进，有助于进一步释放经济活力，更好地助力深圳经济高质量发展。

见证者说

南岭村社区党委书记张育彪：
收回低端产业用地，曾一次牺牲2000万元租金

作为全国知名的先富起来的社区，南岭村过去发展更多依赖的是“租赁经济”。对此，张育彪有着深深的忧虑。“靠‘包租公’吃饭，南岭村能富多久？我们既要传承父辈们改革创新、艰苦实干的作风，也要富而思进、创新驱动，跟上时代发展，把社区经济组织培育成现代化的产业集团。”张育彪说。

这注定是一场艰难的转型。为了升级产业，南岭村提前收回园区内的一些低端产业用地，最高一次牺牲租金达2000多万元，这种牺牲眼前利益的做法一开始有人并不理解；进军创投业，发展高科技公司，一些人也认为“风险太高、太冒进”。

2015年6月，在表决收购风投企业的村民大会上，张育彪向村民做了慷慨激昂的转型思想动员，甚至立下“军令状”——做不成功引咎辞职。最终，村民才

签字同意出资投资。“南岭村要想转型成功，取得更大的发展，必须要有改革的勇气，也包括承受经济增速放缓的压力。不当书记我并不在乎，最重要的是希望带领村民建设一个更美好的新南岭，让大家生活得更加幸福，也希望为深圳社区经济转型蹚出一条路。”张育彪说。

在与一些社区带头人沟通时，张育彪发现，大家对市场化投资、深度转型发展有着强烈的意愿，但同时也有不少顾虑。张育彪说：“南岭村有条件、资本和底气去率先进行社区经济市场化运作探索，我们成功后，大家就会知道这条路是可行的，给更多的社区提供经验和信心。”

尽管这些年南岭村的发展也经历了一些挫折，但张育彪坚信，只要目标、方向是对的，然后去坚持，一定能够转型成功。

受产业转型以及经济环境影响，2019年南岭村的空厂房达到了7万多平方米。但张育彪说：“不能看重一时的经济增长，我们希望引进更好的业态进来。厂房空置是危也是机。”利用这次机会，南岭村将加快产业转型升级，同时也会投入5000多万元对南岭村进行环境提升改造。

“深圳被委以建设中国特色社会主义先行示范区的重任，这对我们社区经济也是激励，我们要以‘时不我待、只争朝夕’的紧迫感和责任感，加快产业升级、社区环境改造，将南岭村建设成为现代化新型绿色社区，走在全国前列。”张育彪说。

关键少数　关键作为

深圳南岭村，据说已经有500年的历史，这里曾经贫穷落后、破旧不堪，是个人称“鸭屎围”的小山村。如今，街道整洁、绿树成荫、商场林立，人均年分红达15万元，早已没有了小村落的感觉，繁华得让人难以置信。

南岭村，从村民想方设法逃离的贫困村到心向往之的现代化社区，既得益于改革开放政策和独特的区位优势，也得益于“关键少数”的关键作为。

俗话说：“群雁高飞头雁领。”农村基层党组织书记就是领导党员群众的“头雁”，就是带领村民发家致富的“关键少数”。改革开放以来，从“分田到户”到“洗脚上田”“外引内联”，再到“种房子”“种高科技企业”，南岭村紧紧抓住时代机遇，敢闯敢试、敢为人先、埋头苦干，快速实现了共同富裕的目标。这其中，村党支部充分发挥了战斗堡垒作用，村党支部书记充分发挥了领路先飞作用。实践证明，农村基层党组织坚强有力，村党支部书记担当作为，就能形成强大的凝聚力、战斗力和创造力，带领群众不断提升获得感、幸福感和安全感。

“关键少数”要发挥头雁效应，必须目光长远，具有公而忘私的奉献精神。常言道：“村看村，户看户，群众看干部。”试想20世纪80年代初，南岭村获得43万元的国家征地补偿款后，如果干部没有带头把补偿款划归集体、没有带领村民走集体富裕之路，或许就没有南岭村后来的腾飞，至少会延迟许久。这充分彰显“关键少数”的关键作用——对发展形势有着超越群众的前瞻性，当认清前进方向，盯住发展目标，身先士卒、以上率先，头雁领群雁，走稳致富路。

“关键少数”要发挥头雁效应，必须审时度势，具有干事不避事的进取精神。创业难，守业更难。如果循着过去的经验模式“守业”，南岭村的日子短期内并不会差，但在国家大力推动产业转型升级、实现高质量发展的大背景下，继续为落后产能当“房东”，继续依赖“房东经济”，迟早有一天难以为继。老套路、老办法不行了，需要“关键少数”积极想新办法、找新出路。诚如现任南岭村社区党委书记张育彪所言：“最重要的是希望带领村民建设一个更美好的新南岭，让大家生活得更加幸福，尤其在深圳社区经济转型方面蹚出一条路。”“关键少数”就要有拎着乌纱帽干事的担当，顺应大势、革故鼎新，带领群众接续奋进。

发展未有穷期，奋斗永不言止。今天，深圳正全力建设中国特色社会主义先行示范区，对标中央的新定位、新要求、新任务，不管是南岭村还是整个深圳市，都更加需要“关键少数”有关键作为。

撰稿：孙颖　丁建庭　刘越亚　戴晓晓

供图：罗斌豪　朱洪波（部分图片由受访单位提供）

广东造车梦：从零起步驶上快车道

每日清晨，位于广州市黄埔区广本路1号的广汽本田工厂，大量物流车进进出出，各种零配件汇集于此。工厂内，生产线一片繁忙，机器手臂不断地挥舞着，一辆辆新车驶下生产线，而后被相继发往全国各地。

在这里，30多年前，广州标致成立，实现了广东的“轿车梦”，奠定了广东汽车工业的基础，让广东成为全国汽车生产的“三大三小”之一。也是在这里，过去20多年，广汽本田的成功发展，为国内汽车产业探索出一条全新发展路径。

1 广汽小空间概念车　2 广汽乘用车生产线　3 广汽新能源生产线

如今，这里仅是广东众多汽车制造基地之一，经过70年的发展，广东已形成以广州、佛山、深圳为整车，珠江三角洲为零配件配套，并协同粤东粤西粤北发展的产业格局。过去70年间，通过一代代广东汽车人的艰苦奋斗、勇于创新，广东汽车工业从无到有、由小到大、由弱变强，实现了高质量发展，推动广东从“制造”大省加速迈向“智造”强省。

南方见证

• 1985年3月16日，《南方日报》头版刊发《中法合资创办广州标致汽车公司》的消息

• 广汽集团与日本本田签署合资合同，成立广州本田汽车有限公司，1998年5月8日的《南方日报》头版进行了报道

• 2004年2月，广东省"两会"聚焦广州汽车工业发展等热点问题

• 2019年9月20日，本篇报道版面

在质疑声中➜
闯出一条新发展路径

广东汽车工业可追溯至20世纪50年代。1954年，广州市公共汽车修理厂靠手工装配出一辆“华南牌”铁木结构公共汽车，开启了广东工业的发展历程。不过，在改革开放之前，广东汽车工业基础较弱，基本以生产客车与货车为主。

“当时主要有3个企业，分别是广州汽车制造厂、广州客车厂、广东省客车厂。”广汽集团原副总经理何焰辉回忆到，20世纪60年代，广州汽车制造厂曾从清华大学获得一套3.5吨载重货车的图纸，经过3年时间研制实现了量产，这款车一共生产了10年，产量约为1万辆，但最终由于产品竞争力的原因，于1979年停产。

为了延续汽车工业发展，经过多番争取，1985年3月15日，广州汽车制造厂、中国国际信托投资公司、法国标致汽车公司、国家金融公司、法国巴黎国民银行5家股东建立合营企业——广州标致，生产法国标致汽车公司504皮卡车。

“按照当时设想，全国建设一汽、二汽、上汽3个轿车生产点。天津、北京、广州3个生产点从进口轿车散件组装开始，逐步实施国产化生产。”何焰辉介绍，随着广州跻身成为“三大三小”之一，广东实现了轿车生产梦，但由于种种原因，广州标致最终无奈退出市场。

广州标致的失败，让广东汽车工业付出惨重代价，外界质疑：广东究竟有没有造车的能力？为此，如何重整旗鼓成为重中之重。“经过研究，我们判断标致已经没有能力进一步投资，只能更换合作伙伴。消息释放之后，包括宝马、现代等多家跨国企业十分感兴趣，最初本田还不是优先考虑的对象。”何焰辉说。

结合广州现实情况以及外方提出条件，1997年11月13日，经过长时间的谈判，广州汽车集团有限公司、东风汽车有限公司和本田技研工业株式会社在日本签署了“基础协议”。1998年7月1日，广州本田汽车有限公司正式成立。

《南方日报》当年报道：“根据国家有关部门的意见和实际情况，广州轿车项目分整车和发动机两家公司实施。由广汽集团与本田公司组成广州本田汽车有限公司，生产98美国款升级‘雅阁’系列轿车。生产能力起步阶段3万辆/年，初期产品发动机排量为2.3升，预计今年底开始试生产，明年10月投产，投产后国产化率达到40%，售价为26万元左右。由东风公司与本田公司组成的东风本田发动机有限公司，将负责进行发动机的生产和供应，为整车公司配套。”

“在广汽本田成立之后，我们仅用9个月时间，便完成了原有广州标致的厂房改造，对冲压、焊装、涂装、总装等十大工艺，整车生产检测线及公共设施进行全面改造。”何焰辉记得十分清晰，当时他还在一线工作，大家都憋着一口气，一定要把新项目搞好。

1999年3月26日，广汽本田首款雅阁轿车下线，正式拉开了广东汽车工业突飞猛进的序幕，乘着小汽车入家庭的大浪潮，广东汽车工业进入了高速发展的黄金20年。而广汽本田“小规模起步，少投入、快产出、滚动发展”的模式，也为国内汽车企业闯出了一条新发展路径。

依托合资合作 →
迅速成长为全国重要制造基地

广汽本田的成功效应，为广东汽车工业发展奠定了坚实基础。随后，日产、丰田、大众、PSA、菲克集团等世界巨头相继落户，进一步强化了广东汽车工业集群效应，大大提升了广东在全国汽车制造业的地位。

“2003年，东风日产成立初期，风神大道还是一条泥巴路。每当有汽车经过就会扬起很大的灰尘，西装革履的同事经过，脚上的皮鞋全是灰。”入职16年的东风日产“元老级”员工徐新堰回忆到，2003年6月16日，东风日产的第一款车型“阳光”下线，下线仪式在工厂举行，人不是非常多，现场搭了一个台子，大家心情非常激动。

如今，东风日产已成为广东产销量最大的合资车企。数据显示，2019年前8个月，东风日产累计终端销量超过了71.5万辆，同比增长1.2%。

随着日产在广州北部花都落户，另一世界巨头丰田也加快了在广东的布局。

这一次，丰田将目标锁定在南沙。

“现任丰田汽车社长丰田章男，在2003年到广州选址，一到南沙，良好的物流条件立马吸引了他。”何焰辉介绍。2004年9月1日，广汽丰田正式成立，近2.25平方公里的香蕉林，短短2年时间厂房拔地而起，成了全球最先进的汽车生产基地。与广汽本田相比，广汽丰田建设之初便瞄准了高标准，打造“丰田21世纪全球模范厂”，投产车型的国产化率起步都在70%以上。2006年5月23日，广汽丰田首款车型“凯美瑞”正式下线，当年实现了产量61128辆，原本预亏9.6亿元的广汽丰田，实现了“当年投产、当年赢利”。

不过，作为广东省支柱产业，汽车工业的发展并未由于日系三大品牌的成功而停歇。2010年6月，一汽—大众汽车有限公司广东项目正式签约，落户佛山市南海区。2010年8月，长安汽车与深圳市签署长安PSA战略合作协议，正式落户深圳。

《南方日报》2010年6月10日报道，一汽—大众第四厂选择落户佛山，既符合广东产业政策和发展规划，对于广东做大做强汽车产业，调整产业结构、转变经济发展方式，提升经济发展的整体水平具有重要意义。

“为什么落户广东？主要是看好广东完善的产业基础，同时当地政府也十分支持。从落户到现在，佛山工厂已经生产了超过160万辆汽车。预计到2020年，佛山工厂将拥有2条大线及生产10款车型，整个基地将具备60万辆/年的产能。”一汽—大众汽车有限公司佛山分公司总经理张硕介绍，项目参考德国大众集团工厂建设原则，零部件园区、动力总成园区、物流园区分布在厂区周围5公里范围内，缩短零部件供应时间，形成产业链集群。

至此，广东汽车工业真正实现结构多元化，从当初依托日系品牌到日系、欧美系、自主品牌并驾齐驱，形成了以广州、深圳、佛山整车制造，珠江三角洲为零配件配套的产业格局。按照广东省最新发布的《关于加快新能源汽车产业创新发展的意见》，未来要以珠江三角洲新能源汽车基地为龙头，同时向粤东粤西两翼沿海片区布局建设新能源产业基地。

来自广东省统计局的数据显示，广东汽车制造业的生产规模持续稳定扩大，从规模以上汽车制造业的企业数来看，由2013年的574家提高到2018年的833家，增加了259家。2018年，广东规模以上汽车制造业增加值总量比2013年增加了480.88亿元。

自主创新 →
打造世界级先进产业集群

依托合资合作，广东汽车产业实现了由小到大的蝶变。那么，如何从汽车大省向汽车强省迈进？唯一的路径就是坚持不懈地自主创新。

“在与本田、丰田的合资合作取得成功后，广汽内部深刻认识到打造自主品牌的重要性，但对于时机的把握存在疑虑。2005年，广汽提出了‘提高认识，统一思想、明确思路、加强领导、创新机制、增加投入、实现突破’的自主品牌发展思路，举全集团之力，加速自主品牌的建设。”广汽集团董事长曾庆洪认为，中国汽车发展的目标与方向，应该是通过合作实现自我提升，做出真正属于中国的自主品牌。

然而，与合资合作不同，自主创新之路异常艰难。

“我是2009年加入广汽乘用车的，见证了从第一款车下线到GS4、GS8等爆款车上市的全过程，也见证了传祺从正向研发到自主创新艰难探索的每一步。”广汽乘用车广州工厂整车制造二部新车型项目负责人侯敏介绍，合资企业有流程、产品设计和供应链体系，但这些在新生的广汽乘用车，都需要从头开始，连一个螺栓都要自己设计。

正是通过这种从零开始、一步一个脚印的正向研发，广东汽车人成功打造了属于自己的生产体系。如今，广东汽车工业已形成自主创新能力，并在部分核心技术上实现了领跑。

2019年9月2日，广汽丰田旗下首款纯电动轿车iA5正式发布，与传统合资企业下线的车型不一样，iA5是中方向合资企业导入技术的全新车型。

而在广州番禺，广东自主设计建造的全新新能源汽车数字化工厂，实现了多项业内领先：包括全球领先的钢铝车身柔性工厂，适应未来铝合金等轻量化材料应用；全球首创铝铆接及点焊切换技术及“钢铝混合”生产线；全球领先数字化自主决策工厂；国内整车工厂首次运用全球数据云平台进行生产过程分析决策；全球领先深度互动式定制工厂；全球首个让用户深度参与汽车设计制造工厂等。

按照广东省工信厅发布的《关于公开征求广东省培育电子信息等五大世界级先进制造业集群实施方案及专项行动计划意见的通告》，到2022年，世界级汽车产业集群取得实质性进展，全省力争实现汽车制造业产值达到1.3万亿元，约占全球汽车制造业产值比重达到5%，其中汽车零部件制造业产值突破6000亿元；整车产销规模突破400万辆，其中新能源汽车产销规模突破50万辆；智能网联汽车技术研发、产业化及推动应用水平迈入世界先进行列。

目前，广东“智造”汽车已经在全球各地道路上行驶，引领全球出行服务市场。其中，比亚迪新能源产品已经进入了欧洲、北美、日本等汽车成熟市场，广汽传祺也实现了“一带一路”沿线市场的新突破。

见证者说

广汽集团董事长曾庆洪：
只有始终坚持创新才能赢得发展

“当年重组广州标致遇到很多困难，包括合作伙伴如何退出、生产资质如何保留、资产如何处理、人员如何安置以及全球寻找合作伙伴等一系列问题。当时外界对广州造车也心存疑惑，认为广州人搞搞贸易、做做生意还行，汽车这种重工业没戏。”曾庆洪回忆起当年，往事依旧历历在目。

面对困难和质疑，在省市两级党委、政府的指导带领下，广汽凭借对谋求发展的韧性和执着，赢得了国家部委的支持，问题得到妥善解决，最后以1法郎为代价收购了广州标致合资公司中的法国标致股权，不仅保住了广州汽车工业的“入场券”，而且从此开启了广州汽车工业发展的新篇章。

曾庆洪回忆到，广汽本田从成立到第一辆产品下线只经过了9个月时间，其间广汽本田完成大大小小353项工程的改造。当时国家设定的标准是5万辆纲领，广汽本田达不到就无法申请更大规模的生产。但广汽人都憋着一口气，在2000年就实现了5万辆的纲领。“为了‘造车梦’，广州经历了几十年的坎坷曲折。因为‘造车梦’，广州人经历了常人难以想象的艰难困苦。”他说。

当下，汽车制造业正处于激烈变革期，广东未来如何继续领跑？

作为一名见证广东汽车工业发展的老汽车人，曾庆洪认为，广东汽车工业要继续高质量发展，还是要以质量和效益为中心，强调创新驱动。要打通创新要素资源自由流动的“通道”，引导高端经济要素资源向创新型企业汇聚，激发企业的创新活力，让企业成为创新的主体，引导企业生产出更高质量、更高层次、更高品位的产品，以优质的制度供给增强发展环境的吸引力和竞争力。同时，优化创新生态，最大限度激发创新全过程全链条的创新活力。

叮咚快评

开放引领　创新驱动

新中国成立70年来，经济社会各领域发生了翻天覆地的变化，而汽车绝对是一个观察中国巨变的很好切口。它见证了中国汽车工业的日新月异，见证了中国经济的高速发展，见证了中国居民生活水平的极大改善。

70年来，广东汽车工业经历了从无到有、由小到大、由弱变强的过程，如今成为中国汽车制造业的龙头之一，在“广东日记”中写下了精彩篇章。

汽车工业是一个典型的资本技术密集型的产业。在要资本缺资本、要技术缺技术的不利条件下，广东汽车工业紧紧抓住改革开放的历史机遇，以开放务实的态度，坚持合资合作与创新驱动，逐渐发展成为中国乃至全球的重要汽车制造基地。目前，广东汽车产业链日益完善，集群效应不断增强，在汽车整车制造、汽车零部件制造、新能源汽车等领域均居全国领先地位，是名副其实的汽车产业大省。回顾一路走过的风风雨雨，最重要的经验便是开放引领、创新驱动。

广东汽车工业的起步，以至后面能走得比较稳，得益于国门打开，从发达国家引进了外资和先进的汽车制造技术，“站在巨人肩膀上”，发展自己的汽车工业。20世纪末，世界著名汽车品牌本田落户广州，并在短时间内取得了成功，从而为广东汽车工业发展奠定了坚实基础，也开启了广东汽车工业高速发展的黄金20年。随后，日产、丰田、大众、PSA、菲克集团等世界巨头相继落户，进一步强化了广东汽车工业集群效应，大大提升了广东在全国汽车制造业的地位。

汽车工业起步阶段可以靠技术引进，但要实现赶超或者引领，就必须立足自主创新、自立自强。原因很简单，市场换不来核心技术，有钱也买不来核心技术。从技术引进到消化，从消化到吸收，再从吸收到创新，这是对外开放中形成的宝贵经验，也是广东汽车工业发展的真实写照。近年来，广东大力发展汽车自主品牌，比亚迪、广汽传祺、东风启辰等自主品牌知名度不断提升，产量也在逐年提高。现在广东汽车产业已经实现结构多元化，日系、欧美系、自主品牌并驾齐驱。

当前，伴随能源革命和第四次工业革命的浪潮，全球汽车产业正迎来前所未有的颠覆性变革，唯有继续坚持开放引领、创新驱动，在智能网联以及新能源汽车这一赛道上不断加速，广东汽车工业才能巩固并扩大市场领先地位。

撰稿：郭小戈　丁建庭

供图：吴伟洪　广汽集团

南粤绿茵梦 激情燃烧七十年

“广州队！” “广州队！” ……2013年11月9日晚，当郑智和里皮在广州天

□ 2013年11月9日晚，广州恒大在天河体育场捧起亚冠冠军奖杯，成为中国足球职业化20年以来第一个获得亚冠冠军的球队

河体育场捧起亚冠冠军奖杯，球迷激动的呼喊声响彻球场。

这个瞬间，注定成为广东人的集体记忆，也是推进职业化以来广东乃至全国足球的高光时刻。

南方见证

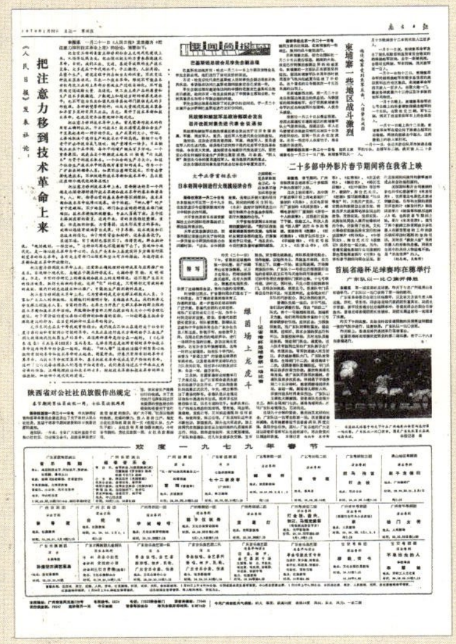
把注意力移到技术革命上来

二十多部中外影片春节期间将在我省上映

- 1979年1月22日，《南方日报》刊发了第一届省港杯足球赛盛况的现场报道

南方日報

来之不易的稳中向好成绩单

——党的十八大以来经济成就综述

广州足球登上亚洲之巅

省委省政府信贺恒大足球队在亚冠联赛中勇夺桂冠

广东省委省政府贺信

粤西沿海今明大雨

- 2013年，广州恒大首捧亚冠冠军奖杯，《南方日报》在头版刊发了报道

评论

争当全国足球改革发展排头兵

法治要义在治权

高龄农民工养老保障亟须完善

当公务员是一种职业选择

- 2015年5月，《南方日报》刊发评论员文章《争当全国足球改革发展排头兵》

08 视界

南粤绿茵梦

激情燃烧七十年

- 2019年9月22日，本篇报道版面

筚路蓝缕 →
“南派风格”独树一帜

广东一直拥有深厚的足球文化底蕴和群众基础。新中国成立之初，广州、梅县等地的群众足球运动在当时已经十分活跃。广州越秀山体育场、宝岗体育场等一批足球场地相继建成，加快了这项运动的推广普及。梅县在1956年获得“足球之乡”荣誉称号，南粤大地出现足球新热潮。

1959年举行的第一届全国运动会上，广东球员脚法细腻、跑位灵活、短传流畅，被媒体誉为“南派风格”。从20世纪70年代开始，广东的“南派”足球迎来了辉煌的二十年：广东队拿下1975年和1987年两届全运会的金牌，并于1979年取得全国甲级联赛冠军。同期，广东队涌现出容志行、陈熙荣、古广明、赵达裕、谢育新等大批优秀国脚。其中，容志行出色的球技和高尚的竞技品格，更被赞誉为“志行风格”。

敢为人先 →
广东足球大步向前

“昨日（21日）下午，省港杯足球赛的第一场比赛，在广州越秀山体育场揭幕。三万多名观众，把球场挤得座无虚席。还有大批观众，聚集在电视机旁，欣赏了这场精彩纷呈、势均力敌的足球赛……”

1979年1月22日，《南方日报》刊发了第一届省港杯足球赛盛况的现场报道。当年彻夜排队买球票、万人空巷看球赛的情景，依然留在老一辈球迷的脑海中。

1978年12月7日，广东足球协会与香港足球总会在东方宾馆举行省港杯足球赛创立签约仪式，这是新中国首个地方性“涉外”体育赛事。至2019年，该赛事已

□ 第一届省港杯足球赛

经举办了41届，为粤港两地足球文化乃至全面的融合交流，作出了巨大的贡献。

除了创办省港杯，广东足球秉承改革开放的精神，创造了多个纪录：中国第一个女子足球训练基地在英德诞生；第一届女足世界杯在广东举办；广东球员谢育新成为第一个留洋的中国球员；广东球队率先尝试专业足球的商业化，最早打破人才流动僵化的体制。

跌宕起伏 →
南粤足球再获辉煌

1994年，首届甲A联赛的创办吹响了中国足球职业化的号角。在1996年的甲A联赛上，广州太阳神、广东宏远、广州松日、深圳飞亚达等4支球队轮番上演多场广东“德比”，星光闪耀。只是此后十余年，广东足球几易其主，虽然深圳队在

□ 2004年，朱广沪带领深圳健力宝队获得中超元年冠军

2004年获得中超元年冠军，但广东足球依然艰难探索。

直到2010年中超赛季结束，广东足球终于迎来全新发展阶段。2019年，广东聚集了三支中超球队（广州恒大、广州富力、深圳佳兆业）、一支女超球队（广东辉骏）和两支中甲球队（广东华南虎、梅州客家）。其中广州恒大连续七年问鼎中超冠军，代表中国足球三年内两度夺得亚冠冠军，开创了亚洲足球的新历史。

自2016年《广东省足球改革发展实施意见》出台至今，广东不断深化推进足球改革，争当全国足球改革发展的排头兵。现今，每个周末和傍晚，在南粤大地各个大大小小的足球场上，人人能在绿茵场上挥洒汗水，追逐自己的足球梦想。

撰稿：李细华　朱小龙　张迪

供图：李细华　广东省足协

来了就是广东人　外来工圆梦南粤

“从我第一次来到东莞的时候就认定东莞了，东莞是我扎根的地方，是我拼搏的地方。”1999年，怀揣着梦想和激情，来自湖南新宁的曾香桂成为南下广东打工群体中的一员。14年后，她成为东莞首位从农民工中走出来的全国人大代表。

在广东一跃成为改革开放前沿阵地和窗口的过程中，也记录下了一个特殊群体的奋斗与蝶变，他们就是南下广东的外来务工人员。这背后也直接带动了全国人口的迁徙洪流，越来越多外来务工人员带着梦想和激情，与广东同呼吸共命运。

1 千千万万外来务工者成为建设广东的重要力量，他们也在这里实现了梦想

2 “圆梦计划·北大100”开班典礼上，新生代产业工人们开心合影

3 首批农民工全国人大代表胡小燕为外来务工者发声

多年来，像曾香桂一样，无数外来务工人员在广东圆了自己的梦想，并与千千万万的外来务工人员一起共同推动社会进步。

如今，外来工的年龄结构、从事工种、知识水平也在悄然变化，他们中也产生了很多产业转型、科技创新的广东新力量。

广东以开放包容让外来务工人员安居乐业，外来务工人员以努力回馈广东。正是这种良性循环，让他们与广东的情意更显厚重。

南方见证

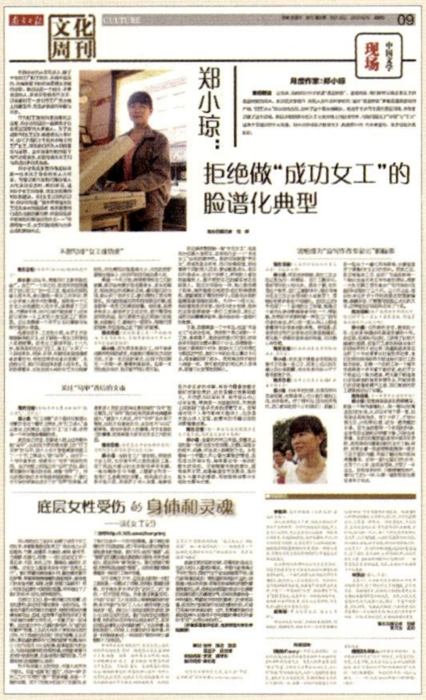
文化周刊

09

现场

郑小琼：拒绝做"成功女工"的脸谱化典型

底层女性受伤的身体和灵魂

• 《南方日报》专访"打工诗人"郑小琼，于2012年2月19日推出相关报道

A07 广州观察 城事

一人一天一元上大学，截至2015年广州已帮助4200名一线产业工人圆大学梦

"圆梦计划"拓宽新生代工人向上通道

"圆梦计划"为产业转型升级提供人才储备

• 2016年9月2日，《南方日报》推出整版报道广州"圆梦计划"帮助一线产业工人圆大学梦

时局 壮阔东方潮 奋进新时代——庆祝改革开放40年

作为首批三位农民工全国人大代表之一，"外来妹"胡小燕细说二十年奋斗故事

善于发声为外来工兄弟姐妹圆梦

"农民工司令"张全收见证珠三角产业发展转型激荡岁月

勇吃螃蟹帮百万农民工"找工作"

• 脱颖而出的外来务工者成为全国人大代表，正以饱满的热忱为广大外来务工者代言

A09 时局 壮丽70年·奋斗新时代

南方日报

来了就是广东人，外来工圆梦南粤

广东是一个能让我们梦想开花的地方

拥抱时代 追梦广东

• 2019年9月23日，本篇报道版面

奋斗的个体，时代的幸运儿

“东西南北中，发财到广东”，这句话触动了许多年轻人的心。20世纪80年代，中国大地出现打工大潮，广东成为打工者竞相涌入的地方。

仅以东莞为例，来自人社部门的统计显示，从1985年到2005年，东莞外来工数量从15.62万人暴涨至584.98万人，20年增长了36.45倍。截至2019年5月底，东莞实名制登记就业509万人，其中异地务工人员473.66万人，占全市登记用工量93.05%。

外来务工人员怀揣着梦想和激情来到广东，过程中也经历了常人难以想象的心酸和磨练。

胡小燕，现任三水区总工会副主席，20世纪90年代，她还在四川省广安市武胜县大中坝村六组的家中务农。

1998年，因家里欠下外债，胡小燕搭上绿皮火车历经38小时南下广东佛山打工，先后在电子厂流水线和陶瓷厂做普通工人。从那时起，南下广东逐梦的胡小燕身上，便深深刻上外来务工人员的烙印。

电子厂流水线上，每天工作12个小时，一个月挣四五百元。在陶瓷厂，刚出窑的砖温度达1200℃左右，有时遇到流水线运作不正常，她还要在下班后负责将烂砖运走，因为能多赚一百多元。

“哪个工种能挣钱就做哪个。”回忆起当时的场景，胡小燕坦言，“我都不知道怎么熬过来的。”

2004年，一扇机遇的大门向胡小燕敞开。她所在新明珠陶瓷企业不拘一格选用人才，胡小燕通过竞聘走上了车间管理岗位。

从普通工人到管理岗位，胡小燕备感珍惜，也更加拼了。她一人挑起招工、培训、考核和抓生产，“有时凌晨4点起床，5点到车间，到晚上11点还在车间。脚上全是水泡，用针把它挑破，第二天又上班。”

与千千万万外来工一样，在与这座城市同频共振中，胡小燕的拼搏付出也换来满满的收获，她在厂内被评为优秀管理者，先后获得三水区、佛山市“十佳外来工”称号。

胡小燕常说自己是时代的幸运儿，她认为自己的人生是幸运的，幸运的背后不只是个人的奋斗和努力，还有时代的进步和发展。

曾香桂也发出同样的感慨，“我遇上了一个好时代。”2018年3月，她给东莞理工学院学生上了一堂生动的思政课，“一个人有了机会和梦想，只有奋斗才能实现人生的升华。”

来自湖南农村的曾香桂，因为生活压力无缘高考，中专毕业后在东莞餐厅打过工。辗转一番后，她在2000年进入东莞市瑞丰物业服务有限公司从事文员工作，一干就是十几年，从最基层的文员开始，到副主任、主任、副经理再到经理，还兼任公司团支部书记，曾香桂一步一个脚印。目前，她任公司助理总经理职务、工会主席和东莞市物业管理协会副会长。

“工作要积极主动、踏实稳重，社交要广泛活跃，做人做事要不怕吃亏。”曾香桂说，这是她获得成功的人生信念与法宝。

用知识和创新改变命运

“通过深造让自己学到更多知识，进一步提升了竞争力。”曾香桂说。

2012年，曾香桂报名参加“东莞市新生代产业工人圆梦计划”。通过考试，曾香桂顺利入读东莞理工学院成人教育学院工商管理专业。

随着时代变迁，在粤务工的“80后”“90后”新生代已成为广东经济社会发展的重要建设力量。

以深圳为例，深圳市总工会多项调查显示，目前深圳职工队伍总人数超过1000万人，其中农民工占60%以上，且年龄结构呈年轻化的趋势，“80后”“90后”新生代农民工比例超过85%。

从学历层次上看，外来工学历从早期的小学、初中为主，到现在初中、高中为主，文化素质整体提升，思想上突出的特点是主体意识增强，务工诉求由原来的单纯打工挣钱为主，开始向更加注重职业发展、体面劳动、城市融入转变，市民特征逐渐增强。

如何让新生代产业工人更好地融入城市发展，知识无疑是提升自我价值最好的通道。

2010年底，共青团广东省委联合广东省人社厅、广东省财政厅、广东省教育厅和广东省科技厅等单位推出“圆梦计划——广东新生代产业工人骨干培养工程”，每年资助1万名在粤务工的新生代产业工人参加高等学历继续教育学习。目前共有近8万名外来工进入大学深造。

同样是“圆梦计划”，各个城市也有自己的创新举措。

作为经济大市、产业大市，深圳是全国外来工最集中的城市。早在2008年，深圳市总工会大胆创新，在全国开先河，帮助外来工提升学历和职业技能。

17年前，黄富贤只是一名磨具厂流水线工人，直到2010年还在车间做磨具。改变发生在2013年，他通过公司工会参与“圆梦计划”，第二年被天津大学物流管理专科录取。2017年1月，黄富贤正式毕业。深造过程中，他所学的计算机和高等数学对工作帮助不小，也使他顺利拿到了工程师等级。

目前已是鸿利达模具（深圳）有限公司的技术开发部工程师的黄富贤，成功研发了实用性专利“加热式的模内切水口”，为公司提高了生产效率。他的月薪也从5000元涨到1万多元。“现在可以把孩子从老家接到身边了，我还给自己换了新车。”黄富贤表示。

2012年以来，东莞也不断完善人才入户政策，逐步降低入户门槛，开通了条件准入、企业自评人才入户、积分入户3种入户通道。同时，还提供均等化职业技能培训服务，开展实施劳动力技能晋升培训工作。数据显示，2014年以来，全市享受劳动力技能晋升培训补贴近10万人次。

和曾香桂、黄富贤一样，知识的提升更加夯实了他们融入和扎根城市发展的底气。一代又一代的外来务工人员留在广东，积极融入广东各个时期改革发展的浪潮，他们中也产生了很多产业转型、科技创新的广东新力量。

广东拓斯达科技股份有限公司机械手总装部的段鑫辉是一名“90后”，目前他已是公司核心技术骨干。“20多年前，第一代外来务工人员用勤劳的双手，让广东制造唱响全球。如今，我们用科技武装双手，擦亮广东制造的金字招牌。”他自豪地说。

敢想敢做推动社会进步

以曾香桂、胡小燕为代表的外来务工人员，和城市的数百万外来工一样，见证经济的腾飞和转型，也为城市的发展默默奉献了他们的青春。

他们从外来务工人员的群体中脱颖而出，如今更是作为打工浪潮和广东经济发展的亲历者和见证者，正以饱满的热忱为广大外来务工人员代言，敢想敢做，与千千万万的外来务工人员一起推动社会的进步。

中山市霞湖世家服饰有限公司客服部总监米雪梅也是“打工妹”出身，对外来务工人员的需要有着最切身的感受和体会。当选为全国人大代表后，她更加注重倾听外来务工人员的心声，希望通过自己的努力，让每个外来务工人员都和她一样幸运。

“小康生活就是要每个农民工兄弟都能像我这样幸运，能够拥有平等公平的权利，有自己的归属感和幸福感。”胡小燕说。

2008年3月5日，十一届全国人大一次会议在北京开幕。作为首批农民工全国人大代表之一，胡小燕走进了人民大会堂，她代表的是中国2.1亿的农民工群体。

在担任全国人大代表期间，胡小燕共提出了20个建议，全都和农民工权益息息相关，包括随迁子女教育、医保转移、住房福利、留守儿童教育等。

“我从基层中来，最明白基层需要什么，我会尽力做好服务工作。”胡小燕说，“我很欣慰，提出的许多建议都在逐步落实。”

2010年，地方房价迅速上涨。胡小燕与农民工反复沟通，了解到农民工住房生活保障方面存在问题，她提出建议要给农民工提供一定的保障性住房。这一建议很快获得回应。

2011年底，广东住房保障新政策开始向社会公开征求意见。2012年2月28日，广东省人民政府办公厅印发《广东省住房保障制度改革创新方案》，符合条件的外来务工人员也可以享受保障住房。

与胡小燕一样，为外来工代言，也成为曾香桂的履职主线。2013年，曾香桂已经成为一名业务精湛的物业管理师，也以农民工的身份正式当选为第十二届全国人大代表，成为东莞首位农民工全国人大代表。

2015年全国两会上，曾香桂提出关于降低社保缴费费率的建议，这一建议也得到了相关部门的回应。

2016年3月，广东省人社厅发布消息，从当年3月1日起，全省调整失业保险缴费费率，从原来的2%降低至1%。降低费率后，广东费率低于全国统一费率。根据测算，2016年预计全省可减少企业缴费53亿元，个人少缴保费24亿元，企业和工

□ 春运返乡列车上的外来务工者

人都得到福利。

从20世纪80年代开始，中国南下打工潮一直处在持续升温状态。如今，广东对技能型人才保持着强烈的需求。

“无论是生活环境还是就业环境都有很大的改善，大家都愿意留下来。”曾香桂说，“如果外来工在城市里缺乏权利感和归属感，就会引起一系列公共服务均等化的问题。”

时隔多年，针对外来工融入城市的过程，曾香桂关注到，不同时期的外来务工人员，他们对城市的归属程度和诉求也不相同。

“第一代外来工，很多还是选择回老家养老，毕竟岁数大了，城市生活成本比农村更高；第二代外来工，他们积累了一些资金，想着怎么能留下来，迁户口变成市民。”曾香桂说，越来越多的人还是想留在东莞发展，怎样让外来工来了，还能享受到均等的社会公共服务，这是政府正在想的问题。此外，外来工如何与城市、社区形成一个真正的共同体，融入过程更需要加强引导。

见证者说

全国人大代表、瑞丰物业服务有限公司助理总经理曾香桂：
广东是一个能让我们梦想开花的地方

2019年是湖南妹子曾香桂来到广东的第20年。从默默无闻的餐厅服务员，到人人称赞的工会主席，再到为民发声的全国人大代表，曾香桂从普通“打工妹”成长为“外来工”代言人，回望一步一个脚印走过的岁月，她感叹道：“真的很感恩这个时代，让我从小乡村走到前沿城市，能够扎根下来发挥自己的所长，为社会作贡献。”

工厂大门口蜂拥而出的年轻人、夜幕降临时灯火通明的大街小巷、拔地而起的高楼大厦……1999年，中专毕业的曾香桂第一次踏上广东的热土，回首初遇，这些画面仍然鲜活地保存在她的记忆里。“从我来到东莞的时候就认定它了，这是一个有活力的地方。”

刚来到一个陌生的城市，需要独自面对不熟悉的环境、气候以及饮食习惯，曾香桂坦言她也很迷茫。身边的本地同事为了让她尽快了解、融入东莞，每天都带她体验各式各样的广东文化——喝糖水、吃烧鸭、煲凉茶，甚至在她入职第一天就邀请她参加原汁原味的本地婚礼。“有句话叫‘不是一见钟情，却能日久生情’”，对曾香桂而言，她对东莞的“情”就是在和本地同事点点滴滴的互动中慢慢培养出来的。

2013年1月，平凡的“外来妹”怎么也没想到担任全国人大代表这样神圣光荣的使命会落到自己头上。当年3月，全国两会在北京召开，曾香桂带着她“马不停蹄跑来的意见”第一次步入庄严的人民大会堂。

当选全国人大代表多年来，曾香桂始终关注外来务工人员在粤发展情况：建议设立儿童“义务教育卡”，无论孩子到哪里上学都能够享受到义务教育的经费；提倡公共服务均等化，让外来务工人员进得来、留得住、发展得好；鼓励外来人口参与社会治理，主动融入新城市，共同建设美好家园等。

随着粤港澳大湾区建设深入推进，广东的机遇越来越多，“抓住机遇、乘势而上，这个很重要”。曾香桂认为，城市在转型，政府主导推进改革满足市民的需求。个人也要转型，参与社区事务，做好本分贡献力量。官方民间共同努力形成力量的共同体，才能在新时代谱写更加璀璨绚烂的画卷。

“我来东莞20年了，见证了东莞飞速的发展，无论是政治、经济、文化、生态都有翻天覆地的变化。作为改革开放的前沿阵地，广东发挥着越来越大的魅力，吸引着更多的人来这里创业、就业，这是一个能够让我们梦想开花的地方。”

叮咚快评

拥抱时代 追梦广东

“你的经历就像你的名字，‘梅花香自苦寒来’。”2018年3月7日，习近平总书记参加十三届全国人大一次会议广东代表团审议时对米雪梅说。

人如其名，1975年出生于甘肃礼县农村的米雪梅，为了减轻家庭负担，22岁时便只身南下广东中山务工。由于吃苦耐劳、勤奋好学，她从工厂保安一直做到客服部总监，还光荣当选全国人大代表。米雪梅、曾香桂、胡小燕……她们是广东千万外来务工人员中的优秀代表，也是广东改革开放的亲历者和建设者。

改革开放改变了中国，开启了一个全新的时代。这是一个生产力充分释放、社会活力充分迸发的时代，而劳动力毫无疑问是其中最活跃的要素之一。广东尤其是珠江三角洲地区地处改革开放最前沿，凭借区位优势和政策优势，这里的企业多了，经济活了，机会来了。来自全国各地的大量外来务工人员，顺着改革开放的时代大潮，南下广东，追逐梦想。正所谓：“东西南北中，发财到广东。”

“幸福都是奋斗出来的。”绝大多数外来务工人员来自社会基层，最初想摆脱贫困、过上好日子的朴素愿望，让他们随着人潮的方向来到了广东，并紧紧抓住了改革开放大时代给予他们的改变命运的机会，行至浪尖。从不会讲粤语到扎根广东，从不会手艺到成为专业技术人员，从普通的外来务工人员到当选全国人大代表，广东大地上留下了无数外来务工人员奋斗不息的身影。

广东在全国最早进行劳动就业制度改革，通过下放企业用工自主权，同时不断降低外来劳动力就业门槛，使劳动力按市场需求和平等竞争的原则自由流动。大量外来务工人员不但填补了广东劳动力市场的空缺，为广东经济发展提供了宝贵的人力资源，而且优化了广东的投资环境，促进了广东经济的快速发展。广东能受到外资的青睐，能实现经济迅速崛起，一个重要原因就是劳动力价格具有比较优势，而大量年富力强的外来务工人员可谓功不可没。

广东经济的快速发展也为外来务工人员的输出地带去了数以千亿元计的劳务收入，促进了当地经济的发展和人民生活水平的提高。一些人受到市场经济、现代工业、城市文明的熏陶，开阔了视野，学到了本领，“既挣了票子，又换了脑子”，返乡后或成为乡镇企业的骨干，或成为带领家乡致富的能手。还有，许多人留在了广东，融入了广东，“直把他乡作故乡”，成为了新广东人。

“我们都在努力奔跑，我们都是追梦人。”广东，一个梦想之地，为一代代外来务工人员打开了梦想之门，搭建了追梦舞台，提供了圆梦机会；而一代代外来务工人员也在这里成就了梦想，并在新时代的追梦路上继续向前奔跑。

撰稿：王慧　张玮　王越莹　丁建庭　于羽佳

供图：石磊　鲁力　王辉（部分图片由受访单位提供）

华强北：从“电子第一街”到“5G第一街”

曾经，这里的一场堵车，都能引发全国电子市场手机及配件价格的波动；这里巅峰时期日均人流量50万人次，日资金流量10亿元人民币；还有个说法：“只要开个一米柜台，身家就能百千万。”这些，说的都是深圳华强北。

新中国成立70年来，广东实现工业经济由弱到强、工业结构由单一到健全的巨大转变。2018年，广东省电子信息制造业产值3.86万亿元，规模多年位居全国第

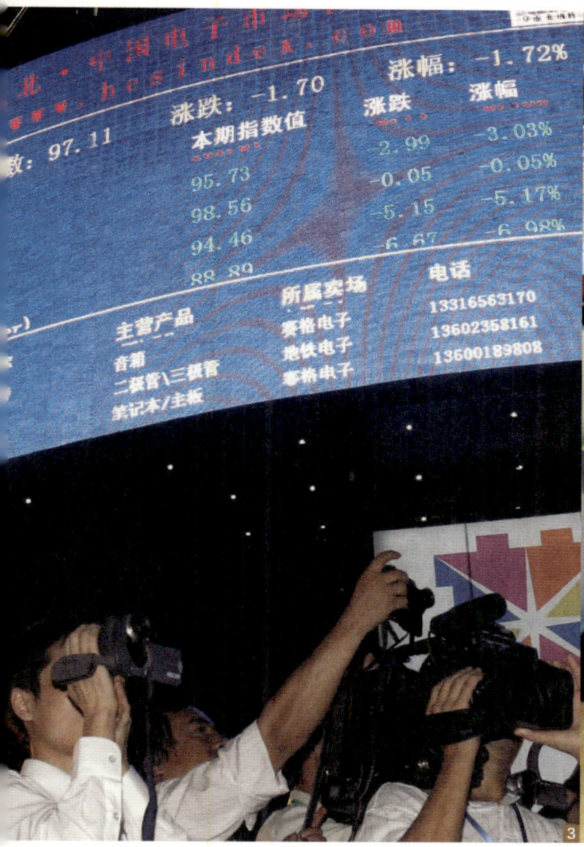

1 1999年，华强北改造后成为新兴商业街
3 2007年，华强北指数正式发布

2 华强北满大街都是搬运手机及零配件的从业者
4 华强北创客团队在工作中

一。其中，华强北作为标志性的存在，在广东打造世界级电子信息产业集群进程中，经历多次蜕变，成为产业转型的代名词。

如今，华强北成为了一条创新创业大街。在此运营的创新创业中心有十几个，入驻创客团队超过500个。2019年9月26日，华强北街区实现5G全覆盖，成为全国首个5G体验街区。

南方见证

南方日報
NANFANG RIBAO
身居边境口岸 自觉遵纪守法
驻深填某团千多名干部战士拒腐蚀立功受奖
从化县建成小水电站一百四十座
广州市最大的专业户陈赐
广州市文艺团体春节将为观众演出

• 1981年1月29日，《南方日报》在报眼处刊登了新闻照片——《兴建中的上步工业区》

珠三角新闻
D4
国家知识产权局巡案到广东
首宗专利无效宣告请求案审理
百万假钞拦截在赴穗途中
谁家愁学费 警察找上门
海浴困一网23公斤
珠海满眼绿荫
肿瘤恶变 警醒世人
培训第一目击者
英航空公司推出优惠票
无知食客偷师竟杀人
一拍打榜即倒地
华强北新街景

• 1999年10月21日，《南方日报》刊登组照《华强北新街景》

南方日報
习近平主席署名文章引起瑞士各界热烈反响
交流越多 理解越多 友谊越深
全力保证春运道路交通安全
严格排除非法证据
粤公立医院今年全部取消药品加成
保持反腐高压态势
深圳华强北步行街全新开放
一个中国原则不可挑判
恒大小将一战成名
汉语拼音之父周有光逝世

• 封闭4年后，华强北步行街在2017年全新开放，《南方日报》在头版刊发了报道

A11 时局
壮阔70年·奋斗新时代
华强北：从“电子第一街”到“5G第一街”
小铺子里的人说起配件都非常专业
转型升级 重新出发

• 2019年9月25日，本篇报道版面

崛起 ➔

117 家企业“合纵连横”“华强北”横空出世

1979年，清远大雨，粤北兵工厂获准迁往深圳。

由于军转民撤销原编号，新厂被命名为“华强”，寓意“中华强大”。附近规划了一条路，名为“华强路”。从出生，这里就流淌着电子科技的血脉。

1980年，深圳经济特区成立。在深圳河畔，政府设立了上步工业区。国家航空工业部下属的中航技公司与电子工业部下属的中电公司纷纷入驻。

1981年1月，深圳电子大厦在这里破土动工，竣工后高69.9米共20层的大厦成为了特区的第一个地标。“当时这是深圳第一高楼，从香港都能看到。所以港商有个说法：远远看到深圳冒出一栋高楼，看来搞特区是真实干，更有信心来内地投资。”深圳电子商会原常务副会长、老华强北人程一木说。

世界电子信息产业的“新风”吸引了一批电子工业企业相继来到上步工业区，但很多企业规模小、产品少、技术力量分散，很难形成强大的竞争力。1985年7月，54岁的马福元受命南下，出任电子工业部深圳办事处主任。他的任务是按照“推荐联合改组，改变企业结构”的方式，把一百多家中小型电子企业联合起来，组建深圳电子集团公司。

117家公司自愿加入，集团成立后也没有收取占下属企业销售额千分之三的管理费。马福元四处奔走为集团旗下企业发展争取利好，越来越多企业愿意加入。

集群效应逐步显现。到1987年，集团的工业总产值达到20亿元，销售收入达15亿元，外销收入达1.5亿美元，分别比1985年增长了105%、106%和292%。1988年1月，成员企业发展到158家，深圳电子集团公司正式更名为赛格电子集团。“赛格”包含着“赛国格、赛人格、赛品格、赛风格”之意。

此时兼任董事长和总经理的马福元成立深圳电子配套市场（赛格电子市场）。这是全国第一家专门销售国内外电子元器件、组织生产资料配套供应的市场。来自内地的160多家厂商和10家港商，以自营自销、联营代销的方式经营。

“由于对原有计划经济体制的突破，外界也有争议，但深圳却一路放行。”马福元曾说。

这座开放之城和这位改革先锋同频共振，激发出巨大的能量。短短半年，赛格电子市场从最初的半层楼面迅速扩张到八层楼面。1992年，从上海交大毕业的赵建军坐了20多个小时的火车来到华强北。后来他创立的普联技术生产的TP-LINK打败了台湾D-LINK和美国思科，成为家用路由器市场占有率第一的产品。1998年，腾讯在华强北赛格科技园中创立。

随着一大批掌握技术、怀揣梦想的人才汇集，随着万佳百货等入驻，多家企业开始将工业厂房改造成商业物业；人流、物流、资金流的聚集，让华强北从一个偏僻的工业园区变成了繁华的现代商业街。

“在工业区时代华强北的概念是不清晰的，直到第一次转型之后，大量商业机构进来，特别是电子市场快速发展，华强北才成了特指。”程一木说。一段辉煌也由此展开。

兴盛 ➔
“一米柜台”神话背后的全产业链布局

1996年，赛格大厦重建，跃升成为深圳第一高楼。

随后，华强公司将几栋厂房改建成华强电子世界，规模超4万平方米；接踵而来的中电信息时代广场、桑达电子、远望数码城、都会电子城、新亚洲电子城等相继开业。不仅让华强北成为国内举足轻重的电子元器件交易市场，也逐渐完备了这里的电子信息产业链。

据统计，这里的电子元器按重量出售，从手机到视听产品，从电脑整机到各种零配件，随处可寻。仅在电子元件类目下，华强北就有六大类、五十多中类、两百余小类，共计600多万种型号的电子元件提供销售，形成了几乎全覆盖的电子产品网络。

《创客：新工业革命》的作者克里斯·安德森曾在做无人机时表示，在美国需要3个月搞定的电子元器件，在华强北一天就能搞定，这就是完整产业链的效率。这也为华强北今后发展成为中国乃至世界闻名的“电子第一街”奠定了基础。

2000年，总高度355.8米共72层的赛格广场投入使用，再次刷新了深圳第一高楼的海拔，华强北也成为了当时亚洲第一大电子市场和国内最早的手机市场。2005年手机生产由审批制改为核准制，开启了电子产业野蛮生长的模式。

2007年，全国80%以上的手机生产厂家汇聚于深圳，华强北成为全国乃至亚洲的手机交易中心。高峰时期，这里拥有超过3万家的经营商铺，其中21家经营面积超1万平方米；日均人流量达50万人次，日资金流量达10亿元人民币。

“满大街走路都踩脚后跟，一点不夸张。”程一木说：“华强北的斑马线是

□ 2017年，华强北以全新面貌示人

交叉的，因为横竖着走还不够，还可以对角线走来分散人流，人实在太多了！”在业界看来，在华强北拥有一个铺面，就是财富的象征。这里流传着不少致富神话：“从华强北街头开始，每间店拿一个零件，走到街尾手里已经有一部完整的手机。印度、中东、非洲都有华强北造的手机，只要一米柜台，身家很快就能从几十万到百万甚至千万。”

2007年10月，赛格广场外墙上的电子显示屏开始播报“华强北指数”信息，作为全国首个电子市场价格指数，它反映着中国电子市场交易价格变化趋势，令深圳成为中国电子市场风向标。2008年，第十届高交会上，华强北被授予“中国电子第一街”称号，那是它的高光时刻。

变数紧随而来。智能手机时代到来，电商新形态兴起壮大，极大地冲击了实体销售渠道。随着2013年3月华强北因为地铁7号线的修建而封路，阵痛愈发明显，人们陆续离开了这片淘金地，华强北慢慢安静下来。

转型 →
向创新创业和 5G 要出路

华强北向着创新创业积极寻求出路。

“这里有强大的供应链，创新创业者有更多的供应商可选择，得到质优价廉的供给。我们在这里生产产品成本更低，而且肯定比在世界其他任何地方都要快。”落户华强北的帕利国际深圳创始人Jan Kedzierski曾说。

麻省理工学院FabLab创始人、教授尼尔·哥申菲尔德则谈到：“我非常喜欢华强北，在这给儿子买了一块智能手表，功能非常多，这也是先进的技术和很好的创新方式。”

2017年，经过4年封街，拥有4条地铁线路的华强北以全新面貌示人。同年，福田区政府印发《华强北创新发展行动计划》，三年内投入10亿元专项资金开展

“十大工程”，希望以创新发展引领华强北商圈转型升级，打造国际一流创新创业街区。

2018年，《华强上步片区产业空间供给侧改革专项政策》提出，对运营机构提供60%租金补贴、50%（最高1000万元）装修补贴，以及各种融资配套奖励、经济贡献奖励等补贴。一系列细化的顶层设计为华强北吸引众创空间、创客团队提供了明确的政策支持。

目前华强北已运营的创新创业中心有十几个，包括赛格众创空间、华强北国际创客中心、HAX华强北硬件加速器、中电信息国际创客中心、云创智谷等在内，总经营面积超10万平方米，入驻创客团队超过500个。

不仅仅是赛格和华强两个本土集团大力支持创客产业链的发展，来自圣弗朗西斯科的HAX更是把亚洲总部落户于此。华强电子世界企划部副总监吴赛锋表示，以电子元器件为产业基础的华强北，正发挥着产业集群的优势，吸引着更多

□ 全国首个5G生活体验街区

智能创客团队驻扎在此。

越来越多的创客空间、孵化器和海内外创客给华强北注入了新的活力。“华强北正成为一个产业链资源整合的枢纽。”程一木说：“东西不一定在这里生产，但是信息流和资金流从这里走，成为供应链、元器件、半导体、研发等各种资源的枢纽或对接中心，项目可以在这里找到合作伙伴并落地。”

不仅是创新创业，华强北还将在技术前沿的5G领域实现率先覆盖。

2019年9月26日，华强北街区实现5G全覆盖，成为全国首个5G体验街区。“这是为大家熬制的5G应用‘头啖汤’。”深圳市福田区文化广电旅游体育局局长董姗透露，华强北步行街将植入多维度的5G应用场景，变为5G应用技术集中展示平台。在户外，华强北将设有5G快闪体验展馆，5G应用随时体验；在室内，华强北各电子市场、商户、大型商场将把“5G+购物体验”带给市民。

“华强北这个IP怎样用好原有的产业优势，在城市更新和产业发展中找到新的定位和优势，是我们共同努力的方向。”程一木说。

见证者说

深圳市工业设计行业协会执行副会长兼秘书长封昌红：
小铺子里的人说起配件都非常专业

1990年，大学毕业的封昌红南下来到深圳，在华强北开启了网络工程师的职业生涯。“这里让我实现了梦想。”回望过去近30年，如今这位深圳市工业设计行业协会执行副会长兼秘书长深情地说。

“当时印象最深刻的有两件事。一是在电子市场门口停的单车把手都是紧紧并在一块的，你几乎见不到单车落地，人山人海能挤到一个位置摞起来就不错了。二是华强北每个小铺子里的人虽然没有特别高的教育背景，但说起三极管、键盘、主板都非常专业，不仅是零配件本身的专业化，还有上下游产业链的专业化。”封昌红如此总结华强北崛起的原因：“早期稳扎稳打地拿下市场占有率，把整个电子信息产业的全链条生态先机占住。我认为这对它今后的成功非常关键。”

而面对跌宕，她认为人才更新和产品换代的“双轮驱动”给走进低谷的华强北注入“强心针”，使其焕发新机。封昌红表示，5G背景下华强北被赋予了新的生命和使命。“全球创客来到华强北，这里能不能承载这些前沿的想法、创新的行动力？能不能接得住新的诉求？华强北的创新理念、自身能力、运营能力都要迭代。”

她畅想了这种新模式：“一楼是工业设计街区，二楼是零配件的供应，三楼是创客空间。创客有了想法，下一层楼买配件组装成模型，再下一楼让设计师包装成成品。然后就在楼下试卖让市场来检验，好卖的话马上就量产。这就是一个完全的创新链条。科技创新的联动效应给初创者提供了很好的平台，产业链的完备让他们能把1到N做起来，天使投资再助力它们变成品牌。”

谈及未来，封昌红说：“在建设粤港澳大湾区和中国特色社会主义先行示范区这样的高度上看，华强北应该是一个创新引擎。它的意义不仅在于是深圳和中国创新的载体，更是全球创新者的平台、孵化器和加速器，加速全球创新。我认为这将是华强北最大的魅力和贡献。”

叮咚快评

转型升级　重新出发

“南有华强北，北有中关村。”提及中国电子产品集散地，华强北和中关村堪称“绝代双骄”。位于深圳的华强北，历经从无到有、从小到大的过程，既见证了中国电子信息产业的更新迭代，也记录了深圳改革开放的筚路蓝缕。

华强北的由来，与改革开放后中国国门初开时的全球产业发展趋势有关。“站在风口上，猪都能飞起来！”这是近年来被许多人引用的创业金句，同样适用于解读华强北的创业故事。改革开放以来，国外电子技术不断向国内传播，作为第一批对外开放的城市，深圳拥有得天独厚的地理优势和政策优势，华强北电子交易市场随即在深圳落地生根，并且日益繁荣壮大。到2007年，华强北发展达到顶峰，几千家电子商铺聚集于此，成为中国最大的电子产品集散地。

从计划经济到市场经济，从倒腾进口电子产品到自行模仿生产制造，从个人电脑到手机业的产业更迭，华强北经历了一波又一波的浪潮，成就了一个又一个的致富神话。但俗话说：“人无千日好，花无百日红。”谁也无法阻止信息革命的脚步，谁也躲避不了山寨模式的衰败，华强北也是如此。在山寨模式大行其道的时候，几乎所有消费性电子产品，华强北都有“山寨”版。从一定意义上说，这种模式促进了华强北的繁荣发展，但也让华强北的口碑深陷泥沼。

时代的风口，不可能一直为华强北敞开。随着智能手机更新换代的频率加快，华强北的商家们即便疲于奔命，也赶不上热门产品上市的速度；随着电商行业的快速发展，线上手机销售全面铺开，华强北的销售优势不断被侵蚀；随着知识产权保护的日益规范，华强北的山寨模式也注定没有明天；加之城市地铁建设需要，3年多的围挡施工改造，也给华强北带来了比较大的阵痛……总之，在产业转型升级、创新引领发展的时代大背景下，华强北的发展步伐逐渐慢了下来。

“时也，势也。”华强北不能坐等其变，唯有转型升级，创新品牌，才有可能再一次站在风口，重新崛起。“品质华强北”“诚信华强北”，这也是有关部门对华强北的冀望。近些年来，深圳一直在推动华强北的转型升级，不断淘汰低端行业，引进高新技术企业。越来越多的创客空间、孵化器和海内外创客给华强北注入了新的活力，许多企业完成了从传统柜台模式向体验式消费高端业态的成功转型，还有不少企业转为自主研发、自创品牌，产品种类多元化，前景大好。

走过辉煌的华强北，正在重新出发。2019年9月26日，华强北5G体验街区正式启幕。这是全国首个5G应用体验街区，或许就是新辉煌的开始。

撰稿：肖文舸　何雪峰　丁建庭　刘伟琰　陈娴　黄立欣

供图：朱洪波　鲁力

大美广东

探索新路径　绘就新画卷

南岭以南，南海之滨。山水相依，江海合奏，17.97万平方公里的广东，孕育着勃勃生机。

900多年前，苏轼就在这里留下“日啖荔枝三百颗，不辞长作岭南人”的千古名句。

900多年后的今天，连绵浩荡的山水之间崛起繁华城市群，万家灯火，灿若星河。70年弹指间，勤劳勇敢的中国人民在中华大地上描绘了一幅波澜壮阔的锦绣画卷，而广东无疑是其中最为绚烂的篇章之一。

在新中国成立70周年的时间节点上，我们行走在广东大地，行走在全省21个地市的城乡之间，探寻大美广东背后的脉动：

——这是创新之美。在繁华忙碌的城市CBD，600米高的广州塔耸入云霄。建筑不断刷新城市的高度，广东也不断刷新创新的高度。在广东的工厂车间，翱翔太空、穿山过海的大国重器、广东智造闪耀光芒。在广州、深圳、珠海、佛山、东莞等城市，华为、大疆、广汽、格力、美的、腾讯等一大批企业从珠江出发，迈向全球之巅。

——这是协调之美。从雄踞入海口的珠江三角洲核心区到向海而兴的沿海经

济带，再到层峦叠嶂的北部生态发展区，“一核一带一区”区域发展新格局鼓起高质量发展的风帆。其中，珠江三角洲地区是引领全省发展的核心区和主引擎，广州、深圳、珠海、佛山、惠州、东莞、中山、江门、肇庆9市汇聚起发展的澎湃力量；沿海经济带是新时代全省发展的主战场，东翼的汕头、汕尾、揭阳、潮州4市与西翼的湛江、茂名、阳江3市，展翅齐飞。北部生态发展区是全省重要的生态屏障，韶关、梅州、清远、河源、云浮5市迈向绿色发展。要素流动，产业融通，人才集聚，广东为破解区域发展不平衡探路前行。

——这是绿色之美。蜿蜒的绿道网连接起全省21个地级市，万里碧道高质量规划建设，散落在广东大地的青山绿水、湖光山色变得越来越“亲密”。珠水流觞，云山叠翠，四季花开……从鱼米之乡的珠江三角洲到宛如明霞的粤北丹霞山，岭南好风光让人不辞长驻。

——这是开放之美。从梅州的客家围屋，到江门的开平碉楼，再到汕头、揭阳、潮州等地的祠堂，多元文化在这里融汇。从广州的黄埔古港到阳江的“南海Ⅰ号”博物馆，海上丝路的故事在“海不扬波”的珠江口回响。伶仃洋上，港珠澳大桥跨越大海，广东自贸区联通五洲。粤港澳大湾区建设上升为国家战略，一个新的增长极在世界经济版图上熠熠生辉。

——这是共享之美。人民对美好生活的向往就是我们的奋斗目标。走在广东的大街小巷，一盅两件凝聚岭南烟火滋味，一街花市看尽南国别致生活，安居乐业，丰衣足食，广东人民奏响社会主义现代化建设的动人乐章。

这里，是美丽中国的魅力缩影。21座城市奏响着一个个荡气回肠的响亮音符，汇聚成气势雄浑的宏大乐章。阔步迈入新时代，广东正在以更大的作为实现“四个走在全国前列”，在高质量发展的征程上踏歌前行。

美哉，广东！

一核

“一核”即珠江三角洲地区，是引领全省发展的核心区和主引擎。该区域包括广州、深圳、珠海、佛山、惠州、东莞、中山、江门、肇庆9市。重点对标建设世界级城市群，推进区域深度一体化，加快推动珠江口东西两岸融合互动发展，携手港澳共建粤港澳大湾区，打造国际科技创新中心，建设具有全球竞争力的现代化经济体系，培育世界级先进制造业集群，构建全面开放新格局，率先实现高质量发展，辐射带动东西两翼地区和北部生态发展区加快发展。

□ 广州珠江两岸

广州 湾区引擎 活力迸发

广州具有2200多年历史，素有“千年商都”的美誉。作为改革开放的前沿地，广州在改革开放伟大实践中“先行一步”，创造了许多全国第一。近年来，广州着力构建开放型经济新体制，大力推动南沙自贸片区制度创新，积极参与“一带一路”国际合作，一个全方位、多层次、宽领域的对外开放格局不断形成。

老城市焕发新活力。围绕粤港澳大湾区建设，广州将发挥国家中心城市和综合性门户城市引领作用，全面增强国际商贸中心、综合交通枢纽功能，培育提升科技教育文化中心功能，在增强综合城市功能上出新出彩，着力建设国际大都市，提升大湾区核心引擎功能，携手建设国际一流湾区和世界级城市群。

□ 南沙港

□ 广州粤剧艺术博物馆

□ 深圳河两岸

深圳 先行示范 奋力前行

深圳位于南海之滨，毗邻港澳，是一座充满魅力、活力、动力和创新力的现代化国际化创新型大都市。深圳是中国经济中心城市，是中国的科技产业创新中心、区域金融中心和商贸物流中心。

深圳从一座边陲农业县迅速崛起为管理服务人口超2000万、平均年龄33岁的现代化国际化超大型城市，拥有世界级集装箱枢纽港、亚洲最大陆路口岸、中国第五大航空港，荣获全国文明城市、国际花园城市、联合国教科文组织创意城市网络“设计之都”等称号。当前，深圳正朝着建设中国特色社会主义先行示范区的方向前行，努力创建社会主义现代化强国的城市范例。

□ 莲花山公园

□ 深圳人才公园

□ 珠海歌剧院

珠海 湾区门户 魅力之城

珠海，粤港澳大湾区重要节点城市、省域副中心城市、中国最早成立的经济特区之一，素有“浪漫之城，百岛之市”的美称。承载着改革“试验田”和对外开放“窗口”的国家使命，经过几十年的发展，昔日贫穷落后的边陲小镇，如今已成为一座现代化花园式海滨城市。

珠海面积不大，但发展比较迅速，现在设有横琴、高新、高栏、万山、保税5个经济功能区。

港珠澳大桥通车后，珠海历史性地站在了粤港澳大湾区的中心连接点，正举全市之力积极参与粤港澳大湾区建设，奋力打造粤港澳大湾区重要门户枢纽、珠江口西岸核心城市和沿海经济带高质量发展典范。

□ 佛山新城

佛山 面向全球 创新制造

佛山是全国重要的制造业基地、国家历史文化名城、珠江三角洲地区西翼经贸中心和综合交通枢纽。

佛山坚持制造业立市，是国家发改委确定的全国唯一的制造业转型升级综合改革试点城市，家电、家具、陶瓷、机械装备、金属加工等传统行业优势突出，光电、新材料、生物制药、机器人、新能源汽车等新兴产业蓬勃发展，正在建设面向全球的国家制造业创新中心。

围绕粤港澳大湾区建设，佛山正携手广州，加快广佛同城化建设，形成一批具有全球影响力的枢纽型基础设施、世界级产业集群和开放合作高端平台，建成具有全球影响力的现代产业基地，打造服务全国、面向全球的国际大都市区。

惠州 岭东雄郡 文化名城

岭东雄郡，粤东门户。惠州是国家历史文化名城和全国文明城市，文化底蕴深厚。宋代大文豪苏东坡谪居惠州时留下了“日啖荔枝三百颗，不辞长作岭南人”的千古名句。

南海之滨，大亚湾畔。随着埃克森美孚化工综合体项目、中海油/壳牌三期等“巨无霸”项目落户，世界级绿色石化产业基地呼之欲出。几十公里之外的惠东稔平半岛，以中科院“两大科学装置”、太平岭核电项目为依托的“能源科技岛”正紧锣密鼓建设。

当前惠州加快发展石化能源新材料、电子信息两个万亿级先进制造业集群，培育壮大生命健康新支柱产业，构建“2+1”现代产业体系，以新担当新作为把惠州打造成为珠江东岸新增长极、粤港澳大湾区高质量发展重要地区和国内一流城市。

□ 惠州西湖

□ 东莞松山湖高新技术产业开发区

东莞 湾区都市 品质之城

从中国第一家“三来一补”企业太平手袋厂起步，利用外资“借船出海”，实现农村工业化；到“东莞塞车，全球缺货”的外贸奇迹，成为闻名全球的“世界工厂”；再到突围国际金融危机，自主创新“造船出海”，实现低端代工厂转型升级为创新要素汇聚的“东莞智造”。

东莞规上工业企业数量排名广东省第一。以华为、OPPO、vivo为代表，一个世界级的智能终端产业先进制造业集群开始崛起，目前全球每4部智能手机就有一部产自东莞。

东莞提出建设“湾区都市、品质东莞”的战略部署和价值追求，奋力打造粤港澳大湾区先进制造业中心、国家科技成果转移转化示范区、全面开放合作先行区和高品质低成本的现代生态都市。

中山 创新活力 和美宜居

越岐江而瞰南海，自岭表而通天下。中山位于珠江三角洲城市群的几何中心，周边有广州、香港等五大国际机场和四大深水港。

改革开放以来，中山勇立潮头、先行一步，以仅占广东1%的土地面积，3%的常住人口，创造了多年位居全省前列的经济总量，是当年赫赫有名的广东“四小虎”之一。中山实体经济扎实，拥有38个国家级产业基地、18个省级科技专业镇。民营经济活跃，全市有37万多家市场主体，民间投资占比达70%。

作为深中通道在珠江西岸的登陆城市，中山提出做好“东承”“西接”文章，加快建设翠亨新区，奋力把中山建设成为珠江东西两岸融合发展的支撑点、沿海经济带的枢纽城市、粤港澳大湾区的重要一极。

□ 中山岐江两岸

□ 江门五邑华侨广场

江门 中国侨都 江海门户

南海之滨，江海门户。奔流的西江和潭江，环拥起一片富饶而传奇的土地——江门。

这里是世界文化遗产开平碉楼与村落所在地，是著名的“中国侨都”，也是世界华侨华人文化交流合作的重要平台。400多万侨胞足迹遍布世界各地，缔造了世界移民史上的奇观。

这里是粤港澳大湾区重要节点城市，是大湾区与粤西连接的重要交通枢纽，也是大湾区的投资热土。港商在江门投资的企业有3000多家，澳门资本在江门累计投资企业近千家。

现在，江门正把粤港澳大湾区建设作为改革开放的“二次创业”，举全市之力推动落实，全力打造珠江西岸新的增长极和沿海经济带上的江海门户。侨乡品牌，愈发闪亮！

肇庆 千年名郡 湾区新秀

肇庆是一座有着2200多年历史的国家历史文化名城，是广府文化、岭南文化的历史源头和粤语的发祥地，两广总督府驻肇庆长达182年。六祖惠能、清官包拯、沟通中西文化的使者利玛窦均曾在肇庆潜心修持，从肇庆开始名扬天下。

肇庆森林覆盖率超过70%，是全国森林城市，西江干流为国内流量第二大河流，境内西江常年保持Ⅱ类水质，是粤港澳大湾区天然的优良淡水源。

肇庆是粤港澳大湾区唯一与大西南地区接壤的城市，是大湾区西进、大西南东融的关键枢纽。目前，肇庆已经形成“一条黄金水道、一条快速干线、六条轨道交通、七条高速”纵横交汇的交通网，西江是连接华南与西南的5000吨级江海直达“黄金水道”。

□ 肇庆高新技术产业开发区

一带

“一带”即沿海经济带，是新时代全省发展的主战场。该区域包括珠江三角洲沿海7市和东西两翼地区7市。东翼以汕头市为中心，包括汕头、汕尾、揭阳、潮州4市；西翼以湛江市为中心，包括湛江、茂名、阳江3市。重点推进汕潮揭城市群和湛茂阳都市区加快发展，强化基础设施建设和临港产业布局，疏通联系东西、连接省外的交通大通道，拓展国际航空和海运航线，对接海西经济区、海南自由贸易港和北部湾城市群，把东西两翼地区打造成全省新的增长极，与珠江三角洲沿海地区串珠成链，共同打造世界级沿海经济带，加强海洋生态保护，构建沿海生态屏障。

□ 汕头华侨经济文化合作试验区

汕头 活力特区 粤东明珠

作为中国最早的经济特区之一，东南沿海重要港口城市和粤东中心城市以及北回归线与中国海岸线唯一相关的城市，汕头以通商开市，又因商贸而繁荣，是海上丝绸之路的重要门户，与海外交往的独特人缘、地缘、亲缘优势，使汕头成为全国著名的侨乡。

今日的汕头，是粤东区域中心城市，已成为现代化沿海经济带的重要发展极，正着力建设全国性综合交通枢纽，加快创建全国文明城市、国家森林城市、国家生态园林城市，加快建设省域副中心城市，全面融入粤港澳大湾区，努力打造活力特区、和美侨乡、粤东明珠。成功申办2021年第三届亚洲青年运动会，为汕头加快高质量发展、展示城市新形象带来重大机遇。

□ 汕尾市区全貌

汕尾 丰饶海陆 老区振兴

蓝色海洋波澜壮阔，红色基因历久弥新。作为承载着红色记忆的全域革命老区，海陆丰人民在汕尾建立了中国最早的县级苏维埃政权。近年来，汕尾保持和弘扬革命精神，瞄准“建设沿海经济带靓丽明珠”新定位，发力海岸经济，串珠成链布局现代产业，积极探索推进革命老区高质量发展新路径。

如今的汕尾，不但有水清岸绿的品清湖、峰峦攒簇的莲花山和鬼斧神工的遮浪奇观，彰显深厚文化底蕴的海丰白字戏和甲子英歌舞，还有宝丽华、中广核打造的先进装备制造和海上风电集群。滨海黄金旅游带和千亿经济产业带交织，在这片红色热土上焕发耀眼光彩。

揭阳 岭南古邑 粤东新城

揭阳市是潮汕地区人口最多、面积最大的市，有“岭南水城”“亚洲玉都”之美誉。

揭阳的悠久历史形成了“贤德揭阳、揭阳进贤”的人文氛围，这里是培育了无数革命先烈的热土，这里是时代楷模黄旭华院士的故乡。揭阳有丰富的潮客文化，这里有普宁英歌、行彩桥、烟花火龙等民俗。

揭阳正加快振兴发展，推动全市全域融入大湾区。当前，揭阳凭借揭阳潮汕国际机场、高铁、揭阳港打造空铁港综合枢纽，揭阳滨海新区则聚焦“一城两园”建设粤东城市群新城市中心，构筑广东沿海经济带新增长极的重要支撑。

□ 揭阳市区全貌

□ 潮州湘子桥

潮州 世界潮人 精神家园

潮州是潮文化发源地，著名侨乡。潮州拥有“国家历史文化名城”“中国瓷都”“中国食品名城”“中国潮州菜之乡”等20多块国家级金字招牌，是全国首座“中国工艺美术之都”，全国唯一一个“中国民间工艺传承之都”。陶瓷，是潮州最大的支柱产业。日用陶瓷、陈设艺术陶瓷、建筑卫生陶瓷年产销量分别占全国的25%、25%、40%，出口量占全球的30%、40%、55%，均为全国首位。

多个世界500强投资的实体经济项目及一批投资均超过100亿元的重大产业项目纷纷落地建设，潮州正积极对接融入粤港澳大湾区建设，坚持走“特”“精”“融”发展之路，全力建设沿海经济带上的特色精品城市。

湛江 魅力港城 创投热土

湛江，位于中国大陆最南端，地处粤桂琼三省区接合部。湛江正迎来发展黄金机遇期，国家和省明确定位湛江为国家“一带一路”海上合作支点城市、首批全国海洋经济创新发展示范城市、北部湾中心城市和全国性综合交通枢纽。巴斯夫、宝钢、中科炼化等企业投资超百亿美元的重大项目蹄疾步稳。“五龙入湛”高铁格局正在形成，粤西国际新机场、40万吨级航道也呼之欲出。

当前，湛江正举全市之力对接服务好粤港澳大湾区建设和推进与海南相向而行，认真做好临港产业、滨海旅游、特色优势农业、军民融合发展“四篇文章”，扎实推进“四大抓手”，大力实施“五大产业发展计划”，统筹推进“一通道、一港区、一示范”建设，高质量发展正当其时。

□ 湛江金沙湾

□ 茂名小东江两岸

茂名 南方油城 滨海明珠

茂名地处粤西南海之滨。历经数百年积淀，岭南巾帼英雄冼夫人提出的“唯用一好心”，已发展为茂名的城市精神。

新中国成立初期，茂名因发现油页岩，在这里建起一座“南方油城”，为新中国石化工业发展和能源保障作出了重大贡献。过去的70年，茂名因油而兴，已成长为中国南方最重要的石油炼化基地之一。

未来70年，茂名将向海而兴，按照“一核一带一区”区域发展新格局，努力将其打造成沿海经济带上一颗靓丽明珠。2019年初，茂名终于实现拥有深水大港的百年梦想。当前，茂名正蓄力推动临港产业发展，开通海上能源新通道，打造千亿级临港产业集群。

阳江 因海而生 向海而兴

阳江，因海而生。阳江是海上丝绸之路重要节点城市，在海陵岛十里银滩，“南海Ⅰ号”博物馆里八百年前的古沉船，诉说着阳江作为古代海洋贸易重要中转站的辉煌历史；在阳江太傅路，传统的骑楼建筑还印刻着阳江“九街十二巷”的老城风貌。

阳江，向海而兴。位于阳江高新区的阳江港货如轮转，高新区合金材料产业园和风电装备产业园内，千亿级合金材料产业集群和世界级风电产业基地正崛起，在阳江沿海地区，阳江核电、海上风电等一批新能源项目依海而建。

站在新起点，阳江将继续发挥海洋优势，乘着粤港澳大湾区建设的东风，朝着打造沿海经济带的重要战略支点、宜居宜业宜游的现代化滨海城市目标奋勇前进！

□ 阳江闸坡渔港

一区

“一区”即北部生态发展区，是全省重要的生态屏障。该区域包括韶关、梅州、清远、河源、云浮5市。重点以保护和修复生态环境、提供生态产品为首要任务，严格控制开发强度，大力强化生态保护和建设，构建和巩固北部生态屏障。合理引导常住人口向珠江三角洲地区和区域城市及城镇转移，允许区域内地级市城区、县城以及各类省级以上区域重大发展平台和开发区（含高新区、产业转移工业园区，下同）点状集聚开发，发展与生态功能相适应的生态型产业，增强对珠江三角洲地区和周边地区的服务能力，以及对外部消费人群的吸聚能力，在确保生态安全前提下实现绿色发展。

韶关 岭南名郡 善美之城

韶关是中国优秀旅游城市、全国双拥模范城、国家卫生城市、国家园林城市、广东省历史文化名城、广东省文明城市。近年来，在省委、省政府正确领导下，韶关市紧紧围绕全省“一核一带一区”区域发展新格局要求，统筹做好稳增长、促改革、调结构、惠民生、防风险各项工作，不断打响“善美韶关”城市品牌。韶关正全力筑牢粤北生态屏障，打造绿色发展韶关样板，在争当北部生态发展区高质量发展排头兵的征程上迈出坚实步伐。

以生态为特色优势融入粤港澳大湾区建设，韶关将通过3到5年的不懈努力，基本形成与粤港澳大湾区融合发展的新格局，并持续用劲奋力建设成为宜居宜业宜游的北部生态发展区核心城市。

□ 韶关丹霞山

□ 梅州梅江两岸

梅州 世界客都 长寿之都

梅州是中国历史文化名城、全球最具代表性的客家人聚居地，被誉为“世界客都”。同时，梅州也是著名的文化之乡、华侨之乡、足球之乡、山歌之乡、金柚之乡、客家菜之乡。

当前，梅州正按照省委、省政府“1+1+9”工作部署和全省推动老区苏区振兴发展的决策部署，抢抓粤港澳大湾区建设和全省进一步推动老区苏区振兴发展的重大机遇，充分发挥梅州生态人文综合优势，打好客家牌、长寿牌、足球牌、南药牌，加快创建长寿之都、足球特区、国家中医药改革综合试验区，以改革的勇气、创新的举措，积极践行“绿水青山就是金山银山”理念，建设“三宜”城市，打造“世界客都·长寿之都”，努力走出一条绿色发展新路。

清远 山水名城 岭南绿都

“天开清远峡，地转凝碧湾”，苏东坡以此诗句为清远留下千古美名。清远拥有丰富的旅游资源，有5A级景区1家，4A级景区19家，4A级景区数量位列广东省地级市第一。

清远是一片富有改革精神的热土。从开启全国工业体制改革先河的“清远经验”，到全国首创的扶贫经济开发试验区；从源自清远模式的扶贫“双到”，到移民样板的“连南模式”，再到清远农综改样本，清远走出了一条以改革为引领的特色发展之路。

当前，清远全市正坚定“一区”发展定位，紧扣加快入珠融湾主题，践行生态优先、绿色发展理念，推动广清一体化和乡村振兴双轮驱动，努力探索清远加快高质量发展路径。

□ 清远英西峰林

□ 河源万绿湖

河源 客家古邑 万绿宝库

河源是广东省重要的生态屏障和饮用水源地，也是岭南文化发祥地之一，是客家人开发岭南最早的地区，赵佗、韩愈、李商隐、苏轼、文天祥、王阳明等一大批历史文化名人都曾在河源为官、游历。河源还是中国革命策源地之一，一大批老一辈革命家都曾在河源领导过革命斗争。

河源是粤东资源宝库，人均矿产、森林、水、土地资源拥有量均居全省前列，拥有广东第一和第二大水库——新丰江水库和枫树坝水库。河源生态环境优良，是全省唯一无酸雨记录的地级市。

河源是近距离接受广州、深圳、香港三个国际都市辐射带动的城市，正在积极融入粤港澳大湾区。

云浮 粤北绿肺 中国石都

云浮市设立于1994年，是全省最年轻的地级市。森林覆盖率达67.05%，西江云浮段水质常年保持在Ⅱ类以上，空气优良率92.3%，是粤北“绿肺”。云浮素有“中国石都”和“东方硫都”之称，是中国三大石材生产加工基地之一、中国民间文化（石雕）艺术之乡，境内硫铁矿储量、品位均居世界首位，为全国最大的硫化工生产基地、广东省最大的不锈钢餐具生产基地。云浮南药资源丰富，肉桂、巴戟、无患子等种植面积约占全省1/3。

随着广东省氢能与燃料电池产业化基地和云浮云计算数据中心的建成并投入使用，氢能产业和信息技术产业正成为云浮又一崛起的主导产业。

□ 云浮长岗坡

撰稿：郑佳欣

供图：张由琼　董天健　鲁力　陈冲　徐杰